語文表達及應用 上

林保淳
臺灣大學文學博士
臺灣師範大學教授

林安梧
臺灣大學哲學博士
臺灣師範大學教授

陳廖安
師範大學文學博士
臺灣師範大學副教授

黃復山
輔仁大學文學博士
淡江大學教授

劉玉國
香港大學哲學博士
東吳大學副教授

三民書局

© 語文表達及應用（上）

編 著 者	林保淳等
責任編輯	吳仁昌
美術設計	林韻怡
發 行 人	劉振強
著作財產權人	三民書局股份有限公司
發 行 所	三民書局股份有限公司
	地址 臺北市復興北路386號
	電話 (02)25006600
	郵撥帳號 0009998-5
門 市 部	（復北店）臺北市復興北路386號
	（重南店）臺北市重慶南路一段61號
出版日期	初版一刷 中華民國九十六年八月
編 號	S 833870

行政院新聞局登記證局版臺業字第〇二〇〇號

ISBN 978-957-14-4718-6 （平裝）

語文表達及應用（上）

目次

第一章 導論

學習重點

一、了解言語與文字的關係。
二、認識中國文字的特色。
三、學習六書的原理與應用。
四、明白中文的字性與詞性。

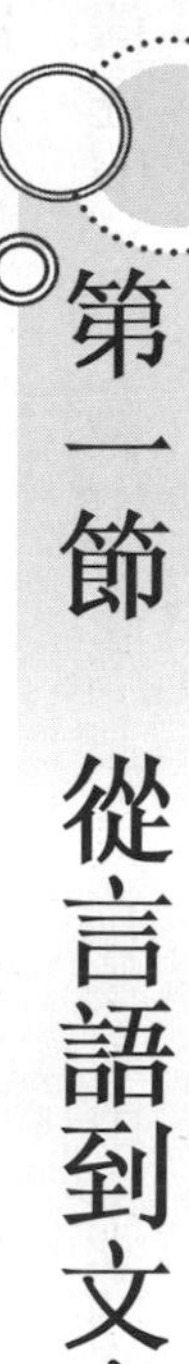

第一節 從言語到文字

寫作是將時間性的語言轉化成空間性的文字的一種活動。原則上，只要會某種語言（包括言語和文字）的人，都能把口頭的言語形諸書面文字。例如：我們想邀請某人吃飯，或是表達對某人的特殊情感時，我們會說：「我請你吃飯」或「我喜歡你」，只要是說話的對象也熟悉同一種語言，自然立刻明瞭所傳達的意思，做出反應。如果直接利用文字明白寫出這幾個字，也未嘗不可。這樣說來，寫作文章是再簡單不過的事了，只要話能說得有條有理，轉換成文字，就是篇條理清晰的文章。因此，有人主張「我手寫我口」，認為依照口語、質樸自然，「明白如話」的這類文章，就是天下最完美的文章。

這種從言語和文字都具有「表情達意」功能來評斷文章優劣的觀點，是言之成理的。就如同民國初年，胡適在建設的文學革命論宣稱：「一切語言文字的作用在於達意表情；達意達得妙，表情表得好，便是文學。」並以此為標準提倡「文學革命」，認為白居易、施耐庵、曹雪芹等「用活文字」創作的作家，才是最偉大的。

胡適的觀點影響了整個中國近、現代文學的發展，也開啟了白話文學一道新方向。然而，所謂「表情達意」的功能，真如胡適所認定的這麼簡單嗎？「妙」與「好」究竟如何來判斷？「文言」與「白話」真的如此涇渭分明嗎？甚至，文學的功能，是否僅止於「表情達意」？這些問題，恐怕都得作更深一層的探討。

想想看

船外，屈原故里過去了。也許是這裡的奇峰交給他一副傲骨，這位比李白還老的瘋詩人太不

安分，長劍佩腰，滿腦奇想，縱橫中原，問天索地，最終投身汨羅江，一時把那裡的江水，也攪起了三峽的波濤。（余秋雨〈三峽〉）

請你想一想：上面這段文字劃粗線的部分，是屬於文言還是白話？

一個人出生不久便牙牙學語，稍長之後才開始讀書認字，所以言語不但是我們使用最久、最熟練的「表情達意」工具，也是習慣上用來思考的語言。不但如此，言語在表情達意的功能上，遠比文字來得直截；而且社會上的人都同樣熟悉這種語言，其效用範圍也遠較文字為廣大。

言語的目的是「溝通」，在溝通的時候當然會受到外在環境與心理因素的影響。例如我們有時氣急敗壞，口不擇言，雖然表達了自己的心情，也算是溝通，但不具有美感，這時言語只達到實用的層次而已。其實言語也可以「說得漂亮好聽」。我們可以觀察購物頻道的主持人，無不舌粲蓮花，口角生風；老師在講臺上傳道授業，言語諄諄、意態懇懇；情侶間互訴情衷，委委婉婉、誠誠摯摯。姑不論他們說的是不是真話，但選擇最動聽的言語以打動人心則是一致的。因此，要充分達到溝通的效果，還是要講究「語言的藝術」，如此一來自然帶有追求美感的意味。

實用，是使用言語最重要的原則，美感的追求還在其次；文章卻剛好相反，實用固然是它所追求的目標之一，卻非全部，而不具美感的文字，則萬萬無法稱得上是文章！「文章」二字，依字的原意解釋，「文」指「文采」，「章」指「彰明」，合起來就是「文采彰明燦爛」的意思。也就是說，文章在「表情達意」的功用外，這些文字本身還要有美學上的價值。

正因為如此，古人很早就將實用的文章稱為「筆」，把藝術的、抒情的作品稱為「文」。文章與一般言語之區別，於此顯現。因此，純粹的普通言語，假如撇開了美感的原則，不擇精粗地挪用於文字，是絕對無法成為一篇優美的文章的。

所謂「美感的原則」，簡單的說，就是透過足以顯現出美感的外在形式，適切地表達作者的情感與思想，傳達給讀者，使讀者了解，進而喜愛、認同作者創作的目的。

此一「美感」，可能來自作品單純的外在形式，例如古代細密曲折、迴環縈繞的「迴文詩」，六朝對仗工巧、典故精切的駢文，皆可直接以一種美的形式，觸動讀者的心靈；亦可能來自其所表現的內容，如一篇以紀念、傳述為主的傳記文，雖然文字可能略有瑕疵，但傳主本身可歌可泣的事跡，以及作者所流露出的強烈情感，皆可以撼動人心。但更有力的是，作者非僅以文章形式之美，撥動了讀者心絃，更以其深厚真摯的情思、理致、事跡，攫掠了讀者全部的心靈，如杜甫的律詩，音調頓挫，情致沉鬱，幾篇描述安史之亂的詩歌，鉤繪出一個動亂時代的巨變景象，使讀者心難自已；韓愈的古文，文氣昂揚，理致精到，亦以理服人；曹雪芹的紅樓夢，人物刻劃栩栩如生，情節哀惋動人；金庸的武俠小說，情節複雜生動，人物性格凸出，皆於古、現代小說中，異軍突起，別開生面。一般而言，形式、內容兼蓄的方式，是更能創造出優秀、偉大作品的。

然則，如何才能創造出這種形式、內容兼具的優秀作品？退一步而言，如何寫出一篇平實穩重，能順暢地表達個人情思，進而達成溝通目的的文章？首先須掌握與了解「文字」的特性。

第二節　中國文字的特色

有人戲稱：「文章不過是文字的排列組合而已。」我們想像一個場景：將一盤鉛字灑落在地，隨機組合，再添上幾個必要的連接詞或介繫詞，相信就不難組構出一句具有意義，甚至可能富涵詩意的文句。我們以高中課程的「國英數理化史地」為例，「英國史地數理化」（英國的史地皆已「數理化」）、「地理數化（的）英國史」就是具有意義的句子；「史地數理化國英」（史地如果經常研理，將可使學子化育成國家的菁英）則可成為七言古詩的一句。

當然，如此「簡單」的「排列組合」，也不如想像中那麼容易，因為這牽涉到中文漢字的若干特殊性質；文字要產生有意義的排列組合，首先要確定「字義」或「詞義」的聯結是否合理，其次則是須符合「文法」。我們先從中文的「字」談起。

從歷史發展來說，是先有「言語」，然後才有「文字」的；人類在文化發展的過程中，用符號將「言語」記錄下來，就成了「文字」。這是人類文明史上非常重要的一步，因為「言語」受到時間與空間的限制太大，既不能夠傳遠，也無法遺留後代；而「文字」則可以橫跨廣袤的空間、縱越悠長的時間，突破方言差異、地理侷限，更充分、精確地傳達人與人的經驗、思想與情感。中國相傳倉頡造字之後，「天雨粟，鬼夜哭」，渾沌劃破，神鬼驚惶，人類的主體性開始彰顯，文明也因之而加速躍進。

以符號記錄「言語」，最普遍的方法是利用「拼音」，將每種人類所能發的音，用符號表示，如英文的二十六個字母，其中又分母音、子音、半母音、介音等，利用這些符號的聯結，將一連串的語音記錄下來，就成了文字。這些符號化的文字，既表示聲音狀態，也指涉某個具體意義。拼音文字往往不限於一個音節，如 teacher 是兩個音節，professor 是三個音節，international 則有五個音節。因此，拼音文字是長短不一的。它的優點，在於只要能掌握住每個表音符號，就可以將言語直接記錄下來，基本上是只要能說，就一定能寫。

中文則不同，它兼有「表形、表音、表義」的特徵，屬於「象形文字」。象形文字最大的特色是就言語所指涉的「對象物」，作直接的描繪，東漢的許慎在說文解字敘的解釋最明白：「畫成其物，隨體詰詘」（依照物象的外形、輪廓，直接描繪出來）。在此，眼目所能見的具體物象，如日月山川、牛羊犬豕、弓刀壺鼎等，即畫即成，就是一個個的文字。在這圖象化的文字中，有明顯可供辨識的圖形，而圖象就是指涉物本身，而後自然連繫起稱呼此物象的言語——形、音、義三者兼括合併為一。字形結構穩重大方、筆畫勻稱，占有固定空間；音節單一整齊，聲調變化多端；字義紛歧多樣，卻又萬變不離其宗，這是中國的祖先為我們擘創的一大文化建設工程。儘管相較於其他語言，中文可能有若干使用、學習上的缺憾與障礙，但也擁有其他系統的語言所未能有的特殊文學形式，如律詩、駢文、詞曲等正規的文學體裁，以及向來被目為「小道」的楹聯、詩鐘、酒令、燈謎、書法、題匾等充分展露中國藝術氣息的文人雅趣。

想想看

中文形音義三者的變化，可以衍生出無窮的趣味，燈謎就是其中之一。請你猜猜看下面的幾個畫謎（鄭國泰先生提供）：

(1)

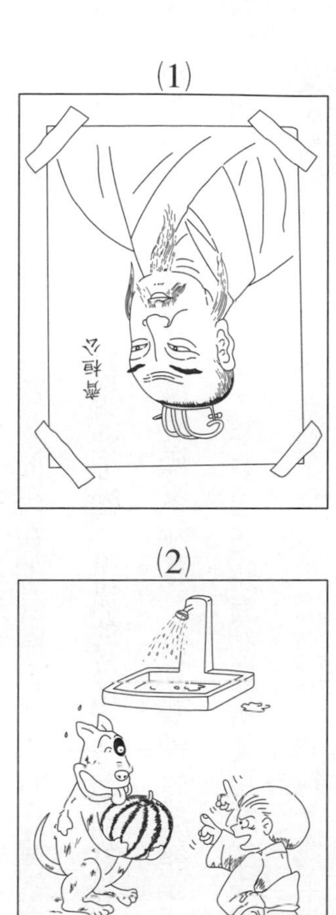

（射五字口語一）

(2)

（射金庸小說人物一）

(3)

（射四字成語一）

第三節　六書的原理與應用

從依類象形開始，中文陸陸續續發展出不同的造字方法，孳乳出許許多多的文字。從漢代許慎說文解字的九千三百五十三字，到唐代孫愐唐韻的約一萬五千字、宋代陳彭年廣韻的二萬六千一百九十四字，再到清代陳廷敬康熙字典的四萬七千零三十五字，已增加了四倍以上；而近代以來，如張其昀的中文大辭典更增加到四萬九千九百零五字。數量之繁多，可謂驚人。究竟這些字是如何增衍的？早在漢代就有了「指事、象形、形聲、會意、轉注、假借」的「六書」之說，許慎在說文解字敘中則作了詳細的說明。

「六書」是古代小學生的學習科目之一，但有關的研究，卻是現代大學中文系的課程，包括了文字、聲韻、訓詁三門，通稱「小學」。由於中文字在演進的過程中，隨著時代的推移，在字形上曾經發生過多次變化，從商代的甲骨文、周代的金文（鐘鼎文）、籀文（大篆），秦代的小篆，到漢代以後的隸書、楷書、行書、草書等，字體結構、筆畫多寡，都有很大的不同；而各個時代的言語、聲音往往也有不少的出入，如古代有平上去入四聲，而現在的國語中，入聲已經消失，只有陰平（一聲）、陽平（二聲）、上聲（三聲）、去聲（四聲）的區別；再加上每個字的字義，在漫長的使用過程中，從本義、引申義到假借義，不斷擴充其意義範圍，遂使得「小學」從兒童啟蒙的課業，蛻轉成一門專精而繁難的學問。

古代以「六書」教童蒙，事實上是很有智慧的；可惜從宋代以後，童蒙習字多半採用背誦的方式，以千字文、百家姓等為教材。沿至今日，仍然以「語句」為主，透過日常生活中熟悉的語句、情境，引導學子一個字一個字地去硬記其字體、筆順和結構。「六書」式微，中國文字的奧妙，也就無法真正烙印在學子的腦海中。

透過「六書」以學習，不但可以同時識得一群一群的字，而且可以引發同學無限的聯想及想像空間，對增進學子的文字運用能力，有非常顯著的功效。例如「象形」，日月山川、牛羊犬豕的物象，既是日常生活中所常見的，則依體象形，教導學生辨字識字，又可以與美術領域相配合，一舉而兩得。

「指事」的造字方法，是從「象形」轉生的，如：「刀」是象形字，我們在刀口上作標識，強調它鋒利之處，就成了指事字「刃」。一個表示盤子的「皿」，標識出盤中所盛的東西，就成了指事字「血」。我們再想像一棵樹木的「木」，如果強調它的頂端，就成了「末」，標明它的根部，就成了「本」，「事有終始，物有本末」，「本末」二字，就是如此創造出來的。

「會意」字則是利用兩個或兩個以上可相配合的字相結合，從中展示出意義，一個人是「人」，兩個人並排是「从」（從），兩個人相背而立是「北」（背），三個人在一起就是「众」（眾）。其他如：一個人緊靠著樹木歇息，是「休」；一隻眼觀察樹木，是「相」；兩個人握手，是「友」；鳥口中發出的聲音，是「鳴」；日光照耀在樹木上是「杲」，表示明亮；日光為樹木遮掩，是「杳」，表示昏暗。依此類推，從字形上就可以明瞭字義，也可以避免錯用或誤用。如「突」和「凸」字，一隻犬從洞穴中鑽出來，令人感到驚愕，所以是「突然」的意思；而「凸」是指事字（一說象形），特別標明物體高凸的部分，和「凹」正好相反。因此，今人常寫的「突顯」一詞，正確的用法應該是「凸顯」。

「形聲」字在中文的數量最多，其字形一般可分為兩個部分，一個表「形」（意義），一個表「聲」（聲音）。前者如牛、羊、犬、馬、魚、鳥、木、水、土、艸、日、月……等部首偏旁，都是常用的表形部分，凡是屬於這一類的事物，都可用這些偏旁來表示。我們可以依其偏旁，同時辨識出一群相關的字，如屬於虫部的字，基本上都與昆蟲有關，如蝴蝶、蜻蜓、蜘蛛、蟑螂、蚱蜢、螞蟻、蚯蚓、蜈蚣，都是我們所熟知的昆蟲，甚至有若干不易辨識的字，如虺蜮、蛞蝓、蛸蠐等，儘管我們並不能確知是什麼意思，但也可推知必然與昆蟲（蛇為長虫，故也包含在內）有關。後者則用來表示此字的讀音，如犡、揄、猻、驌、鰤、鵜、隰、澓、墐、桂、暲、朣……等，雖是不認識的字，也一樣可以讀出其正確或近似音，俗語有「有邊唸邊，無邊唸中間」的說法，就形聲字來說，排除時代語音轉變的因素，是可以成立的。明瞭形聲字的道理，我們不但可以認識一群一群的字，而且可以用歸類的方式，無限創造出許多新字，現代的許多化學名詞，如氣體的氦、氖、氙、氡、氟、氫、氧，金屬的鈽、鈦、鉉、鈷、鐳、錳、鋅、鉀等，都是依形聲法新創的。同時，形聲字的道理也有助於我們寫作時詞彙的運用，如我們要形容一座山的狀態，從山字部去選擇，則屹、峙、屼、崛、嶔崎、崢嶸、巍峩、嶮巇等字詞，都可以援用，腹笥就不會過於儉嗇了。

「指事、象形、會意、形聲」是古代造字的四個基本方法，通稱「四體」；至於「轉注」、「假借」，則是就舊有的字再加以特殊運用。「假借」是指「同音相假」，利用舊字的字音，賦予新的意義，如「然」字，本來是以火燒烤犬肉的會意字，被借來當作形容狀態的「然」（忽然、突然、悻悻然）或連接詞「然而」；「耳」本來是人耳的象形字，被借來當作語尾助詞；「東」本來是指行裝背囊，被借來當作方向的「東」。

「轉注」字是「六書」中最難理解的部分，學者意見紛紜，莫衷一是。如果從用字的方向去思考，它是屬於限制使用範疇的一種方法。如「昏」字，本是指「黃昏」，黃昏時太陽西下，光線黯淡，因此有

「昏暗」的意思；再由此引申，人的頭腦、見識不清，也可以用「昏」（昏庸、昏君、昏官）；而人的終身大事，古代也選擇在黃昏時舉行，因此，又衍生了「昏禮」的意涵。由於「昏禮」是古代男子一生中最重要的大事，為了凸顯它的重要性，就將「昏」字加上個「女」部，成了轉注字「婚」，只能用在男女婚姻大事上。

在文章寫作中，轉注可以參照的較少，但假借所依據的「諧音」原則，卻是相當重要的修辭手法，如「東邊日出西邊雨，道是無晴還有晴」，「晴」與「情」諧音；「春蠶到死絲方盡，蠟炬成灰淚始乾」，「絲」與「思」諧音，都是利用同音假借的手法修辭。現代的許多廣告文案，也都普遍運用，如高雄縣燕巢鄉為了推廣蜜棗，有「千金難買棗滋到」（千金難買早知道）的宣傳標語；桃園縣為了宣傳蓮花季，則打出了「蓮鄉惜遇」（憐香惜玉）的招牌，都頗具巧思，且令人會心而笑。

「六書」不僅是中國「造字」的方法，同時也是「習字」、「識字」的入門，熟知每個字的字形、字音、字義，更是文章寫作的基礎。由「字」組合成「詞」，由「詞」連綴成「句子」，由「句子」發展成「段落」，由「段落」組織成「文章」，循序而進，自然不難水到而渠成。

寫寫看

請依照下表的原理說明，試著將該字的六書屬性填入空格中：

字	小篆形體	六書屬性	原理說明
刀	[illegible]	象形	象刀形。
伐	[illegible]		從人執戈，以會攻伐進擊。
咆	[illegible]		從口，包聲。野獸嗥叫的聲音。
瓜	[illegible]		說文釋為「蓏也」，就是草本植物的果實。字形內象瓜實，外象藤莖。
西	[illegible]		象鳥棲息在巢上的樣子。日落在西方，日落時鳥也棲息，所以借鳥西的「西」為東西的「西」。
公	[illegible]		八有背意，厶為古「私」字，背私為公。
歌	[illegible]		從欠，哥聲，歌詠。

第四節　中文的字性與詞性

從「字」到「詞」，進而組構成句子、段落、文章，有其一定的原則，這就是所謂的「文法」。

中文的「文法」，相較於其他語系的「grammar」，是更複雜多變化的，初學中文的外國人往往無法了解，何以「他打我」、「他喜歡我」符合文法，而「他放鴿子我」、「他擺了一道我」就是彆扭、不通的句子。如果仔細分析，其中的文法規則往往繁雜到令人頭疼欲裂；但是，熟悉中文語言環境的我們，絲毫不會感到文法的窒礙，因為文法早已內化於我們的生活之中，儘管「不識不知」，還是可以「順帝（文法）之則」，絕對不會錯用或誤用。

學習語言，最簡捷的方法是「融入語境」，直接生活在那個語言的環境之中，只去背誦一些文法規則，是不會有太大效果的。孟子曾講過一個「一傅眾咻」的寓言：一個楚國人學習齊國語，雖然有個很好的老師悉心教導，但是一離開老師，投入生活，面對的就是一群楚國人，聽聞說講的都是楚國語，當然就學無成效了。不過，這是指單純的言語學習可以透過環境的濡染陶冶順利學成，無須過度重視文法；就文章寫作而言，多熟悉一些文法特性卻是大有裨益的。

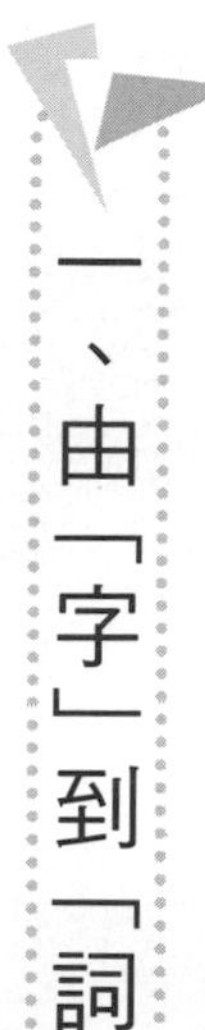

一、由「字」到「詞」

中文文法規則極其繁複，所幸我們在語言環境中早已熟悉了多數的規約，除非是作語言研究，基本上無須全盤講究。在諸多規則中，中文的「字性」與「詞性」，是首先必須掌握的。

學習過英文的人，都曾經嘗過背誦「詞類變化」的苦頭，同一個意義的單字，動詞、名詞、形容詞、副詞都各有不同，而時態、主被動、單複數、可數不可數等，又往往隨之而各生變化。中文則不然，同一個字，無論當名詞、動詞、形容詞甚或副詞、量詞，皆無不可，也無須改變寫法。例如「張」字，「張老師」、「主張」、「樣張」當名詞用；「張望」、「張開」、「擴張」當動詞用；「緊張」、「囂張」、「張惶」

當形容詞用；而「一張紙」、「一張弓」則當量詞用。中文的「字性」是屬「開放型」的，運用時可以千變萬化，依使用者的目的作各種調整，無形中就為文章寫作開拓了更廣的空間。

不僅如此，中文的「單字」使用，由於今古語言的演變，在古代的詩歌和文言文中，「單字可以成詞」，如陶淵明的桃花源記中，「緣溪行」、「忘路之遠近」、「忽逢桃花林」，其中的「緣」、「溪」、「行」、「忘」、「路」、「忽」、「逢」；杜甫的旅夜書懷中，「星垂平野闊，月湧大江流」，其中的「星」、「垂」、「闊」、「月」、「湧」、「流」，都是以單字詞出現，通稱「單詞」。但是在現代白話文中，上述的這些單字，往往必須改用「詞組」，如「緣溪行」，寫作「緣著小溪前行」；「星垂平野闊」寫作「星星垂掛，平野廣闊」，一般稱作「複詞」。

一般說來，現代白話文除了在詩歌中偶爾運用「單詞」營造特殊效果外，多半是以「詞組」運用為基礎的。以蕭白長夏聲聲的一段文字為例：

> 且聽聽這個無風無雨無陽光的午後，一樹樹蟬聲在東在西在南在北，放肆著縱橫上下的交織，聲調如複雜的管絃，和無孔不入的潑瀉。

除了「且」、「的」、「如」、「和」等字外，全文由二字或三字、四字的詞組連綴而成，這是現代白話文最大的特色。

二、「詞組」的創造

從「單字」轉為「詞組」，是以「字義」為中心拓展的：先確定其中的某個字義，然後展開聯想，與其他的相關字組合配對。如「張」字，本義是「將弓撐開」，即此可以直接連綴成「張弓」、「張弩」；可撐開的事物當然不只弓、弩，因此「張眼」、「張口」、「張牙」、「張膽」也可成詞；「張」既有「打開」、「撐開」的意思，則具有同樣意義的字，亦可互相連綴，如「拓張」、「擴張」、「伸張」、「舒張」、「開張」、「鋪張」等皆是；從張開本身的動作來看，「張大」、「張揚」、「張皇」可以成詞；如果從張開時的形態上考量，則「囂張」、「誇張」、「緊張」、「乖張」、「慌張」，也自然可以組合成詞；而事物張開之後，必然較顯眼，是即目可見的，因此「張」也可引申出「看」的意思，而連綴成「張看」、「張望」，或「主張」、「張本」。

在字組合成詞後，原有的「字性」轉為「詞性」，同樣可以千變萬化。以「緊張」為例，「他很緊張」，當形容詞用；「你緊張我嗎？」當動詞用；「情勢的緊張」，當名詞用；「緊張（地）望向人群」，又可作為副詞。換句話說，大部分的字，都可以自由組合成多個詞組，且運用上非常靈活，小學生時代之所以要練習「造詞」，就是要學童熟習詞組的組合與變化，而這正是文章寫作的基礎。

詞組通常是二個字或三個字（如髒兮兮、油膩膩、紛紛然、隱隱然）的形式，有時則是四個字，如「囉裡囉唆」、「花不溜丟」等。其中二字的詞組最為重要，不但是句子組成的主要成分，由此擴充，詞組與詞組的不同結合，更可以聯成四個字，營造出對襯的美感。如「風雨」一詞，可以衍生成「風風雨雨」、「淒風苦雨」、「風狂雨驟」、「風雨雷電」、「冰霜風雨」等，將此四字拆成前後兩組後，在詞性上是兩兩相對的，如「淒風」對「苦雨」（形容詞＋名詞）、「風狂」對「雨驟」（名詞＋形容詞）、「風雨」對「雷電」（名詞＋名詞）。四字詞組由於有對襯之美，且穩重優雅，意義凝練，因此可以要言不煩，藉有限的字表現出豐富或深刻的含義，經常成為成語，打開國語詞典，可以說俯拾皆是。

接連運用兩個二字詞組以構成文句，也有類似的效果，如余秋雨寫「雨夜」裡曾經發生過的歷史：

將軍舒眉了，謀士自悔了，君王息怒了，英豪冷靜了，俠客止步了，戰鼓停息了，駿馬回槽了，刀刃入鞘了，奏章中斷了，船楫收錨了，酒氣消退了，狂歡消解了，呼吸勻停了，心律平緩了。（文化苦旅夜雨詩意）

利用了十四個「二＋二」的詞組，而全以「了」收束，於平穩舒徐中透顯著對襯與節奏之美，可說是相當成功的範例。

「成語」多由四個字組成，其他三字（綿裡針）、五字（路遙知馬力）、六字（一枝草一點露）、七字（書中自有顏如玉）等亦常出現，其特色就在於凝練精簡，強勁有力，而且非常「文言」，有些更可能有「典故」。儘管當代所用的為「白話文」，但是實際上多數文章早已經將白話、文言融洽為一了，如「鵬程萬里」是祝福時常用的成語，本來純屬文言，而且是從莊子逍遙遊轉化而來的，但如今已成為白話文中的套語了。在文章寫作時，偶爾藉用成語，可以收到精簡、美化文字的效果，如「荳蔻年華」、「及笄之年」、「破瓜之年」、「二八佳麗」、「妙齡少女」、「花信年華」、「徐娘半老」等，都可以用來形容不同年齡的女子，取代呆板的歲數。不過，也因其各有典故，因此就不能錯用、誤用。

從二字、三字、四字到五字、七字，大抵文章中的「句子」，就是利用這些詞組交替運用而組成的，熟習這些文字組構的原則，自然就有不虞匱乏的語彙可供使用，從而創造出優美的句子。

試試看

請同學寫下自己的名字，先分別以每個字造一個二字的詞組（如果名字中有罕用字，可以同音字取代），然後據此再擴充為四字詞組，最後想辦法連綴此三個四字，成為一個有意義的句子（字數越少越好），如：

王→君王→賢君聖王

小→小心→謹慎小心

明→聰明→耳聰目明

賢君聖王通常都耳聰目明，行事謹慎小心。

心得筆記

第二章　文章寫作原理

一、了解完成作品的五個重要環節。

二、認識八個W。

一篇作品的完成，牽涉到五個重要的環節，那就是：作者、媒介、作品、讀者與環境。簡單地說，作者是文章創作的主體，實際主導著一篇作品的完成；媒介則是作者所運用的文學工具——文字；作品是主體所完成的具體成果；讀者為已完成之作品的欣賞、閱讀與批評者；環境則指特定的時間與空間。這五個環節相互依存、相互影響，並不是孤立存在的。在文學理論上，無論是批評或創作，能掌握到這幾個環節的重點就可謂踏出了窺探文學堂奧的第一步。以下，我們採用比較通俗的方式，以八個W，來做說明。

第一節　自己寫文章、寫自己的文章（Who）

作者是文學創作的主體，沒有作者就沒有作品。我們所說的「作者」，可以是單一的個體，如屈原、司馬遷、李白、杜甫、蘇軾、曹雪芹等；也可以是一個群體，如呂氏春秋、莊子、傳統古典小說及近代接力小說的作者群等。不論是個體還是群體，在創作的過程中，都是實際執行寫作工作的人，所以要展現其主體性，凸顯出自我的特色——是「自己」而不是別人在創作。從文學創作的角度來說，這點是非常重要的。

所謂「人心不同，各如其面」，每個人心靈的差異，就像外在的面貌一樣，不僅性格、氣稟、才情等天賦條件都不相同，生活經驗、人生際遇與時代大環境等外在條件也不一樣，當然會造就各具特色的心靈。這各具特色的心靈都有自己的思想、好惡與觀察事物的角度，當他們成為創作主體時，理所當然會有不同的風格表現。如杜甫雖有滿腔忠君愛國的赤忱，但卻處於干戈擾攘的亂世，所以寫出來的詩「沉鬱頓挫」；李白篤信道教神仙思想，因此詩作「飄逸出群」；王維、孟浩然淡遠閒靜，元稹、白居易通俗寫實，韓愈雄偉奇崛，李商隱細密工麗等。同樣創作近體詩，而各人有各人的面貌，多采多姿，競領風騷，正是他們凸顯了自己的主體性的緣故。因此，不論是只求寫一篇通順文章的人，或者有志於文學創作者，首先要掌握的觀念，就是：是你自己在寫文章，所以要寫自己的文章。

因此，不論寫什麼文章，我們在提筆寫作時，都要注意兩件事：首先，要想想抒發的感情是不是都發自內心，書寫的思想與觀念是不是自己所認同的，舉凡人云亦云、掠人之美的行為一定要避免，這也是古人所謂「修辭立其誠」的道理。其次，在表達方法上，也要追求「主體」的獨特性，凡是讀者習見習聞的熟語、套語，都要儘量避免過度的濫用，「謝朝華之已披，啟夕秀於未振」，力求「陳言之務去」，別出心裁。唯有如此，才能躋身「創作家」之列。

查查看

寫文章時要避免使用一些陳腔濫調，這是「陳言務去」最基本的原則。例如形容女子的面貌，類似「沉魚落雁」、「閉月羞花」的成語，已經變成熟語、套語了，同學們請查查看：古今有哪些用來形容美女的詞語？這些詞語我們應當如何使用才不會淪為陳腔濫調？

第二節　為什麼要寫文章(Why)

提筆作文之前，首先要思考：為何要寫這篇文章？是出於心中強烈的情感，難以遏抑，不得不藉紙筆宣洩？是世俗或某人行為、思想偏差，基於使命感不得不義正辭嚴地站出來，宣示某種道理、教義？

是基於某種特殊的利益考量，企圖藉生花妙筆，打動某人或某群人的心靈，以達成目的？是僅僅出於一種創作樂趣，自得其樂地沉浸在文字的趣味當中？寫作的目的不同，文章寫法極可能大異其趣。

從創作的心理過程來說，出於強烈的情感刺激，藉紙筆抒發表達的情況，是最常見的。中國傳統的文學創作論，似也特別垂青這種創作方式。早在尚書中，就已標舉「詩言志」，而詩大序則強調：「詩者，志之所之也。在心為志，發言為詩。情動於中而形於言；言之不足，故嗟嘆之；嗟嘆之不足，故永歌之；永歌之不足，不知手之舞之，足之蹈之也。」劉勰文心雕龍明詩也說：「人稟七情，應物斯感，感物吟志，莫非自然。」「情」與「志」，兩者均指涉創作者內在的心靈，大體上是可以互通的，不過，細加分析，「情」通常是較個人化的，往往因時地之不同而異，屬於偶然、流變無常的；「志」則較嚴肅、恆久，具有固定目標，通常與個人的志向和對國家社會的關懷繫連為一。

無論是抒情或言志，所強調的無非一個「真」字。「真」的意涵很複雜，無法細論，不過就創作者而言，以「心中的實感實受」定義，應該是頗為恰切的——此處可以溝通到前段有關 Who 的問題。但是，由於各種外在因素的制約，有時候寫文章未必「能」真實地寫自己心中的想法，如受到政治的干涉，需說一些言不由衷的假話；受道德的約束，需隱藏心中若干不合社會規範的念頭。當然，寫文章也未必「會」寫心中真實的想法，如基於經濟利益的目的，須違背自我，以誇張不實的方式，才能取悅讀者；為政治安定的考量，須以冠冕堂皇的理由，才能安撫人心。凡此種種，皆有可能「作偽」，只是一個是不敢，一個是不願而已。

如果依照傳統的觀念，大抵凡是以取悅他人、攫取個人利益為目的的「偽作」，都是不入流的，正如曹丕典論論文所說的：「文章者，經國之大業，不朽之盛事。」文學創作是一樁嚴肅的事業，絕不能以偽作闌入，魚目混珠。如果我們嚴以律己，以大業、盛事自我期許，相信「真」的原則是應該遵循、信守的。

不過，平心而論，文章寫作有時候並不見得非得如此嚴肅。欲成風雨名山之業，撰成金匱石室之書的作家，固然所在皆有，但卻不是每一個人都「希望」或「能夠」成為作家。為學做人的原則，固然以誠信真實為主，然而人生當中亦不免偶爾作作偽，只要此一「偽」不會傷害到別人，甚至可能對他人有意想不到的好處，何樂而不「偽」？相對的，如果不以成為作家自我期許，偶爾寫一些言過其實的花俏文章，哄哄情人，騙騙自己，應付考試，又有何大礙？而這不正是一般人之所以寫文章最常見的目的？更何況，在人心複雜的社會當中，有時候也需要有一些嚮壁虛造、毫不真實的文學作品，作為生活在緊繃的社會關係中的人，鬆弛精神壓力的一種調劑。所謂「一張一弛，文武之道也」，武俠、愛情、偵探、玄幻等風行的通俗小說，作者未必真的認為他所描繪的世界就是真實的，同時，吏未必會相信他所描述的空幻的情景、事物，但是，我們是否就能因其「不真」、「作偽」，而抹煞了其應有的價值？

當然，這個問題不會有一個眾所認可的固定答案。不過，我們應該能夠確信：無論作者是否真實地藉文章反映了他內心的情思，在創作之先，他必須先「真真實實地了解」，為何要作這篇文章。

想想看

元好問論詩絕句評論潘岳的詩說：「心聲心畫總失真，文章寧復見為人？高情千古閒居賦，爭信安仁拜路塵？」潘岳在未顯達前，曾寫過清高雅淡、瀟灑出塵的閒居賦，搏得一時美譽；但後來入賈謐門下，逢迎拍馬、阿諛諂媚，完全失去了文人的格調。從「言為心聲，詩為心畫」的角度來說，你認為潘岳當初寫閒居賦時，「真」或「不真」呢？

第三節　寫給什麼人看（Whom）

一個廣告能否成功，端視能否打動消費者。寫文章也是如此，當作品能夠得到讀者的欣賞時，往往能獲得最多的創作樂趣。因為讀者不但是一切作品的試金石，更是一切作品的欣賞與裁判者。

其實，「讀者」這個角色介入作者創作行為的時間點，遠在真正看到作品的那一剎那之前，應該說，從作者執筆創作之初，讀者就參與其中。所有的作者都一樣，在創作之前，都會先「預設」一個或一群讀者，即便是「寫給自己看」的作者，也預設了「自己」作為讀者（例如寫日記，可能是寫給未來的「自己」看的）。而不同的讀者對象，更直接影響到作者的表現方式。例如典論論文說：「奏議宜雅。」臣子的章摺奏疏，是進呈給君王觀覽的，當然要嚴守臣子的身分，以雅正的筆法敘寫，還要注意種種規定與避諱。書信文章，也要視與收信者的關係來決定表達方式，例如司馬光的訓儉示康、蘇轍的上樞密韓太尉書，都因寫作的對象不同，故語氣、文詞皆符合自己的身分。因此，作者所須確定的是「寫給什麼人看」。

讀者是超乎時間與空間限制的，不同的時空，有不同的讀者；「寫給什麼人看」，在作者往往希冀讀者共鳴的情況下，是非常重要的一件事。作者須先了解此一預設讀者的性格、身分、地位、教育背景、社交關係等等特色，才能決定採取何種表達的方法，因為不同的讀者，可以接受的表現模式不同，寫情書給情人與寫信給朋友、家人、師長，究竟不同；寫兒童文學，必須深入淺出，文字簡單生動；寫通俗小說、學院式小說、哲理小說，也都因創作前所預設的讀者對象知識程度和喜好上的差異，有各種不同的寫法。作者創造作品，勢須先加以考量，選擇最適宜的表現方式。換句話說，讀者往往可以決定文學創作的取向，此一取向，包括了題材、體裁的選擇，文字表現的方式，甚至是作品的內容。

在中國古代的文學理論中，一向將創作的重點，擺在作者的層面，刻意強調創作者表達個人情思的重要性，並企圖以個人創作的魅力，影響讀者。例如一個對社會教化、道德格外堅持的作者，往往會試圖利用作品去「教育」讀者，用以傳達作者所認可的理念。此時，整個創作的取向是由作者決定的，重在「我寫些什麼給讀者」，同時，亦因作者主觀的認定，決定了「讀者應該閱讀什麼」。這種作品，固然可能創作成偉大的巨著，但是，亦極易流於平庸化與教條化。以讀者為優先考量，著重在讀者層面，強調「讀者需要什麼，作者就寫什麼」。就一篇作品的流傳而言，尤其是在近代文學作品普遍商業化的情況下，無疑地，這種迎合讀者的創作取向，是很容易獲得特定讀者歡迎的。

不過，當我們刻意強調讀者的重要性時，難免會斲喪創作主體的自我，捨己從人，甚而「作偽」起來。如通俗小說，讀者的對象可能以中下階層為多，閱讀的目的，則以休閒、娛樂為主，作者如果以一種嚴肅刻板的方式創作，光寫些忠孝節義的情節，用一些陳腔濫調的詞語，固然難以吸引讀者；然而，如果一味取悅、迎合讀者，讀者喜歡刺激，就寫一些色情、暴力小說；喜歡窺人隱私，就大肆揭露祕聞、黑幕，以滿足讀者的閱讀慾望，固然可以達到暢銷風行的效果，符合創作者的某些目的，但是，亦自難免庸俗化起來，降低了作品的格調。如何在作者與讀者之間取得平衡點，既能符合創作者的主體，又不至於忽略了讀者的需求，這是一個有志於文學創作的人，所必須深思的課題。

寫寫看

如果你目前急需一部電腦，但手頭錢不夠，想分別寫信給家鄉的父親、舊日的死黨以及一位慷慨但卻不十分熟悉的同學，湊足費用，請問你會如何寫？請寫寫看。

第四節　用什麼體裁來寫（Which）

作品是經由「主體」經營創造而出的結果，從創作的角度而言，作品本來並沒有自主性，因為作者本身已為它作了決定；但是，文學的傳統逐漸塑造成形之後，古今中外的作品滙聚為一，便自然而然地形成彼此之間的殊異性，而此殊異性與作者的「主體」相關較微，而是作品自身獨立成形的。在古今眾多的文學作品中，依據不同的分類方式我們可以歸類出各種不同的文學體裁，如詩、詞、歌、賦、小說、戲曲、古文；論說文、記敘文、抒情文……等等，而此不同的文學體裁，雖皆由作者創造而出，但一旦形成體類之後，就各自獨立發展，擁有各自的殊異性。從這個殊異性而言，作品本身也就決定了它們各自的特色，例如中國詩歌有古詩、近體詩、現代詩的區別，古詩有古詩的特殊規則，近體詩的律詩必須有八句，現代詩必須分行；而此與「依聲協律」的詞不同，更與非韻文體系的小說、古文有異。此一殊異性，同時可以反過來約制作者，作者如欲創作不同體裁的文章，就非得依循其特有的規則不可，古文就必須是古文，詩詞就必須是詩詞，絲毫不能含混。

當然，作品的體裁及規則並不是一成不變的，高明的作者，不妨自我作古，開創新體，而這正是文學發展隱含著無限可能性的活泉所在。中國詩歌史上，從詩經、楚辭、古詩到唐詩、宋詞、元曲、現代詩的發展，充分證實了這點。不過，所謂的「創新」必須建立在熟悉原有體裁及規則的基礎上，才可能達成；進而言之，「創新」必須建築在傳統的深厚根基上，方能水到渠成，是一種「漸進」，而非「驟進」的演變。如杜甫在近體詩中別創一格的「拗體」，是他對近體詩深鑽細研，「晚節漸於詩律細」後，才琢磨出的新體；而近體詩之所以在唐代大放異彩，造就了中國詩歌的黃金年代，也正是在六朝、初唐的詩歌基礎上完成的。

換句話說，傳統中舊有的各種文學體裁，皆各有其固定的規則，作者提筆寫文章，首先就必須考慮：你要寫什麼體裁的文章？或是你所想表達的內容，適合以哪種體裁來表現？比方欲寫小說，就須遵循小說的規則，寫得像一篇小說；欲寫論說文，就須以論述說理為主，不可闌入抒情文的感情用事。這是「不變」的。然而，此一「不變」，絕非僵化死板，而是隨時孕育著「變」的可能性。優秀的作者，在熟習之餘，大可以「化腐朽為神奇」，隨時作適宜的「創新」。

想想看

有人說：「散文像散步，詩歌像跳舞。」從體裁來說，二者的區別是十分明顯的，詩歌絕不是分行的散文。以下面這首現代詩為例，請同學想一想，如果將它連綴成不分行散文的形式，和原詩有什麼不同？

花是無聲的音樂，
果實是最動人的書籍，

當他們在春天演奏，秋天出版，
我的日子被時計的齒輪，
給無情地齧咬、絞傷；
庭中便飛散著我的心的碎片，
階下就響起我的一片嘆息。（楊喚〈花與果實〉）

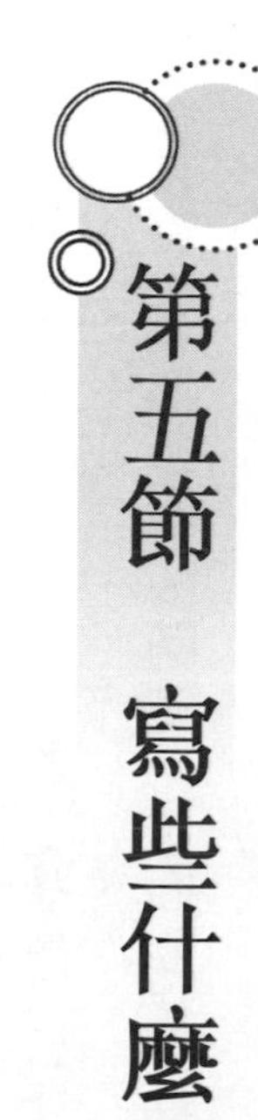

第五節　寫些什麼（What）

作品是由文字排列組合而成的，如果我們以人體作比喻，此一文字間架，就是骨骼，骨骼的堅實與否，固然可以影響到作品的優劣，但最重要的還是覆蓋骨骼的血肉。一般我們稱此一血肉為作品的內容。

作者意欲創作，當然須先明白：我想寫些什麼？才能正式據筆直抒。這就是有關作品內容的設定。

作品內容的設定，主要受作者創作意圖的制約，作者想要表情，其內容自然以春花秋月、兒女情長為多；意欲說理，自然條分縷析、頭頭是道；意欲聳人聽聞，自然波詭雲譎、驚心動魄；意欲傳述，自亦情事奇偉、感人肺腑。不同的創作目的，很自然地決定了實際表現的內容。

不過，所謂的「實際」，是指作者內心已有清晰的意圖，知道自己想寫什麼。可是，一方面，儘管作者內心清晰的浮現出表現內容的影子，嚴肅的作者也未必會率然寫出。例如李白初登黃鶴樓，已清晰地浮現了他所欲表現的內容，即利用今昔對比，點出人事滄桑及身世之感；可是，一見崔顥已先題詩於上，遂爾舉棋不定，終告放棄。另一方面，有許多情況，作者只是純粹地「想寫些什麼」而已，並未有明確的認知，這在初學者及參加各種考試時最為常見。例如，拿到了一個「趣事一則」的題目，究竟「應該」寫什麼內容？在此，我們就不得不自另一個角度來討論內容的問題了。

李白之所以放棄了原先欲表現的內容，是因「眼前有景道不得，崔顥題詩在上頭」，考慮到崔顥的詩作既已流傳，讀者已經熟知其詳，縱使再摹寫一遍，也無法獲得讀者的認同。撰寫「趣事一則」的人，左徘右徊，天下趣事如此之多，究竟該寫什麼才能獲得主試者（讀者）的青睞？因此，作品內容的決定，讀者其實也是個重要的關鍵。前面說過，讀者不但是作品的試金石，同時也在某一種程度上參與了作品的創造，因此，作品的內容，不僅應表現個人的創作意圖，更應顧慮讀者閱讀後的反應。就讀者的層面而言，固然是一種迎合，但是，據一般讀者的閱讀習慣而言，愈見新奇的作品，愈易獲得認同；而就作者的層面來說，無論是作者對作品的嚴肅要求或自我突破，亦需要不斷地提出新的內容。於此，就導向了陸機所說的「謝朝華於已披，起夕秀於未振」，前人已寫過的內容，尤其是陳腔濫調，毫無新意的內容，作者應力圖避免，而以嶄新的面貌，一新讀者的耳目。

當然，道德意識或社會使命感較重的作者，對文章「應該」表現什麼樣內容，有其嚴格認定的標準，舉凡他們認定「會」對社會人心、道德產生負面作用的內容，一概不能表現，如顧炎武就宣稱「文章須有益於天下」。這種觀念，在中國這個特別強調文學社會性的傳統中，有非常重要的影響。從正面來說，這個觀念體現中國知識分子對社會的關懷，亦憑藉著許多優秀的作品，改造、淨化了讀者的心靈，具有強大的社會教育效果；但是，從負面而言，卻往往也造成了許多問題，如紅樓夢、金瓶梅、水滸傳等優秀偉大的作品，被詆為「誨淫誨盜」，一些抒發個人情思的言情之作，被視為「言之無物」。其實，風花雪月，並不一定是無病呻吟，更不能說是言之無物，只是不符合其「有益」的標準而已；俠義小說、言情小說，也未必會教人嘯聚山林、放縱情欲，只是他們認為這是對人心有害的而已。問題的關鍵在於：是誰來判定作品的內容是有益還是無益？是作者？讀者？還是社會道德？過分強調這點，難免會使文學淪為道德、政治的附庸，形成文學箝制，教條化、形式化，因而僵化起來，斲喪了文學的生命力。

在此，我們應該確定一個信念，那就是，普天之下，沒有什麼不能表現於文學的內容，只要你想表現，敢表現，而且表現得好，就可以稱得上是一篇優秀的作品。

說說看

目前社會輿論對有關色情、暴力的文字描寫，多持否定的看法，認為這對社會大眾，尤其是青少年，有非常負面的影響，因此極力主張以禁絕的手段加以遏止。你贊成這樣的看法嗎？為什麼？請談談你的觀點。

第六節　寫作的時間與空間（When & Where）

就文字創作而言，時間和空間對作者最簡單的意義，不過是個時機和場合：什麼時候該提筆寫文章？什麼地方最適合寫文章？基於創作者個人的差異性，這點是不會有固定答案的。古人曾說，即使是枕上、廁上、馬上，也可以是文章創作的有利時空；曹操於兵馬倥傯之際，橫槊賦詩；左思置筆札於茅廁，隨時援筆，似乎可作驗證。不過，有些人則必須窗明几淨，旁無雜音，像陳師道寫詩，家中的貓兒、狗兒、孩兒，必須抱至別家；有些人則必須邊走邊想，喃喃自語，如賈島之苦吟，亦不可一概而論。於此，近人孫如陵曾謂「抓住就寫」，雖然是就靈感泉湧，不可遏抑上說，但亦未嘗不能藉以解釋：任何時機、場合盡皆適宜寫作，不必有任何的藉口。。

不過，時空的序列，在文章寫作上卻不見得如此簡單。作者提筆創作，作者生存的時間與空間，是特定的，在此，作者必須體認：是什麼時空中的人在寫？居於古代的作者，用的是古代的語言，寫的是古代的環境，表現的是古代的觀念；身為現代人，當然也應以現代的語言、環境、觀點，表現於文章之中。胡適之曾標舉「是什麼時代的人，說什麼時代的話」，雖是針對「文言、白話」之爭而發，但擴而言之，應是可以作為一個創作原則的。

此外，作者筆下的對象，如小說、戲劇中的人物、環境、觀念，也是具有特定時空的，除非是故作詼諧或別有用心，寫什麼時代的人，就須擁有一副道地的面貌，秦始皇不會搭乘飛機，項羽不會以手槍自盡，三十年代的人不會說「好酷」，九十年代的人不會滿口之乎者也，這是非常明顯的道理。當然，現代人欲寫過去的事，勢須以現代的觀點重新詮釋，自不妨別出蹊徑，以凸顯現代人的觀念，就未可一概而論。如何拿捏得宜，往往就是一篇文章成功與否的關鍵。

作者創作與作品自身，皆擁有特定的時空，但這並不意味著作者創製的心靈，也一定拘束在時間與空間的象限中。文學創作，是一種想像力的創造，在文字的聲調、格律上，儘管可能受到一些限制，但是想像力卻是極端自由的。所謂「形在江海之上，心存魏闕之下」，作者自身雖處於特定的時空序列，但是想像的雙翼，卻可以超越時空的限制，「寂然凝慮，思接千載；悄焉動容，視通萬里」，一心所至，可以上窮碧落下黃泉，流連於古今萬象之間。例如我們欲描寫一個美人的形象，從「美人」這個簡單的概念伊始，想像力就會引領我們，將我們曾經見過的美女、古今中外的美女，以及古今用來描繪美女的各個形容方式，一一浮現於腦海當中，然後加以揀擇甄別，選取或自創出一種最符合我們心目中美女形象的表現方式，然後舉筆寫定下來。凡是「想到什麼，就寫下來」而不經過想像力創造的作品，等於是卡死在時空象限中的行屍走肉，是不會有任何生命力的。

想想看

想像力是文章創作的泉源，也是一種思維訓練。同學們請依據下面的敘述，發揮想像力，找出這樁案件的可能原因（三個以上）：

十八歲的美少女，陳屍在郊外的一所空屋中，全身衣著完好無缺。

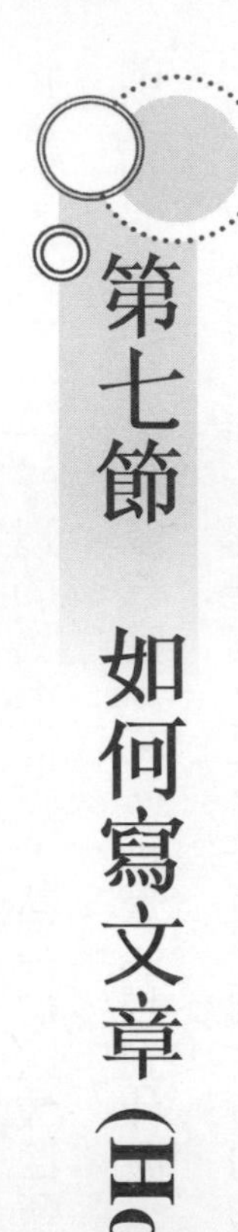

第七節　如何寫文章（How）

儘管有人宣稱「直覺即藝術」，在創作者尚未將想法實際表現為文字之前，就視同作品已然產生；不過，假如我們顧慮到「讀者」在文學中不容輕忽的地位時，顯然是失之偏頗的。文學如果未經文字表現出來，如何能稱得上是「文」？因此，一切文學的最緊要關鍵，就是在：如何表現出來？

一篇文章的結構，是由字、詞、句、段落、章節組合而成的。當然，用字審慎、造語精闢、文句順暢、段落井然、章節渾成，就是創作一篇優美文章的最基本原則。不過，這些話，只要是稍具文學常識的人都能說得有條不紊。問題是：這些制約著字、詞、句、段落、章節的形容詞，究竟代表了何種意義？如何用字才叫審慎？如何造語才算精闢？何種文句、段落、章節，才是順暢、井然、渾成？從小到大，教導我們國語的老師、家長，耳提面命，言語諄諄的，無非也是在此。而古往今來，更不知有多少文學專家，提出了相應各種文章的寫作法門：針對體裁的，如曹丕說「奏議宜雅，書論宜理，銘誄尚實，詩賦欲麗」，陸機說「詩緣情而綺靡」；針對聲律的，如沈約說「前有浮聲，則後須切響」，劉勰說「滋味流於字句，氣力窮於和韻」；針對文字運用、謀篇布局的，如韓愈說「氣盛言宜」，古文家講究「起承轉合」。林林總總，無論是單篇文章，或是集結成書的，簡直可以說是汗牛充棟，說也說不清。在此，我們很難藉本文這短短篇幅，一一詳說；即使詳說，是否就能立即達成效果，恐怕也有問題。畢竟，「文章千古事，得失寸心知」，個人所長所短，自家心裡最是明白；又道「文章本天成，妙手偶得之」，所謂「妙手」，當然是經過一番經營磨練而得的。是故，我們僅僅能說：文章欲寫得好，寫得妙，別無其他門徑，最重要的是個人多讀、多寫、多改、多思考，自家先明白自己所長、所短為何，以攻堅之心力，突破瓶頸，發揮所長。

不過，對初學者而言，適當而簡要的原則之介紹，仍然是必要的，在以下的章節中，我們將針對文章寫作的流程、基本原則及手法，略作解說，提供若干指引。

心得筆記

第三章　文章寫作的流程

一、了解文章寫作的流程。
二、了解醞釀文思的要點。
三、了解落筆寫作的重點。
四、了解文章修改的要項。

在前面章節中，我們強調寫作原理的八個 W，同學們在寫作的過程中，無時時刻要考量到：我 (Who) 為什麼要寫文章 (Why)，又想表達些什麼，怎樣讓讀者 (Whom) 能夠了解，這又必須考量到讀者所處的時空環境 (When & Where)，才能設想表達的內容 (What)，決定表達的體裁 (Which) 及手法 (How)。

不過，在我們進一步說明文章寫作的流程之前，請先思考下列的問題。

想想看

請你試著回想自己的寫作經驗，從你看到題目到完成文章，有沒有什麼準備動作？或是有獨門絕招？是立刻振筆疾書，筆隨意走？是要先打好草稿，等胸有成竹才能開始寫作？

其實，寫文章從來不打草稿或是胸有成竹才下筆，這兩種寫作方式都不成問題，但看個人的性格與寫作習慣，也各有優點與缺點。事實上，不論說話也好，寫作也罷，從有表達的動機(Why)，到表達的完成，大體上經過醞釀、表達、檢視三個階段。思維迅速、反應靈敏的人，整個醞釀的過程完全在腦中進行，看似不打草稿，但成竹在胸，已有「腹稿」。這種方式的優點在於自然表達，一如行雲流水，但容易往而不返，犯輕佻、流氣的毛病，如能在檢視上多下工夫，可以避免。思致周密、小心謹慎的人，邊寫邊改、字斟句酌，甚至必須先提筆寫明提綱、釐清脈絡，在表達過程中苦思冥索，最後又尋行數墨，逐一檢視，這才能夠放心。這種方式的優點在於穩重大方、架構完整，但易失於呆板，須在文思醞釀的過程中發揮想像力，以補其不足。前者如蘇東坡，後者如杜甫，都能有極優秀的作品產生。而無論如何寫作，都脫離不了醞釀、表達、檢視三個階段，據此，我們在下面各節中，對這三個階段應注意的事項作簡單的說明。

第一節　文思的醞釀

上一章「為什麼要寫文章（Why）」一節中，主要談的就是「動機」。一般而言，我們有了要表達的動機後，才會開始醞釀我們的文思。不過更多時候我們提筆寫作都是肩負任務的，例如：撰寫報告、聯考作文等。且不論這個動機或任務為何，總是我們有了需求後，才會開始醞釀、架構思緒。而構思的優劣，往往是一篇文章能否成功的關鍵。

關於構思，近代美學大師朱光潛先生曾經說明自己構思的經過如下：

在定了題目之後，我取一張紙條擺在面前，抱著那個題目四方八面地想。想時全憑心理學家所謂「自由聯想」，不拘大小，不問次序，想得一點意思，就用三五個字的小標題寫在紙條上，如此一直想下去，一直記下去，到所能想到的意思都記下來了為止。這種尋思的工作做完了，我於是把亂雜無章的小標題看一眼，仔細加一番衡量，把無關重要的無須說的各點一齊丟開，把應該說的選擇出來，在其中理出一個線索和次第，另取一張紙條，順這個線索和次第用小題寫成一個綱要。這綱要寫好了，文章的輪廓已具。……

文章中提出的構思步驟是：審定題目之後，透過自由聯想，無範圍無限制地去聯想與題目有關的材料，等想完了之後，再看看自己聯想所得的資料，從中整理出脈絡來，決定材料安排的先後順序，然後擬定寫作的綱要。

朱光潛的作法十分值得借鏡，我們試著略作增補，將構思的過程分為以下幾個步驟：一、審題；二、自由聯想與蒐集材料；三、整理材料，確立主旨；四、決定手法並擬定大綱。

一、審題

所謂審題，就是審視題目限定的內容與寫作的重點。審題的工作沒有做好，就容易誤解題目的意思，而「失之毫釐，差之千里」，產生文不對題的毛病。關於審題的工夫，最基本要做到看清題目的意思，進一步更要能挖掘隱含在題目中的寓意。

審題最基本的工作，就是逐字逐詞的把題目的意思看清楚。我們要注意的重點有下列幾項：

首先，千萬不要看錯字：「節日」與「節目」，「關心」與「開心」，如果你看錯題目，一字之差，全篇都錯。另外，題目中許多提示性、限制性的字詞也務必注意，例如題目中出現「最」、「若干」等詞時，就在告訴你前者應該將筆墨專注在一件人事物上，後者則應該條列一些相關的人事物才算符合題目的要求。

第二，分析題目的意思：除了少數單詞成題的題目之外，大多數的題目是由詞組構成，當我們要弄清楚題目的意思時，將題目分解到「詞」的單位，有助於我們分析題目的意思。例如「雨季的故事」這個題目，「故事」二字告訴我們這篇文章應以敘說故事為主，而「雨季」二字則限制了故事發生的時間。

此外，當我們把題目拆成詞後，我們也要釐清詞與詞之間的關係，如果你沒有分清楚這些詞語之間關係，就無法正確的作答。又如「耕耘與收穫」這個題目，兩項之間呈現因果關係。再如「自由與法治」這個題目，「自由」、「法治」兩個詞項不互相統屬，也不矛盾排斥，可以共存共榮，是並立的關係。至於「愛國、愛鄉、愛人、愛己」則屬層遞關係。當我們仔細分析題目後，才能真正掌握題目意思。

第三，確認題目的範圍：作文的題目有時候長，有時候短。一般而言，題目越長，說明與限制越多，作答的範圍越窄；題目越短，限制反而減少，作答的範圍越寬。例如「雨」這個題目，你就可描寫下雨時的景色、暢談雨水對人類的重要等等。但是若題目換成「雨中即景」，就只能描寫下雨天的所見所聞。相反的，當題目由一個字或是一個詞構成時，我們可以透過聯想，加補一些字詞，鎖定焦點、深化文章的內容。例如「樹」這個題目，我們可以加上動詞，變成「植樹」、「砍樹」、「爬樹」；也可以增加情境想像，廟前的大樹下許多人從事休閒活動，深山裡的老樹傲然獨立，山坡地的樹木用根緊緊守護我們的土地……。

第四，找出題目的關鍵，扣緊主題：當我們把題目拆開後，你會發現每一個詞在題目中有不同的功能與重量。例如「最珍貴的禮物」是由「最」＋「珍貴」＋「禮物」組成。那麼你只能寫「一件」（最）最有價值（金錢價值、紀念價值）的禮物。如果你一味描寫贈禮者與你之間的深厚情誼，卻不描繪獲得這份禮物的情境及其所以珍貴的意義，那就沒有分清楚題目的重點所在。

第五，挖掘題目的言外之意：某些題目我們只容易看到題目表面的意思，而忽略了題目背後隱含的意思，只有把那些題目隱含的意義凸顯出來，才可以把那篇文章寫好。例如「把綠色還給大地」這個題目，如果你沒想到「有借才有還」的道理，沒有寫大地原本綠意盎然，因為被人類破壞而消失，造成了人類更大的損失，就無法凸顯「還」的重要。

說說看

我們知道了審題的重點後，下面有幾個題目，請你試著說說看這個題目的重點在哪裡。

1. 請你試著判斷、分析「追求流行，表現自我」這個題目兩個項目之間的關係。
2. 請你試著以「愛」為題目，設想文章內容可以寫些什麼？
3. 請你想一想「想飛」、「回家」這兩個題目，有沒有背後的含意？

二、自由聯想與蒐集材料

「巧婦難為無米之炊」，寫作也是如此，沒有材料就無從寫起。朱光潛先生所謂的「自由聯想」正是蒐集資料的一種模式。我們平時觀察生活、閱讀書報、觀看影片，得到許多零散的事實、材料。這些「素材」平日毫無規則的儲存在我們的記憶深處，透過「聯想」，我們才能將這些資料喚出使用。

聯想就是從一件事物或一種情境而想到其他有關事物的思考方式。一般我們在聯想時都是「自由聯想」。聯想物之間的關係雖然有跡可尋，但聯想者為什麼會想到這些事物，則是偶然的。會想到哪些東西，通過什麼關係想到，誰也無法預料。例如看到樹，有人會想到桌椅，因為桌椅是由木材做的；有的人會想到神木，因為前一陣子他才上阿里山觀賞神木；有的人會想到爸爸的雙手，因為樹皮和爸爸的雙手一樣粗糙。但是如果你平日沒有聯想的習慣時，我們建議可以採用接近聯想、類似聯想、對比聯想三個方向進行聯想。

接近聯想是就事物本身的特性、形狀、顏色、形成原因，或因為兩物在時間、空間上的接近而引起的聯想。如由「眼睛」想到「眼淚」，由「浮雲」想到「天空」等。相似聯想就是由一件事物聯想到與其特性相似的另一種事物。寫作時常用的象徵、譬喻、擬人的修辭法，都是基於相似的聯想。如由「眼睛」想到「星星」，由「浮雲」想到「遊子」。相反聯想就是由一件事物出發，聯想到與其大小、強弱、濃淡、是非、善惡、時間、空間等相反的事物。寫作中常用的反襯法就是基於相反的聯想。如由「眼睛」想到「視而不見」，由「浮雲」想到「晴空萬里」。例如「樹」這個題目，若我們從上述的幾個方向去聯想。從樹可以想到葉子、果實，可以想像它是位和藹的長者，也可以聯想到它幼苗時期或枯倒的時候。

聯想是從我們記憶的資料庫中擷取資料的一種方法。不過如果平日沒有觀察、閱讀、思考的習慣，你記憶的資料庫空空如也，那麼即便掌握了聯想的方法也沒有多大的用處。所以我們平日就應該充實我們感知生活的能力，用心注意生活的一切細節，甚至養成謄錄筆記的習慣，才能讓我們提筆寫作時能寫出內容豐富與深刻的文字。例如散文家劉墉先生表示，他從大學時代起就培養了一個好習慣，每次讀書遇到好的故事或好的句子，一定立刻用筆在活頁紙上記下來，時時加以分類整理，久而久之，累積的故事和金句便多了起來。直到今天，他寫的文章用語精鍊、事例雋永，就是因為有了這一大批自己累積了幾十年的筆記本。成功者是這樣做的，我們也可以向他學習，建構我們自己的資料庫，那麼寫作文章就不是什麼難事了。

查查看

在上一章我們查過了形容美女的詞語，你查詢的資料有整理保存了嗎？我們應該學習劉墉先生的方法自己建構資料庫。請你試著以「秋天」為主題蒐集一些寫作素材。

三、整理材料，確立主旨

透過自由聯想和蒐集材料的過程，我們有了豐富的材料，接著便要整理材料並確立文章的中心思想。一篇文章只有一個主旨，因此如何從紛雜眾多的材料中，抽繹出中心思想，使文章主題鮮明，是文章能否出色的關鍵。否則，材料雖多，東拼西湊，這種大雜燴的文章，就像一個人六神無主，不可能有精神。我們透過聯想所得的素材多半雜亂無章，我們必須從這些素材中概括出中心思想（主旨），才是我們真正能運用的題材。

要根據素材確立主旨，大抵可依循兩條途徑：

(1) **概括事物的共同點**：通過聯想所得的素材雜亂無章，我們可以歸納這些素材的共同點來找到我們文章的主旨。

(2) **分析事物的因果性**：集中焦點，分析一件事情的原因、經過、結果。那麼，文章的主旨自然就凸顯出來。

在刪選資料時，必須毅然決然、義無反顧；如果當斷不斷，硬要把這些資料通通寫進文章中，必定會顯得行文龐雜冗贅。當你把不相干的素材大刀闊斧的刪去之後，主題與作品的大致藍圖就已經出現。

四、決定手法並擬定大綱

根據整理好的材料確定主旨之後，隨即要決定敘述手法並且擬定大綱。

我們挑選的這些題材，需要什麼手法來呈現，哪些題材適合使用記敘手法，哪些可以使用抒情手法，哪些又應當以說明的手法來處理等，這些都應該在這個階段確定（至於手法的運用技巧，詳見以下各章）。另外，這些題材又應該怎樣安排先後順序，才能讓讀者了解作者所欲表達的意思，或是怎樣的安排才能增加讀者閱讀文章時得到美的感受，這又牽涉到大綱的確立。

文章綱要的建立，要考慮到不同材料之間，是按照時間的順序呈現？是依據空間位置的順序？是把事情按照原因、經過、結果的方式寫作，還是運用分類的方式？抑或是分別從多方面各角度介紹？這就是所謂的安排篇章段落了。眾多材料中，哪些要安排在開頭？哪些安排在結尾？中段如何鋪陳轉折？各段如何貫串以顯示文章主旨？句與句、節與節、段與段前後如何銜接？如何彼此照應？哪些素材只須略寫以作襯托？哪些該精寫？怎麼寫較有說服力？這些都是擬定大綱時該思考的。

想想看

時序已經接近秋天了，我們想要以「秋的禮讚」為題，寫一篇作文。請你按照下面的步驟完成：

1. 請解釋何謂「禮讚」？
2. 模仿朱光潛先生的作法，拿出一張小紙片，寫上你對於「秋」的隨意聯想。
3. 整理一下你聯想的紙片和上次「查查看」所得的素材，看看哪些有共同點或因果關係，可以組合成文？
4. 整理一下你的材料，看看那些題材應該怎樣排列。

第二節　文意的表達

當我們完成大綱之後就可以開始寫作了。一個結構完整的綱要，在適當的填入句子後，自然形成一篇文章。這時我們還要注意以下幾件事情：

(1)這些句子是否能夠準確的傳達我們想表達的意思。

(2)在傳達意思的過程中，我們所寫的句子要能讓閱讀者容易閱讀。因此，這些句子必須使用閱讀者所熟悉的文字。

(3)為了讓讀者不至於產生誤解，所以我們使用的句子必須符合語言的規則，語法、標點符號、句子組織都要特別注意。

(4)最後我們寫作的這些句子是否能適當地納入連貫和諧的段落和篇章之中，成為一個完整的篇章。

在此，我們將同學們表達文意時常犯的錯誤整理如後，提供同學們參考：

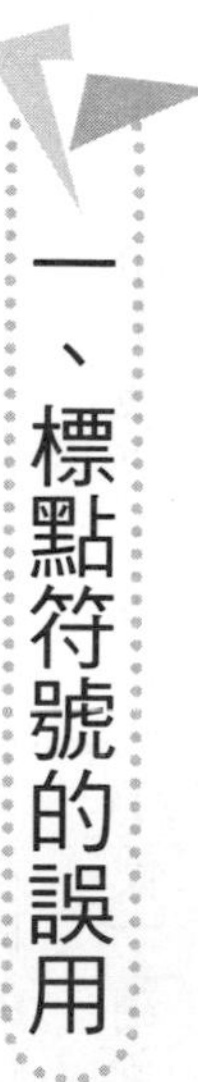

一、標點符號的誤用

使用標點符號，最主要的目的在讓讀者不至於誤會我們所要表達的意思。斷句不同，所表達在語意也大不相同。例如：

八十老翁親生一子所有財產完全給予女婿外人不得爭奪

如果你斷成「八十老翁親生一子，所有財產完全給予，女婿、外人不得爭奪。」那麼全部財產是全部分給老翁的兒子；如果你斷成「八十老翁親生一子，所有財產完全給予女婿，外人不得爭奪。」那麼全部的財產將分給老翁的女婿；如果你斷成「八十老翁親生一子，所有財產完全給予女，婿、外人不得爭奪。」那麼財產是分給老翁的女兒；如果你斷成「八十老翁親生一子，所有財產完全給予女婿、外人，不得爭奪。」那麼所有的財產就全部分給老翁的女婿和外人了。

寫寫看

請依題目的要求試著將下面幾個句子填上合適的標點：

1. 「世界上的男人如果沒有了女人就恐慌了」，如果你是女人，你會怎麼斷句？如果你是男人，你又會怎麼斷句？如果運用不同的標點符號，還可以作如何的斷句？
2. 「路不通行不得在此小便」請你想想不同下標點的方法，會造成什麼樣的結果。

同學們在運用標點符號時，常犯的錯誤是標點符號用得太少，甚至完全不用，使一個句子又長又不易理解。另外，同學們常常不知道什麼時候要使用句號，往往一逗到底，只在段末用個句號。我們在課本後面附錄的標點符號用法表，同學們可以多花點功夫研究。

二、病　句

文句是用來表達意思的，如果意思表達得不夠清晰，讓人產生誤會，那就是有毛病的句子，一般我們稱他為病句。病句發生的原因與情況非常複雜，我們只簡單的舉大家常犯的毛病來作解說：

㈠詞語錯用

在寫作時，為了追求表意的精準，在用詞上，每用一個詞都必須反覆斟酌，用心揣摩，不用則已，用必求準，不然可是會鬧笑話的。例如有人在作文中寫道：「我要用盡心機報答爸媽，用花言巧語報答爸媽。」其中「心機」、「花言巧語」屬於貶意的詞彙，不宜用在這個句子裡。

㈡搭配不當

這種情形指的是句子中的詞語在配合上不恰當。例如主語與謂語、動詞與賓語之間如果有成分搭配不當的現象，就會讓文句不通順。例如：「我們要了解防火的重要性及危險性。」「防火」並不會有「危險性」，這例句中的「防火」與「危險性」搭配不當，因此也是表意不清楚的病句。

㈢語序不當

造句時，哪些詞語、哪些成分在前，哪些在後，都必須符合表達的習慣語序和邏輯順序。違反了這一個準則，句子就可能是錯誤的。例如：「我勸大家把樂透不要當作賺錢的路。」句中「把」與否定副詞「不要」有錯位的情形，違反了語序準則，所以讀起來就覺得不通順。

(四)成分的殘缺或冗贅

如果一個句子中，該出現的成分沒有出現，或把必要的成分不當地省略了，這種句子也可能成為病句。例如：「那時的我，好像是站在台上的演奏家，使全場的觀眾陶醉在音樂之中。在我拉完小提琴時，給予最熱烈的掌聲與鼓勵。」句中，第一分句與第二分句主語都是「我」，但最後一分句的主語不是承前省略的「我」，而應該是「全場的觀眾」，這裡暗換主語又不當地省略，導致主語殘缺，所以也是有問題的句子。

另外，文句中若有贅餘的字詞，也容易造成句意表達不明確，甚至與欲表達的原意相反的病句。例如：「芸芸眾生中，一定有才能出眾而遠勝他人者。……這些人難道不是一出生就擁有過人的才能或技巧嗎？」「難道不……」這種反問形式，表示肯定的意思。本句原意是「這些人並不是一出生就擁有過人的才能或技巧」，是否定的意思，卻由於在反問詞「難道」後面贅加了否定詞「不」，導致句意與原意相反。本句應改為：「芸芸眾生中，一定有才能出眾而遠勝他人者。……這些人難道是一出生就擁有過人的才能或技巧嗎？」

(五)不合邏輯

這種情形相當常見，許多人在寫作時沒有稍微思考一下自己寫出來的句子，往往忽略句子表達出來的意思合不合常理，等到作品完成後一讀，才發現許多不合邏輯的情況產生。例如：「春天一到，大樹也開始長出葉子了，原本光禿禿的大樹，在一瞬間變得綠意盎然。」「在一瞬間變得綠意盎然」雖然是誇張的修飾，但太不合情理，這不是恰當的誇飾修辭，而是誇張失度導致的邏輯語病；將「一瞬間」改為「一夕間」較為恰當。

最後，寫作和說話不同，不宜將口語帶入你的文章裡面。如：「我的筆被用壞了，我同學跟我講，用火燒會變好，我做了，結果筆不聽使喚，也沒有甦醒。」這樣的文句是不宜出現在文章中的。

改改看

語文的使用需要注意場合、對象的分別，不同的場合、不同的對象，都有它不同的語文表達方式。例如上台演講和平日死黨之間說話便大不相同，而寫作文章和口語敘述也絕不應該完全沒有差別。下面是一篇題為「運氣」的中學生作文，即使暫不考慮文字的優美與否，其中除了以下說明文字的範例之外，尚有九處應予修正——或使用了不當的俗語、口語、外來語，或犯了語法上的錯誤，或是受媒體、網路流行用語誤導，或以圖案代替文字，請加以挑出，並依序標號（1、2、3……9）改正之。

【說明】例如文中「3Q 得 Orz」即為不當用法，3Q 意指「thank you」，Orz 則藉三字母表示「跪拜在地」之狀。改正之方式如下：

3Q得Orz→感謝得五體投地

今天我們班的運氣實在有夠衰，開朝會時被學務主任點名，說我們班秩序不良而且教室環境髒亂。我們班導師氣到不行，回到班上嚴辭訓斥大家一頓，問我們究竟安什麼心？林大同立刻舉手發言說，我們一定會好好做反省的動作。衛生股長漲紅著臉幾乎快::>|<::了，他拜託大家每天確實打掃，他一定3Q得Orz。王明問班上的星座達人到底我們班為何如此時運不濟，接二連三被挨罵受罰。更慘的是，班上的蒸飯箱莫名其妙又壞了，害得全班只好吃冷便當。偶氣ㄉ要死，媽媽昨天為我準備的便當，本來粉不錯吃滴，卻變成難以下嚥的冷飯。想不到今天這麼倒楣，昨天真不該聽信風紀股長的話，到學校理髮部去理一顆一百塊的頭，今天還不是一樣諸事不順！【95年學測試題】

第三節　文章的檢視

文章的檢視與修改在作文中扮演著極為重要的角色，其目的在隨時檢查所寫出來的文章是否符合原先設定的目標，並且對於不滿意的地方作修改。一般人認為在寫作完成後，才可對文章進行檢視與修改。嚴格來說，這個說法並不周延。其實，不一定要等到文章寫完才能檢查，而是應落實在前幾節討論的過程中。也就是我們在寫作文章的過程中，一方面按照大綱寫作，另一方面又該隨時檢視筆下的文句，調整文章進行的方向。如果碰到行文的阻礙，甚至可以回到構思的步驟，對文章做大幅度的修正。

文章的檢視包含兩個方面：有針對文章架構或意義層次的修改，也有針對句中的語詞或表面結構層次的修改。前者主要檢查文意的表達，是否達到我們擬定主旨、組成綱要的初衷，有沒有更縝密的結構、更優美的文句能讓文章的內容更完善、文辭更優美。而後者就是要檢查我們前一節所說的「病句」。

文章檢視的工作包括「偵察錯誤」和「改正錯誤」兩部分。在「偵察錯誤」的閱讀中，我們要找出自己文章有問題的地方，然後「改正錯誤」。由於「偵察錯誤」必須要知道自己文句是否通順，佈局是否恰當，除了書寫和語法應用等能力之外，還要有閱讀理解的能力。文心雕龍知音說：「凡操千曲而後曉聲，觀千劍而後識器。」我們平日就應該多讀優秀的作品，增加對好文章的鑑賞力，自然在審視自己文章的時候，就比較容易發現自己的缺失，並加以改正。

在文章的檢視階段，我們應該採先整後零的修改方式，先作整體的改正，然後才作局部的改正。就是先協調文章整體的結構，然後才美化個別的字詞句。換句話說我們在平日練習時，要加強標點、語法等方面的訓練，讓所寫的文字、語句能夠通順而精準，這樣才可以將節省下來的精力，用於文意的深入與文句的美化。

改改看

寫作時，適度而精確的使用口語與成語，可使文章增色，但若濫用、誤用，反不可取。下面是一封情書，除粗陋的口語外，更充斥俗濫與錯誤的成語。請在不違背其本意的前提下，用真切、自然的文字加以改寫。

注意：1. 改寫時須保留原信的時間、地點、人物、情節。

2. 不可使用粗陋的口語，並避免濫用成語。

「上個禮拜六在校刊編輯會議首度看到你，就被你煞得很慘。你長得稱得上是閉月羞花，聲音也像鶯啼燕囀。從此，你在我心中音容宛在，害我臥薪嚐膽、形容枯槁。我老媽看不下去，斥責我馬齒徒長、尸位素餐，不知奮發圖強，難道要等到名落孫山、墓木已拱才甘心嗎？我也有自知之明，這封信對你而言只是九牛一毛，你一定棄之如敝屣。但我相信愚公移山的偉大教訓，也就是人定勝天，如果你給我機會讓我向你表白我自己，你會恍然大悟我是個很善良的人。期待你的隻字片語，若收到回音，那一定是我一生中最快樂的一天了！」【91年學測試題】

最後要提醒大家：實際寫作時，構思、表達和檢視三種活動並不是一成不變地依順序直線進行。表達的過程中，不代表就不必構思，或者不必檢視。有的時候寫到一半靈光乍現，想到了更好的題材，也可以停下來更動寫作的構思，甚至修改前面的文句。因此，比較完整的說：這三個階段是不斷循環，隨時穿插交替進行的，這三種活動可能持續發生在整個寫作歷程中。

第四章　記敘手法

一、了解「記」與「敘」對象的不同。
二、了解記敘的重點不在事物本身，而在事物所引起的人的感受，即作者必須賦予事件「意義」。
三、了解情感投射與理性思維對「意義」的作用。
四、了解記敘的四大原則：(1)確立主觀意圖，(2)掌握景物的特點，(3)化靜態為動態的摹寫，(4)情景交融。
五、了解「事件」在敘事中的重要性。
六、了解正敘、倒敘、插敘、補敘、總敘、分敘、意識流等重要的「講故事」手法。
七、了解「作者」和「敘述人」的不同以及「人稱」和「視角」在敘事中的重要性。

文章中的「記敘」，基本上有人、物與事三大對象。人，包括了作者自身及作者所觀察、感動到的他人；物，則指除了人以外，有形或無形的自然景、物，甚至抽象的觀念（如情感、思維活動等）；事，則指人或物的活動。事實上，舉凡天地之間，所有有形無形、可見不可見、可知未可知的人、事、物，都可以藉筆墨的「記敘」表現出來。大體上，「記」以摹寫人、物為主，而「敘」則以事為主要對象。

外在的人、事、物都屬客觀的存在，各具其形體、狀貌、特性或因果關係（事件），在理論上，我們可以用「素描」的方式，就如同照相機或攝影機一樣，利用文字，將我們眼中所見、心中所感、所知的人事物或「記」或「敘」出來。在這裡，創作主體首先須擁有細密的觀察與感受能力。以「哭」為例，同樣是「哭」，可以是大哭、痛哭、嚎哭、悲哭、乾哭、啼哭、低哭、吞聲哭；也可以用「泣」、「啼」、「號」。這些不同的「哭」，無論動作或意義都大不相同，創作主體的眼睛必須比照相機更敏銳，才能作出更精緻的描繪。

查查看

泣、哭、號三詞分用時有所區別。無聲有淚叫「泣」，有聲有淚叫「哭」，哭而有言叫「號」；通稱時都可用「哭」表示，如：「哭泣」、「號哭」。同樣地，「笑」也有很多種，如：「嘻」、「哈」、「咥」、「咍」、「噗哧」、「莞爾」、「囅然」、「粲然」、「絕倒」等。請查一查這些「笑」，各有什麼不同。

第一節　賦予事物「意義」

記敘的重點，不在於外在客體的實際形態，而在這些形態所引起的人的感受。這點，我們且藉莊子秋水的一篇寓言來作說明：

莊子與惠子遊於濠梁之上。

莊子曰：「儵魚出遊從容，是魚之樂也。」

惠子曰：「子非魚，安知魚之樂？」

莊子曰：「子非我，安知我不知魚之樂？」

惠子曰：「我非子，固不知子矣；子固非魚也，子之不知魚之樂，全矣。」

莊子曰：「請循其本。子曰『汝安知魚樂』云者，既已知吾知之而問我，我知之濠上也。」

莊子看到一群儵魚在清澈的水中飄游，認為是「從容」，是「魚樂也」，但魚兒真的就是如此嗎？牠們可不可能是為尋找食物、躲避傷害、覓求伴侶，甚至根本就是無所為而為的游行？莊子如何去「驗證」魚兒是從容、快樂的呢？惠施的質疑，其實是很有道理的。很顯然地，莊子只是藉魚兒描寫他內心的感受。不同的主體，因不同主體的經驗、性格的差異，而具有不同的特色。莊子心懷自然的機趣，以此觀魚，魚自然體現了自然的樂處；惠施處處質實，凡事欲求驗證，以此觀魚，當然質疑魚樂或是不樂。此正如同偉人看到逆水而游的魚，會獲得「力爭上游」的啟示，而尋常孩童，就難免捲起褲管，欲撈摸回家豢養了。

在這裡，外在的景物類同於符號，而作者則是賦予此一符號意義的人。「記敘」，所記所敘，最重要的就是以此一「意義」為重心。意義的產生，有兩種不同的途徑，一是情感的投射，一是理性的思維。

一、藉情感投射賦予意義

情感是創作的原動力，而情感外發，必依附於外在的景物，或以情感物，或以物興情，天下萬物莫不有情，而天下萬物之情，也莫不可成為創作主體之情，因此，景中必然含情，情中必然懷景。

情感激盪外發，正所謂「以我觀物，物皆著我之色彩」。「感時花濺淚，恨別鳥驚心」，花鳥本是無情之物，如何會「濺淚」、「驚心」？只因杜甫心懷「國破山河在」的悲思，故花鳥也連帶著沾染上一層悲情。「蠟燭有心還惜別，替人垂淚到天明」，蠟燭豈真知曉人意？惜別、垂淚的，其實是徘徊在「多情卻似總無情」矛盾中的杜牧。創作主體原就激盪著深濃的情感，故所見無非含情，所謂「登山則情滿於山，觀海則意溢於海」，主體之情與客體之物，藉情感的直接描寫，繫聯為一，情喜景亦喜，情悲景亦悲，景物的意義，即在情感的激盪中產生。

作者的情感，未必即是如此顯朗，它往往潛藏於主體內心的深處，不輕易浮現，而一旦受到景物的刺激，就會沛然莫禦地流瀉而出。「昔年移柳，依依漢南，今看搖落，悽愴江潭。樹猶如此，人何以堪？」

江頭婆娑的柳樹，一旦枝葉凋零，生意皆盡，看在羈旅北朝、飄零難歸的庾信眼中，激盪出他身世的感傷。「寥落古行宮，宮花寂寞紅，白頭宮女在，閒坐說玄宗」，破落的宮殿、白頭的宮女，看在元稹眼中，激盪起對舊日開元盛事的緬懷。這正是所謂「人稟七情，應物斯感，感物吟志，莫非自然」。情以景動，則景中也自然含情。

當然，同一景物在創作主體不同的生命過程中，會具有不同的意義。故同樣一棵老幹盤根、綠蔭深濃的大樹，向來有心「致君堯舜上，再使風俗淳」的杜甫看到「錦官城外柏森森」，聯想到的是諸葛亮清節的風標；而向來落魄江湖、青樓薄倖慣了的小杜，由於一次情感上的遲疑，面對「綠葉成蔭子滿枝」的老樹，則激盪起「自是尋春去較遲」的悔恨。記敘景物，雖是以情為主，但此情須是創作主體特殊、獨有的情感，是「我」置身於景物之間，而非他人。

「以我觀物」，物我之間的界限是很分明的。中國人寫文章，往往強調物我的融合，亦即所謂的「情景交融」，力圖泯除物與我的界限，王國維稱之為「以物觀物，不知何者為我，何者為物」。蓋即景即情，即情即景，我即是物，物即是我，互相融合滲透，自然沒有了物我的界限。所謂「以物觀物」，並非指「我」的泯滅或消除，而是完全利用客觀的景物、動作，自然體現出作者之「我」。陶淵明的名句「採菊東籬下，悠然見南山」，只單純描寫了陶淵明一個不經意的動作：採菊、見山，及一座不具任何姿態的南山，就體現出他高潔的人品及閒適的生命情調。至此，物我之間已完全交融，所以千古傳頌。這不是刻意營造，所以得自然的妙趣，寫景寫情，至此達到最高的境界。

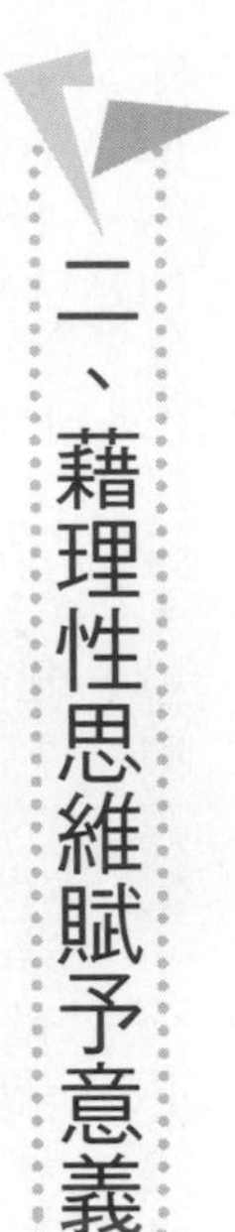

二、藉理性思維賦予意義

「我」既然是特殊而獨有的，則敘寫景物，自然須求其與眾不同。眾目之所見，固為人情之所同歸，如眼見落霞殘照，「夕陽無限好，只是近黃昏」的感傷，人所同有；而「滾滾長江東逝水，浪花淘盡英雄」的哀悼，亦為觀乎海濤洶湧者，易於勾起的情懷。人同此心，心同此理，然一經敘寫，則落前人窠臼，「我」的獨特性即無法凸顯出來。李白登黃鶴樓，感慨於「眼前有景道不得，崔顥題詩在上頭」，儘管情興遄發，依然不得不勉強抑制，正緣於不願與崔顥之「我」同步。在此，理智的思辨，在主、客體之間的溝合，居有關鍵性的作用。

理智的思辨、判斷，是「以我擇物，物皆合我之色彩」，這可以分兩個層次來說。首先，當我們瀏覽景物而觸動情懷時，此情此懷有時是幽微難知的；同時，我們所面對的景物，有時也不僅僅是單一的。在此，主體必須深入細微，一方面以理智對此情懷作觀照，究竟此時此刻，是心靈中的哪一處心絃受到了激盪？一方面以理智對此景物作鋪排與選擇，哪一種情境下的景物，最能表現出此情此懷？

以淡水的漁人碼頭為例，淡水河自關渡大橋迤邐而來，水勢頓然開闊，在大屯山與觀音山之間，流向遠處的大海；海中景象，從遠處的海天交界處，到近渡頭的河海渾融處，油輪、漁舟、風雲、波濤、游魚、飛鷗，無不各具姿態；夾岸兩旁，八里的公路、車流、成列的民居，淡水的碼頭、渡輪、店鋪、遊客，亦各有動靜；再加上落日餘暉、海天交界之藍、河海渾融之濁、浪白鷗灰、山青土黯，顏色雜揉……，這是我們所可見到的漁人碼頭。來到此處，不免心有所感，但究竟是屬於哪一種感受？是勾起了前塵往事？觸動了舊日情懷？還是……？這一絲似連似斷的幽微情感，可能同時發生，也可能只有一個，但是卻不是想像中如此清晰的。我們必須澄明心境，以理性的觀照，審視一下自身的情感，才能確切地捕捉到。直至線索明晰，情感的輪廓浮現之後，我們再以此一情感為中心，以理智的判斷，選擇出最能與此情感相應的景象，鋪排組構成一個整體的圖象，再藉文字將此情景表現出來。既是「以我擇物」，則不但許多雖經目見，而未曾激盪過情感的景象可以刪除，就是分明撼動心絃的景象，由於前人已經表現過，也應斷然捨棄。在此，所倚仗的不是情感豐沛的力量，而是理智的思索與判斷。

理智思辨的第二個層次，即是落實到文字的具體化。如何藉文字描摹出能具現心中情感而又能栩栩如生的景象？這就是「意義」的呈顯，也是記敘手法所著眼之處。

寫寫看

每個人都有自己特殊的經驗，對周遭事物，睹物興情，也往往各具不同的感受；甚至同一事物，在不同的時間點、心境下，也往往有所不同。請你以魚、樹、鳥等動植物為題，分別寫兩篇一百字內的短文，將此不同的感受表達出來。

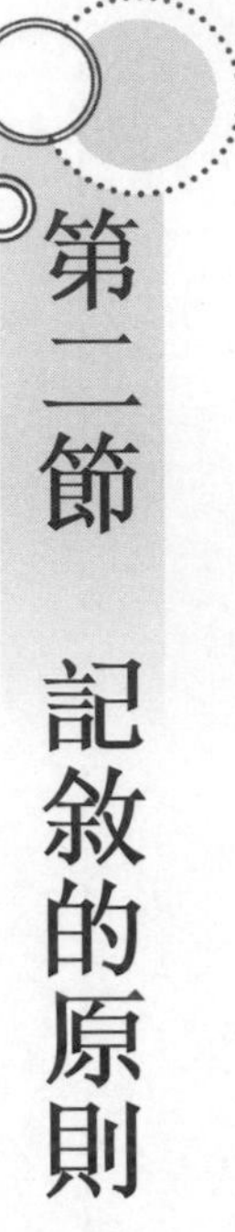

第二節　記敘的原則

記敘，因所記所敘有人、事、物的不同，所講求的手法也略有差異，一般而言，可分為寫景與敘事兩種。寫景是指景物所呈顯的靜態面之描寫，講究在剎那間捕捉住其形象，而以文字予以定型的描繪；敘事則指描摹人或物在一段連續時間中的具體活動，藉此活動凸顯出人物的特性。無論是寫景或敘事，都有一些共通的原則，茲分述如下：

一、確立主觀的意圖

主觀的意圖是文章寫作的骨幹，必須在文字中呈顯作者之所以提筆為文的用意。當我們受到景物的刺激，激盪出心靈種種的複雜感受時，必須先在心底仔細揣摩，究竟這是什麼樣的情感？例如以淡水漁人碼頭的船為對象，斑駁的舊船，可能只是很單純地勾撩起你「破舊」、「殘破」的感覺；也可能讓你從「破舊」與「殘破」中，聯想到淡水已褪色的風光；也可能讓你聯想到人生遲暮的悲哀、獨自憔悴的悲情、人生落拓的寂寞；更可能使你如遇老友，在斑駁的刻痕中，尋找到過去的點點滴滴。所有的景物，都必須具有意義，否則就不宜出現在文章中。作者必須憑藉著確定的意圖，選擇適當的景物作文章中波瀾轉折的中介。所有筆下所描寫的景物，皆必須環繞著此一意圖開展，絕對不可插入互相矛盾的景物，如欲描寫淡水之美，則舉凡垃圾、油汙、髒亂、嘈雜的景物，儘管亦是眼中所聞見，且曾引起你相當強烈的感受，亦須加以割捨，除非你仍然能從中窺出任何的「美感」。而一個特定的景物，通常只適合表現一種意圖，如果是藉破舊的船，寫你對淡水的歷史情懷，則此一破船，就是你進入淡水古今變換流程的媒介，不必再無謂地又從破船引導出個人的悲哀情懷。

一般人寫景，極易犯上主觀意圖不明確的毛病，如以下這段文字：

阿里山是臺灣著名的高山，山勢雄偉，風景絕佳，有森林鐵道、雲海、日出等勝景可以遊賞。在阿里山上待一天，你可以盡情領略到山居的諸般妙處，當然，也會感受到遠離文明社會的不便。

這段以「阿里山」為題的文字，作者只是泛泛敘說，沒能呈顯出阿里山上的景物如何引發自己心中的實際感受（妙處沒說出）；而且主題不明確，不知究竟以什麼為重點，「遠離文明社會的不便」更打亂了前面鋪敘的情調，費了如許筆墨，寫了等於沒寫。小學生習作文章，寫到「某某遊記」時，往往從前一天晚上的興奮與期待入手，然後在第二天的歷程中，依照精準的時間順序，一一將其所遊的景點，照實而錄，這不是在寫文章，只是在列行程表、作流水帳，問題就是沒有將主觀意圖集中表現出來。

二、掌握景物的特點，作特寫描繪

所有的景物，在理論上都是「待詮釋」、「待發掘」的，這不僅僅是指不同的創作心靈，對相同的景物，會具有不同的觀感，更指景物在不同的時空序列中，永遠是變化萬千，有待創作心靈細細體會的。

同一座觀音山，在煙雨朦朧中，在日落夕照中，在豔陽下，在陰霾下，各具姿態；從公路上看，從海上看，從高樓上看，從紅毛城上看，或是身在觀音山中看，高低遠近，橫側正背，無一相同。你想描繪的是怎樣的觀音山？這是進行寫作時所應確定的。所見不同，所感自然有異，作者須表現出此「不同」與「異」，這就是特點。

作特點描寫，一方面須如放大鏡一般，將我們眼中所欲描寫的具體事物，作形象輪廓上的描繪，一方面更要敘寫出事物的內在精神。例如描寫山景，首先要摹繪山勢，令其栩栩如生，若在目前，不能僅僅以尋常運用的筆墨，如高大、雄偉、險峻等抽象的形容詞作泛寫，而必須寫出其如何高大、雄偉與險峻；描寫一個美人，光是泛泛然寫其美麗、漂亮、大方，甚至用上了沉魚落雁、閉月羞花等陳腔濫調，也不算是具體摹寫，而應該直接將她最美的特點呈現出來，如詩經裡以「巧笑倩兮，美目盼兮」，直接寫美女輕笑的嫵媚與眼神的流麗，淡淡幾筆，就頗能傳神寫照。

更進一層，在事物的外在形象輪廓中，須求其內在精神的顯現。仍以人物為例，不同的性格當具有不同的美，每個美女都可能是兼具嫵媚與流麗的，可是我們所描繪的特定對象，是否仍有其內在與眾不同的特點？以紅樓夢中的林黛玉和王熙鳳為例，曹雪芹寫林黛玉：「兩彎似蹙非蹙籠煙眉，一雙似喜非喜含情目。態生兩靨之愁，嬌襲一身之病。」寫王熙鳳：「一雙丹鳳三角眼，兩彎柳葉掉梢眉，身量苗條，體格風騷，粉面含春威不露，丹唇未啟笑先聞。」同樣將重點置於眼眉之間，然而林妹妹落寞、嬌弱，令人憐惜的身影，就宛如從大觀園中走入了讀者的眼底；而鳳姐那精明幹練、靈動爽朗的語音，也教人如聞其聲。這就是掌握住了人物的內在精神。

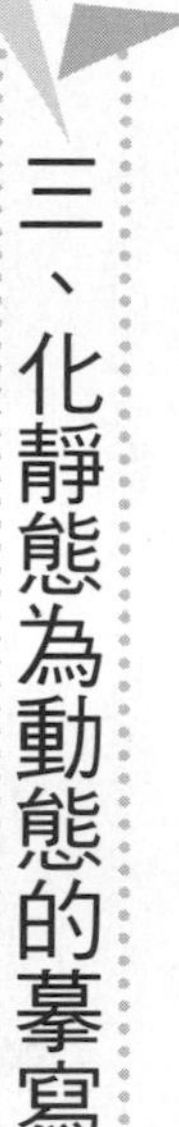

三、化靜態為動態的摹寫

記敘景物，最難得的是將原為靜態的景物，添注生命力，使之活躍在字裡行間，正如國畫裡畫山，若僅僅鋪畫連綿遠近各種形狀的山形，總覺得會過於呆板，定然須加畫幾筆煙雲或幾株姿態各異的虬松古樹點染一番，畫面才會靈動。古人作人物畫，在一個人的臉上，寥寥添上三根頰毛，就使得人物精采頓生，氣韻靈動，動態敘寫就是這種「頰上三毫」。如欲寫一段百花盛開的景象，假如我們僅僅用「春花爛漫」、「一片花海」、「萬紫千紅」等字眼，充其量不過是一種泛寫，無法表現出百花盛開、爭奇鬥豔的春天氣息，張愛玲第一爐香寫杜鵑花開，以「滿山轟轟烈烈開著野杜鵑，那灼灼的紅色，一路摧枯拉朽燒下山坡子去」，不但傳遞了一片花海似的景象，更讓讀者從「轟轟烈烈」的聲音和「摧枯拉朽」的氣勢中，感受到那片野杜鵑好像從書裡延燒到自己跟前一般。欲寫日出景象，如果用「破曉」、「萬丈光芒」、「冉冉而出」等詞組連結，寫成「天剛破曉，一輪紅日冉冉自山後昇起，發出萬丈光芒」，未必不成文句，然而卻是死句；余光中山盟寫成「太陽就在玉山背後，新鑄的古銅，噹地一聲轟響，天下就亮了」，以「新鑄的古銅」代喻新日，再自銅鑼轟然敲響，寫出原為一片寂天寞地的世界，突然金聲玉振，醒豁觀者的耳目，自然流瀉出日出時熱鬧而富含生機的場景，整個畫面就鮮活起來，連讀者的眼睛也感受到旭陽的刺目光彩。

使景物靈動、鮮活的筆法，基本上就是要讓景物「動」起來，這可以從兩方面著手，一是利用詞性的轉化，將形容詞、名詞等轉化成動詞（修辭學上稱為「轉品」），王維的「大漠孤煙直，長河落日圓」，將原為形容詞的「直」與「圓」，轉化成為動詞，整個詩句所呈顯的畫面也就鮮活了起來。漢字的詞性原無固定，幾乎所有的詞性皆能相互轉化，如「萬紫千紅」是形容詞，可是一經轉化為動詞，如「痲臉的人不能生氣，因為一生氣，臉上就萬紫千紅了起來」，就令人對此人臉上一顆顆的痲子，印象深刻。這種手法，在古典詩詞中運用得最多，如李白秋登宣城謝脁北樓「人煙寒橘柚，秋色老梧桐」、蔣捷一翦梅「紅了櫻桃，綠了芭蕉」等都是，至於王安石的「春風又綠江南岸」，更屬典型的例子。

第二種是充分利用擬人化的手法，將無生命或無顯著活動力的景物添注生命與動作。尋常人寫「倒影」，也許不過寫「五顏六色的岸上招牌，倒映在水中，格外顯得多姿多采」，而張愛玲傾城之戀如下的一段，就大不相同：

> 那是個火辣辣的下午，望過去最觸目的便是碼頭上圍列著的巨型廣告牌，紅的、橘紅的、粉紅的，倒映在綠油油的海水裡，一條條，一抹抹刺激性的犯沖的色素，竄上落下，在水底下廝殺得異常熱鬧。

最末二句用擬人化的筆法，不但使倒映於水中的顏色活躍靈動，更無形中描摹出觀景者白流蘇初至香港忐忑不安的複雜情緒。類似的手法，如陳家帶的新詩晨想：

> 待我引一晨曙光，越過
> 百葉窗綠色的寂寞

湧進來，嘩然向你

在這裡，「湧」字雖然是動詞，可是整句的動感，卻是以「嘩然」表現出來的，不僅是直接敘寫拉窗簾的聲音，更敘寫出曙光於剎那間爭先恐後、洶湧撲進的動感。

四、情景交融

所有的景物，在未被作者發現「意義」之前，都是死的，因此敘寫景物，最重要的是情景能夠交融，景物既要寫實，感情更要寫真。情景交融，簡單來說，就是賦景物予作者的情感，如莊垂明〈淚中山河〉寫各國遊客以相機競相拍攝故土的風景時，用以下的句子，寫出個人面對故國山川的複雜感受：

而我肅立坡上
手中什麼也沒有
我用眼睛拍照
用淚水沖洗
眼裡的山河

每個人眼中所見的山河無異，可是投注入一己的真感實受後，才能將景物與一身作最緊密的結合。余光中的〈丹佛城〉寫著：

山的背後是平原是沙漠是海，海的那邊是島，島的那邊是大陸，舊大陸是長城是漢時關秦時月。

儘管語語如同白描，是地理形勢的敘寫，可是，其中卻點逗出深沉無比的鄉愁。老殘遊記裡寫「一路上秋山紅葉，老圃黃花」，寫的也不僅僅是老殘眼中所見的實景，更是他旅遊心境的寫照。類似這樣的寫法，景物才不是無意義的景物，才能深刻動人。

說說看

以下三段是以淡水渡船頭的攤販為對象的描述。請大家說說看，哪一段文字寫得較好？這三段文字各有何缺點？應如何改正？

◎淡水河邊的攤販，有吃的、喝的、玩的、用的，各式各樣的用品，吃的有魚丸、蝦卷，喝的有彈珠汽水、酸梅汁，玩的有彈子、飛鏢，忙碌的老闆，走動的人群，形成淡水渡口有名的攤販。

◎蝦捲、熱狗、花枝丸、米腸、芋頭餅、燒酒螺、風螺、豬血粿、彈珠汽水、酸梅茶、阿給、魚丸湯、烤花枝、燒蕃薯、烤活海產……這就是淡水渡船頭的小販，打著淡水名產的招牌，供應那些仰慕淡水小吃而來的人們，滿足了人們的淡水情結，也滿足了小販的荷包。

◎過午的河畔，一攤一攤的小販如雨後春筍般地在路前兩側冒了出來。老闆忙碌地鋪陳貨品，笑盈盈地等著迎接週末的遊客潮。吃的、喝的、玩的，雖然和別處無大相異，卻也在阿婆鐵蛋、阿給、魚丸的攤位中，嗅出了淡水的氣息。

第三節　敘事的要領

一、敘事與記敘景物

敘事與記敘景物不同，景物通常是當下所見的人或物，而事則具有一段長時間的發展。敘景物，重的是現在、當下的感受，敘事則涵通過去、現在與未來，整個來龍去脈以及牽涉到的人物，都在時空的變遷中具有意義；寫景物往往強調景物與個人間的關係，敘事則講究人物活動的意義。同樣是以美女為對象，我們若摹寫她的內外之美及觀者的感受，這屬於寫景；如果我們以她的活動（尤其是一連串時間內的活動）為摹寫對象，就是敘事了。在此，我們可以用李白的浣紗石上女和西施來作說明：

> 玉面耶溪女，青娥紅粉妝。一雙金齒屐，兩足白如霜。

這是寫景（人），所以筆墨著重在她的外在形態。至於後者：

> 西施越溪女，出自苧蘿山。秀色掩今古，荷花羞玉顏。浣紗弄碧水，自與清波閒。皓齒信難開，沉吟碧雲間。句踐徵絕豔，揚娥入吳關。提攜館娃宮，杳渺詎可攀？一破夫差國，千秋竟不還。

從「句踐」句開始，就敘寫西施入吳、破吳的事件，這就屬於敘事了。從這裡我們也可看出，敘事中通常也包涵了寫景在內（前數句），因此，敘事必須以寫景為基礎。

二、事件的因果關係

敘事所重在事件，既稱「事件」，則必有首尾起訖；完整的敘事，必須來龍去脈皆一清二楚，尤其是一連串的事件，其間的因果關係，必須清晰合理。例如三國演義寫赤壁之戰，江東制勝之道，唯在破曹操水軍。欲破水軍，須先除善於水戰之人，故先寫群英會蔣幹中計，使曹操誤殺蔡瑁、張允，另選不習水戰的毛玠、于禁為水軍都督；其次，大江之上，利於火攻，欲火攻生效，必要先有放火之人，又要使曹操船隻匯聚一處，於是又寫蔡和、蔡中偽降受騙，黃蓋苦肉計得逞；次寫龐統獻連環船之計，曹操因北軍不習水戰而接納——這樣才算是「萬事俱備，只欠東風」，黃蓋才能一把火燒了曹操的連環船，東吳大勝。在這一連串的事件中，缺少了任何一個環節，都無法作合理的交代。

三、事件意義的凸顯

敘事除了將來龍去脈清楚敘出外，更須凸顯出此事的意義。在此，我們必須了解，所謂純客觀的敘事，其實是不存在的，所有的敘事都表現出敘事者所欲傳達的意圖——這就是事件的意義。同樣敘寫連戰、宋楚瑜訪問大陸的新聞報導，我們可以看出不同立場的報紙，就有不同偏袒的寫法，何則？因為他們企圖藉此事件傳達的意旨，實際影響到他們的報導方式。因此，事件的選擇是很重要的。所謂的選擇，可以分兩個層面說，一是藉事件凸顯意義，一是敘事角度的選擇；後者牽涉的問題較多，我們將留到後面作具體的介紹。

事件意義往往是藉事件的選擇凸顯出來的，例如「狗咬人」或「人咬狗」，這兩起事件為何會引起我們的注意？狗咬人也許是常見的，但是若是瘋狗咬人，或是被咬的是知名人物，意義就完全不同；人咬狗也許是新聞，但若是一個神經漢咬狗，恐怕就只有花邊新聞的價值了。在此，我們須藉事件表現出我們所觀察到或想表現出來的意義。當然，既謂之選擇，自應有所割捨，例如欲寫一個人的豐功偉業，這個人的一生中，必然曾經歷過許許多多的大小事件，我們不可能，也沒有必要將所有的事件全部敘述出來，只須環繞著我們所欲表現的意圖，選擇其間具代表性的事件即可。甚至，為了要凸顯，我們可以割捨掉一些事實上也許曾經發生，但是卻與我們所欲表現的「偉大」相互衝突的事件。事實上，很多的傳記，都是採用這種寫法的。

有了以上的概念後，我們可以進一步討論：如何敘事？

想想看

據古書記載，大禹治水，曾經「三過其門而不入」，以下是三則相關的敘述：

禹疏九河，瀹濟、漯，而注諸海；決汝、漢，排淮、泗，而注之江，然後中國可得而食也。當是時也，禹八年於外，三過其門而不入，雖欲耕，得乎？（孟子滕文公上）

禹稷當平世，三過其門而不入，孔子賢之。（孟子離婁下）

啟，禹子也，禹治水過門不入，聞啟泣聲，不暇子名之，以大治度水土之功故。（尚書大禹謨孔安國傳）

請同學想想看，我們可以從哪些角度，賦予此故事不同的意義？

第四節　怎麼講故事？

敘事，簡單的說就是「講故事」。「故事」在一般的印象中就是指「已發生的事」。但是，我們進一步思考會發現：一件客觀的、已發生的事，經由文字敘述後，實際上可能會衍生許多不同的「故事」。例如「警察取締了酒醉駕車的司機」，這是一個「已發生的事」，但是我們可以將這件事寫成「正直的警察取締了粗魯的酒醉駕車的司機」的故事，也可寫成「粗暴的警察取締了迷糊的酒醉駕車的司機」，更可以寫成「酒醉駕車的司機被渾身酒意的警察所取締」。這三個故事各有不同側重的角度，寫出來後讀者所感受到的內容也完全不同。究竟「曾經發生了什麼事」（真相如何）？本來應該只有一個答案，但是事過境遷，可能永遠沒有人知道真確的答案是什麼。每個「故事」都「企圖」告訴我們答案，但顯然都未必是一定真確的。

假如我們將「已發生的事」定位成「事件」的話，「故事」的意義就會更清楚：故事是針對事件的描述。作者為何會選擇此一事件作描繪對象？他是如何描繪的？他的企圖是什麼？將會直接對讀者產生深遠的影響。

因此，如果換成是我們來講故事，至少須先確定以下幾項：⑴企圖是什麼？⑵如何選擇事件？⑶如何安排故事？

一、設定主題

所謂「企圖」，通常就是故事的「主題」。以前面的例子來說，「正直的警察取締了粗魯的酒醉駕車的司機」，主題可以定位在強調警察執勤的艱難或酒醉駕車的危險上；「粗暴的警察取締了迷糊的酒醉駕車的司機」，可以定位在批判警察的執勤態度；「酒醉駕車的司機被渾身酒意的警察所取締」，則可以定位在對員警風紀的質疑。主題決定了事件的選取與角度，同時也決定了故事的敘述方式。

二、選擇事件

主題只是個理念或概念，必須透過故事的安排才能彰顯出來，而首先須考量的就是：我們可以選擇怎樣的事件來表現？在這裡，我們要先理解：事件可以是真實的、近真的，甚至是完全虛構的。一個我們親眼目睹（真實）或口耳相傳（近真）的事件，如果足以令人感動、喜悅、悲哀、恐懼、憤怒、啼笑或引起其他種種複雜的心理反應，自然是我們絕佳的描述對象，如「窮人拾金不昧」、「俠客扶貧濟弱」、「政客倒行逆施」、「情侶生死纏綿」等，無論是正面、負面的事跡，其中已很明白的有若干主題凸顯出來，我們「因事生情」，在選擇上就簡易得多。但是，有些事件並不是如此明白的彰顯在我們眼前，為了凸出主題，我們可以就事件加以誇張、渲染、變造，甚至虛構，以增強它的感動力。如「窮人拾金不昧」，如果我們適度的誇張這個窮人「窮的程度」、渲染這個窮人當時正面臨到生死緊急的關頭、變造這窮人拾獲金錢的數量，無疑可以增強故事的效果；甚至，即使根本沒有這個「窮人拾金不昧」的事，我們也可以「因情生事」的虛構一個出來，以展示我們所想表現的主題。在這裡，事件的選擇，往往是服膺於主題的。

單一的事件，也可以敷衍成一個故事。如「甲和乙鬥毆，甲勝」，就只有一個單一的事件；但多數的故事，都包含著一連串的事件，如「甲和乙鬥毆，甲勝；丙看不過去，出面與甲挑戰，丙勝」，就有兩個事件；以此推類增衍，很可能寫成一段「擂臺爭霸」的故事。基本上，一連串事件的發生，有兩個重要的特點：一是時間的順序，如「甲和乙鬥毆」，一定在「丙向甲挑戰」之前；二是因果關係，因為「乙敗了，所以丙才出面」。

三、敘述故事

換句話說，故事就是一連串事件的組合，這個組合有各種不同的方式，這就牽涉到我們怎麼去講（或敘述）一個故事。我們以一個具體的事例來作說明：

某人以重金委託鏢局保一趟鏢，鏢局整裝出發，途中遭受賊黨攻襲，鏢師奮力抵抗，眼見將要支持不住；突然有一俠士出面相救，擊退敵人。

如果以事件的時間順序來說，㈤某人委鏢→㈥鏢局出鏢→㈦賊黨劫鏢→㈧俠士救鏢，這是事件原有的發生順序。面對這一連串的事件，我們可以有如下的幾種敘述方式：

⑴**正　敘**：依照事件發展的先後順序敘述下來（㈤㈥㈦㈧）。這種敘述的方式最常見，優點是條理明晰，因果關係清楚，很容易讓人一目瞭然，明白整個故事的大要。缺點是過於平鋪直敘，不易引起讀者的好奇心或刺激感。

⑵**倒　敘**：先將事件最後的結局，或是事件中最引人入勝的片段移到前面，然後再自事件的起始處敘述（㈥㈤㈦㈧、㈦㈤㈥㈧、㈧㈤㈥㈦）。此法的優點是作者可以將自己所設計的故事中最精采的片段先行敘述出來，引發讀者興趣，如我們可以從賊黨劫鏢的混戰開始敘述，然後再轉過頭去敘述某人委鏢、鏢局出鏢的過程，等到接上這段事件時，再寫俠士救鏢。

⑶**插　敘**：在事件發展的過程中，由於另外敘及新的人物，因此將此人物的來歷敘述一番；或是作者在敘述的過程中，自己現身說法，發表與此有關的一些感想或事件。如在㈤㈥的階段，我們插敘一段有關「某人」的事跡或鏢局走鏢的風光歷史；在㈦㈧的階段敘述賊黨、俠士的來歷。

這幾個人的事跡，本來是與整個故事無關的，但經由插敘，可以讓整個故事的來龍去脈更為清楚，也有助於故事的吸引力。但插敘不可過多，以免故事主幹遭受破壞。

(4)**補　敘**：在事件的過程中，因為有些環節必須另行解說清楚，就須作一番補充說明。如在(乙)中，趙子手喊起口號，這時對口號的意義、來歷、作用等，作一些補充說明，可以增加讀者的了解。

(5)**總　敘**：在文章開頭未敘事之前，先作一總體的介紹，以凸顯作者意圖。如在(甲)中，先行介紹天下鏢局有哪幾家，其中這家鏢局的聲勢及威望如何、江湖賊黨如何囂張、覬覦鏢貨，以為下文作鋪墊，具有提綱挈領的作用。

(6)**分　敘**：敘述同一時間中，不同地點所發生的事件，稱為分敘。如在(丙)的階段中，賊黨劫鏢必然有場混戰，在同一時間內，捉對廝殺；我們一枝筆，不可能寫兩場以上的戰事，必須分頭交代，這叫做「花開兩朵，各表一枝」。

(7)**意識流**：打破了原有的時間序列，東西跳蕩，完全依敘述者內心情感的變化，將事件呈顯出來。其中的各事件可以半吐半隱，說一半擱一半，然後隔開一段時間再說另一半，以製造懸疑或特殊效果。如在(丙)中，寫賊黨舉起刀往鏢師身上砍去，「正一刀砍下」，就不寫了，轉而去寫其他的場景，或倒回去寫前面相關的故事片段，讓讀者搞不清這位鏢師究竟傷得如何、死了還沒死。然後在後面才寫「正當這千鈞一髮之際，俠士以一把匕首震開了賊黨的刀」。這種敘事方法，全文線索往往模糊不清，讀者須格外用心閱讀，方能掌握，這是優點，也是缺點。

換句話說，我們可以選擇以上重要的七種敘事手法，來安排整個故事，其中多數的手法是可以互補互用的，但看作者如何選擇。

第五節　誰來講故事？

一個故事發生，如果沒有人講述，當然就沒有人知道。那誰來講這個故事給讀者聽呢？這是個極有趣的問題。我們會想，故事是作者所寫的，那當然是作者在講這個故事了。的確，作者常可以當成講故事的人，但講故事的人不一定非作者不可。舉個例子來說，一篇題為「外婆的故事」的小說，作者可以直接對讀者講說有關他所見、所知、所聞、所感的外婆一生的事跡，這時作者就是講故事的人；但這個題目的重心如果不是外婆，而是外婆「所講的故事」的話，作者先是設計（或真的有）外婆這一角色，然後由外婆將她所知的許多精采、有趣、饒富人生智慧的「故事」一一說出來，這時，講故事的人就不是作者，而是外婆。通常，我們稱這個講故事的人為「敘述人」。

一、選擇敘述人

將敘述人和作者作區分是相當重要的，因為當作者也兼充敘述人的時候，敘述人的看法、觀點，就等同於作者，讀者可以通過敘述人而進一步掌握作者的觀念或思想。但是，作者不等同於敘述人的時候，敘述人只不過是作者設計出來的一個角色，作者可以利用敘述人表現出與作者完全相反的觀念，而另外寄寓著批判、諷刺或質疑；或者只是將故事展開在那兒，作者完全不介入，只靜待讀者作不同的解讀。以前面「外婆的故事」為例，外婆也可以是故事裡的一個角色——她不是講別人的故事，而是講自己的故事。在這裡，外婆和作者顯然是不同時代的人，透過外婆的口來講她的故事時，所有的觀點（如外婆可能對日據時代的法律有相當的期待與認同），當然只能是外婆那個時代的觀點，作者可以贊同，可以反對，也可以不予置評。在這情況下，作者其實就有了更多的選擇及表現空間，可以依據自己敘述的主題變化運用。換句話說，如何選擇敘述人就是我們在敘事的時候須先考量、設計的。

一個故事，通常會有好幾個不同的人物，我們可以選擇誰來講這個故事呢？以一個復仇的故事為例，故事中也許有三個人：一個志切復仇的復仇者、一個被復仇的人、一個執法者。我們可以選擇的敘述人其實有五個（加上作者及刻意塑造的敘述人）。不同的選擇，往往就會有不同的效果：

⑴**以作者為敘述人**：這是最傳統、普遍的敘述方式。此時，作者並未參與這個故事，所以敘述人是隱藏起來的。這種方式的優點是平穩、紮實，可以藉性格凸出的人物、摹寫細膩的景物、曲折動人的情節，吸引眾多的讀者。

⑵**另增一敘述人**：在原來參與故事的三人外，另增一個講說此一復仇故事的人，例如說書先生、退休的老執法者等。但此處敘述人所代表的觀念，不一定與作者相合。

⑶**以復仇者為敘述人**：以復仇者當主線，透過他的眼睛和行動去完成這一個故事。在這裡可極力去摹寫

復仇者堅韌的意志、強調復仇的正當性、妖魔化被復仇的對象、譏諷執法者的無能。

⑷以被復仇者為敘述人：以被復仇者為主線，將他如何因應復仇行動的手段、心理狀態、當初何以致此仇怨的緣故，作深入而詳盡的描寫。

⑸以執法者為敘述人：執法者站在執法的立場，如何去看待此一違背法律的私仇？徘徊於情、理、法間的難處時，執法者的內心有何矛盾與衝突？

很顯然地，因為故事中的角色各有立場，所以整個故事所呈顯出來的重點就不一樣，作者事實上就是利用這些不同的敘述人來凸顯所欲表達的故事主題。因此，我們可以得知，敘述人的選擇，是攸關於主題表現的。

二、敘述的視角

敘述人的選擇，往往也牽涉到「視角」的問題。「視角」就是觀察故事的角度，一般來說，可以分成第一人稱和第三人稱兩種，其間又有所謂的全知觀點和限制觀點，茲簡介如下：

㈠第一人稱敘事

以「我」為故事的敘述人，但這個「我」，不一定是作者，可能是作品中的任何一個角色。一篇小說也不一定只有一個「我」。

(1)**全知觀點**：比較不容易，往往會產生視角轉變的問題。

(2)**限制觀點**：因為「我」是有限的，所以取「限制觀點」為宜。

(二)第三人稱敘事

以「他」或作品中的人物姓名為主體的敘述方式。

(1)**全知觀點**：敘述者只是借用人物說故事，其實所有人物、情節，皆在敘述者掌握中，敘述者無所不知。有時候，作者會大力介入其間，發揮與故事進行無關的言論。有時候，敘述者企圖不對某個事件多作說明時，會故作不知。

(2)**限制觀點**：其實即是單一觀點。敘述者只知道自己所經驗到、感受的一切，其他皆不知。作者借書中人物的眼睛來進行敘事。

此外，還有甚少為人使用的第二人稱觀點(你)，不過至目前為止，還未能拓展開來。掌握到上述如何「講故事」的原則和方法，敘事的奧祕就呈露無遺，任何人都可以說出一個精采、動聽的故事。

魏晉南北朝是中國「笑話」開始發展的時期，出現了許多令人讀之莞爾的笑話，如邯鄲淳的笑

林中就收錄了下面這個笑話：

魯有執長竿入城門者，初豎執之，不可入；橫執之，亦不可入，計無所出。俄有老父至，曰：「吾非聖人，但見事多矣。何不以鋸中截而入？」遂依截之。

在這個笑話中，出現的人物有執竿者、老父兩個人，但講故事的是邯鄲淳，採用的是第三人稱全知的觀點。請你改用第一人稱，以執竿者、老父為敘述人，或是另外增添一個「旁觀者」，將這個笑話**改寫**成白話文。

心得筆記

第五章　說明手法

一、了解說明的定義。
二、了解說明的基本要求。
三、了解說明的方法。

第一節　說明的定義

說明是一種運用簡單明瞭的語言，來解釋客觀事物的性質、形狀、特徵、構造、功能、效果的手法。我們在日常生活中隨處可見說明手法的使用，例如各類學科的教科書、實驗報告，各種機械使用手冊的操作說明，各種人物、建築、風土人情的介紹，書籍內容提要，電影、戲劇的說明，各類展覽中的解說詞等，都會運用到說明的方法，所以說明手法的運用範圍包羅萬象，與我們的生活息息相關。

依性質來分，說明約有三大類，分別為闡釋性說明、簡述性說明與實用性說明：

(1)**闡釋性說明**：以介紹抽象的事理、事因為主要目的。這類文字需要有廣博的知識才能寫好，在說明時，要力求通俗，儘量少用術語。

(2)**簡述性說明**：以介紹實體事物的概貌、特徵及其發展過程為主要目的，能使讀者開闊視野，增廣見聞。

(3)**實用性說明**：以介紹日常生活、生產、工作、學習、保健、娛樂等方面的知識為目的，具有很強的實用性，如產品說明書等。

至於說明手法的運用，必須注意以下六點：

一、解說性

解說是說明手法最基本的表達方式，目的是使人了解一樣事物或是一種事理。進行解說時，要把握住解說對象的主要特徵，並根據讀者的具體需要作清晰明白的解說，例如若要向客戶介紹一種優質的新產品，就應說清楚這種產品最基本的結構原理、使用方法、維修方法等，以方便使用戶使用。如：

其他疑難排解說明

如需可能的安裝問題詳細資訊，可參考讀我檔。如果您要在Windows上閱讀〔讀我〕檔案，請按一下工作列上的〔開始〕按鈕，選擇〔程式集〕、[Hewlett Packard]、[hp psc 1200 series] 或 [ph psc 1100 series]、〔讀我〕。（節錄自 hp psc 1100/1200 series all-in-one 參考指南）

二、科學性

說明必須注意科學性，不管是說明形狀、解釋概念，或是闡明性質、指出特點，都必須符合實際，正確無誤。以臺北樹蛙為例：

型態特徵：中小型，背部綠色，會隨環境改變深淺。腹部為白色或黃色。吸盤扁平發達，虹膜呈金黃色。喜歡棲息於丘陵地的水溝、沼澤。泥沼地的落葉下方，以臺北盆地周圍分布最多。（節錄自蔡佳珊山野蛙蹤）

三、客觀性

說明手法主要是透過介紹、解說，闡述事物或事理，達到傳授知識、教人以用的目的。所以不論是對實體事物的說明，還是對抽象事物、事理的說明，都必須如實反映事物和事理的本來面貌。作者必須採取完全冷靜、理智和客觀的態度，不能如記敘手法加入對事物的感情傾向，或如議論手法加入對事物的個人見解。以總統府建築物的介紹為例：

在整體配置上座西向東，面對廣場公園，並連接二條放射性的軸向大道：信義路及仁愛路，展現莊嚴宏偉的磅礴氣勢，為整個都市空間發展的軸心位置，也暗喻未來都市發展由西向東的潛在趨勢。在平面構成上為矩形，辦公空間圍繞四周，中央放置集會空間，將矩形分割成二部分，成為封閉式的中庭空間，在形態上類似「日」字倒下後的橫向置放。辦公室兩側皆有走廊，惟北棟外側除外（東、西、南三面皆有日曬遮陽之考量，北面則無此需要），四周角隅上為垂直交通動線空間，基本上是中軸、對稱、平衡的平面空間安排。（節錄自總統府網站 http://www.president.gov.tw/）

四、知識性

說明手法表達的主題並非在表達一種感情，而是在於傳播知識。人們在日常生活中時常需要獲得不同的知識，以因應生活上的需要，說明文就負擔了傳播知識的任務。如：

> 今年五月，臺北市議員公布一份衛生署委外的研究，發現市售的免洗筷中有九成殘留二氧化硫，而二氧化硫與水接觸後，可能產生亞硫酸鹽等物質，這些物質已經被推斷是引發氣喘的原因之一。臺北市長馬英九已經指示，臺北市中小學從下學年度起，全面禁用免洗筷。（節錄自黃惠如免洗餐具毒不完）

五、實用性

說明文能具體帶領人們去認識世界、了解世界，幫助我們擴大見識、豐富知識，在日常生活中的實用性很強，能貼近實際生活，給人們具體的幫助。例如說明芒果冰沙的做法：

1. 芒果去皮取果肉，加上鮮奶及冰開水倒入果汁機打成芒果汁牛奶。
2. 可視自己的口味在芒果汁牛奶中添加糖或蜂蜜。
3. 將芒果汁牛奶置入冷凍庫結成芒果冰塊。
4. 取出芒果冰塊，再倒入果汁機，打成雪泥狀即可。

六、通俗性

指說明手法在語言表達方面的通俗性。一般科學相關知識作為一種專門的學問，多數是使用專門的術語、名詞來撰寫，深奧難懂，造成閱讀的困難，所以科學論文往往難以被一般大眾所接受。但說明文在傳播知識上，就突破此限制，讓科學知識通俗易懂，使複雜的知識簡單化。例如樂器的發聲概念是一種專門的知識，如果是出現在探討樂器的論文裡，光是一些樂理名詞，就足以令讀者混淆不清，但器樂發聲的原理卻這樣寫：

樂器發聲最主要的概念就是共鳴（Resonance，或稱共振）。要了解這個原理最簡單的方法是做個「共鳴管」的實驗。拿個稍大的筒子裝了近滿的水，放置在桌子上。然後一手執一管兩端透空的玻璃管進入水中，另一手則執一把「音叉」（鋼琴技師調音用的那種Y形金屬叉）。把音叉在桌上輕敲一下，它會發出持續的震動聲，然後把震動中的音叉移近玻璃管上端。通常的情況是，好像沒有什麼特別事會發生，這時您把玻璃管上下移動，在某一適當的高度時，您會聽到玻璃管發出與音叉振動音同樣音階的嗡嗡聲大

作——這就是共鳴。（節錄自王寶貫繁弦急管其來有自——器樂發聲的原理）

這段文字寫得通俗易懂，且用日常生活的實驗，說明難解的發聲原理。說明文如果寫得不夠通俗，就無法發揮普及知識的作用了，因此通俗性是說明文的一個重要特性。

第二節　說明的要求

說明文的基本要求約有四點：

一、要抓住特徵

任何事物都有它的特徵，而人們就是透過事物的特徵去認識事物的。但若要真正了解事物的特徵，就必須先就事物進行分析和研究，找出事物彼此之間的關聯和區別，排除相同點，凸顯不同處，事物的面貌才能清晰。

例如猩猩和猴子都屬於靈長類，但是又有明顯的區別。所謂的猴子，指的是還有尾巴的靈長類，是人類對於大部分的靈長類動物的通稱；而猩猩、人猿或金剛，指的則是尾巴已經像人一樣進化到消失的靈長類，這種靈長類，有著更高的智慧。人們就是通過對這些特徵的分析比較，來認識事物的，離開這一點，就無法揭示說明對象的本質。

二、要選好角度

所謂角度，就是對事物的「觀察點」。觀察點可以固定，也可以變換，有時使用一個側面、一個角度去觀察事物，有時也可以多側面多角度地對說明對象進行全面的觀察，如：

秦兵馬俑博物館，位於秦始皇陵東側一點五公里處，原係始皇陵的從葬坑，一九七四年一位農夫鑿井時發現，出土了大量的殉葬陶俑近六千件，不但排列整齊，且陶俑都採真人真馬比例塑成，浩大的陣容，相當於現代的一師軍隊，頓時轟動中外。為保存從葬坑原貌，一九七九年在原坑上方築成跨度七十公尺的大展廳，長二百三十公尺，高二十二公尺，面積一點六萬平方公尺，成立兵馬俑博物館。（節錄自兩岸觀光議題網）

這一段短短的文字，把兵馬俑博物館的地理位置、範圍和來歷交代得清楚明白，作者選擇以秦始皇陵作為觀察點，進行觀察和考察，並擴大至博物館的歷史淵源和現況，由此例可知，角度的選擇與說明文的中心、說明對象的特徵息息相關。

三、要客觀冷靜

製作產品說明書、教科書這類的說明文時，只要把內容介紹清楚就達成寫作目的。寫作時要求精確、清楚，令讀者一目瞭然，並具有客觀性。全篇文字主要運用平實的語言直接反映事物的屬性及特點，事物是什麼樣，說明文便如實寫出，不做其他的想像、誇張和虛構。作者站在客觀的立場，不表現自己的觀點，純粹作說明，因此在表達上顯得冷靜，如：

生食好，還是熟食佳？

被生機飲食者奉為圭臬的「生食」，是否真如所說，可以完整地吸收植物的營養素？對於部分植物性食物來說，不破壞營養素的方法的確是像生機飲食所強調「吃生的」。生吃能確保膳食中高水平的維生素C及B群。像維生素C，很容易受到加工及烹調的破壞，所以生吃比較好。（節錄自陳玉梅、林宜朝生機飲食＝健康？）

四、要準確簡明

說明手法並不是在表達一種感情，儘管有些說明文略帶散文式的抒情，但這些情感的表達仍是為介紹事物而服務的，重點仍是「說明」，因此不須如抒情或敘述性文章那樣，使用花俏的修辭，而應該力求簡明，用詞精確。例如一支行動電話的產品說明書，或使用手冊的介紹文字：

通話記錄

透過本功能可以查看已撥電話、已接電話、未接電話等。當您使用通話記錄功能時，您可以看到通話列表。號碼不斷的被更新，新的號碼加入到列表開始處理時，並且最舊的項目將會從列表底部被移除。（節錄自ELIYA PD–120中文使用手冊，頁二八）

第三節　說明的方法

為了提高說明的效率，作者應該根據不同的說明主題，選用不同的說明方法。

一、概括說明

概括說明，即扼要且比較全面的介紹說明對象。概括說明要根據目的和對象而設計，能反映事物特徵、本質的就多介紹，讀者不知道的也多介紹，但讀者已經了解的就少介紹。概括說明可以用來介紹人物、地理環境、科技發展情況、書籍或藝術品的內容、日常用品的性質及使用方法、旅遊勝地等。如陳列的八通關種種：

八通關海拔二八〇〇公尺，在地形上，是秀姑巒山——八通關山——玉山北峰這一條東西向橫陵上的最低鞍部。秀姑巒山和北峰，則又分屬於中央與玉山這兩條南北縱走的平行大山脈。八通關因此可以說正位於臺灣南北與東西兩種走向山脈背脊的交會點上，是臺灣幅員的中心。

此例將八通關的地形、周圍環境、地理位置及其重要性，在百餘字之內做概括性的說明，使讀者很快就能掌握到重點。

說說看

從國中到現在，國文課本每一課都會有一個「作者」的單元，裡面就是以說明手法概括介紹一位作家的生平、文學風格等。現在，請你以杜甫為例，作概括的介紹。

二、定義說明

定義說明，即是用準確扼要的語言對某一事物的本質屬性，或某一概念的內涵與外延，做出確切說明，使讀者對說明的對象產生明確的了解，確定事物的範圍和界線，以便區別於其他事物。定義說明十分重視科學性，必須對事物做出唯一正確的解釋，並完全符合事物的實際狀況，能經得起檢驗。時常使用於文章的開頭，對全文具有提綱挈領的效果。下定義的方式，可先對事物做具體說明，後下定義，也可先下定義，然後再具體說明。例如張秀亞的談靜：

靜不是停滯，靜不是休止，靜是莊嚴的工作、熱切的活動的前奏，好似音樂演奏會啟幕前，那寂靜無華的臺前。

此例是先為「靜」下定義，然後再對「靜」做具體說明，使讀者能對靜的內涵有明確的認識。

想想看

我們對一些常見的詞彙雖然知道它的意思，但是真正要為它下個定義時，卻往往思前想後，找不出一個妥適的定義。例如「幸福」，怎樣才算幸福？是衣食無虞？家庭和樂還是事業成功？相信不同的人會有不同的定義。現在，請你試著為「快樂」下一個簡短的定義。

三、詮釋說明

詮釋說明，即對事物或概念做出解釋的說明方法。此方法常與定義說明結合使用，一般在對事物或概念下定義之後，再作詮釋說明以補充定義的不足，使讀者對事物或概念既有概括的認識，又有具體的了解。有時某些概念無須下定義，或下定義有困難，便可使用詮釋法來加以說明。詮釋說明的方法有三種，一是插入於正文中間，用破折號或括號標出，二是與文章自然地融為一體，三是與正文隔開，在本頁下端或文章之後標上註解說明。詮釋法與定義法的不同在於下定義時必須揭示事物或概念的全部內涵，但詮釋說明時只要揭示所說明對象的一部分內涵即可。例如崔金泰、宋廣禮的從甲骨文到縮微圖書：

> 春秋末期，還出現了寫在綢子上面的書。這種書叫做帛書。它可以卷起來，一部書就是一卷或幾卷綢子，用木棒做軸，所以也叫它卷軸。

此例的後面幾句就是對「春秋末期，還出現了寫在綢子上面的書」做出詮釋，使讀者對帛書的名稱、特徵有清楚的了解。

說說看

當你為「快樂」下了簡短的定義之後，為了讓其他人更了解你的想法，請試著對你的定義再做詮釋。

四、分類說明

分類說明，即依據說明對象的形狀、性質、成因、關係、功能等差異，按照一定標準劃分為幾個類別，然後再依類別逐一說明，使其達到條理分明的效果。分類法的作用是區別出各類別的差異，使得說明對象的種類明確，以便讀者更易掌握其特徵。分類說明較定義法更能進一步了解事物的具體內容，在說明的同時，除了要重點解說各類別之間的差異，凸顯各自的特徵，又須顧及彼此的共通性。分類的時候必須要先熟悉事物的特徵，做正確的分類；其次，分類的標準要一致，不能造成混亂；最後，說明時必須逐類說明，層次清楚，使讀者一目瞭然。例如張長傑的詩情畫意——中國繪畫藝術欣賞：

1. 古典派：或稱人物派，盛行於東晉、初唐時代，作品高古鮮麗，具神祕氣氛，人物線條活潑。
2. 神韻派：著重線條白描法，不尚水墨渲染，用色極少，線條造型神韻逸致。
3. 金碧派：或稱為工筆派，作品筆墨細膩，敷色豔麗，具濃厚的裝飾性。
4. 唯美派：以工筆花鳥精麗巧工為特色，興於晚唐，屬於宮廷貴族階級的奢華趣味。
5. 寫實派：以寫實手法描繪社會習俗與人民生活狀況為主，題材較為特殊。
6. 抒情派：此派作風浪漫，筆意豪放。
7. 寫意派：不重視形體輪廓線，不求形似但求筆法趣味，多以水墨寫意畫法，故以飄逸韻味為主。
8. 文人派：又稱南宋派，此派兼顧筆墨韻味，畫面清雅委婉，具寫意派優點，其「淺絳山水」和水墨的四君子畫皆為世人所讚美。此派流傳頗廣，被認為中國畫的正統。

上文中所列舉的幾家流派，皆是繪畫為主，但又因畫風及筆法的不同，分成了八大流派，這便是同中求異的說明，以凸顯這些流派各自的特徵。

想想看

孟子梁惠王下記載，有一次孟子問齊宣王：「獨樂樂，與人樂樂，孰樂？」齊宣王回答：「不若與人。」孟子又問：「與少樂樂，與眾樂樂，孰樂？」齊宣王又回答：「不若與眾。」這是「獨樂樂不如眾樂樂」典故的由來。從這個故事我們聯想到「快樂」能不能分類呢？如果可以的話，請分類說明。

五、舉例說明

舉例說明，即將抽象事物的特徵具體化，通過具體例子以解釋抽象的事理或深奧的科學知識，使深奧的知識變得簡單易懂，使主題更加清晰。使用舉例法需要注意，文章所舉的例子必須是典型的，具有代表性，稱作「典型舉例」，例如胡適的社會的不朽論：

一個生肺病的人在路上偶然吐了一口痰。那口痰被太陽曬乾了，化為微塵，被風吹起空中，東西飄散，漸吹漸遠，至於無窮時間，至於無窮空間。偶然一部分的病菌被體弱的人呼吸進去，便發生肺病，由他一身傳染一家，更由一家傳染無數人家。如此展轉傳染，至於無窮時間。然而那先前吐痰的人骨頭早已腐爛了，他又如何知道他所種的惡果呢？

此例以隨意吐痰的人為例，即有說服力地說明個人的言語行事，往往都會對別人造成影響。

寫寫看

古諺有云：「金榜題名時、久旱逢甘霖、他鄉遇故知、洞房花燭夜，是人生四大樂事。」什麼事情會讓你感到快樂呢？請舉幾個其他的不同例子。

六、引用說明

引用說明，即引用有關資料，如歷史典籍、名人語錄、詩歌諺語等，來充實說明的內容，或以為說明的依據，可增加說明的說服力。但所引用的資料要準確可靠，忠於原文，不能斷章取義。使用引用法須注意二點，一是引用的資料必須認真核實，必要時須註明出處，二是引用資料要恰到好處，避免堆砌資料。例如朱光潛我們對於一棵古松的三種態度一文，在最後一段便引用歷史事實和文學作品來說明藝術之不朽：

數千年前的采采卷耳和孔雀東南飛的作者還能在我們的心裡點燃很強烈的火焰，雖然在當時他們不過是大皇帝腳下的不知名的小百姓。秦始皇併吞六國，統一車書，曹孟德帶八十萬人馬下江東，舳艫千里，旌旗蔽空，這些驚心動魄的成敗對於你有什麼意義？對於我有什麼意義？但是長城和短歌行對於我們還是親切的，還可以使我們心領神會這些骸骨不存的精神氣魄。

此例使用詩經的篇章，對照秦始皇併吞六國、曹孟德帶兵下江東征戰等歷史事實，強調文學作品以及像長城這樣的偉大建築，才是永恆不朽的藝術。

找找看

如果你想向同學說明「讀書的好處」，請找一找有哪些佳句名言、偉人典範是可以引用的。

七、比較說明

比較說明，即通過與另一事物或事理的比較，來說明事物的特徵。通過比較，人們得以了解事物之間的聯繫與區別，讀者藉此能充分認識事物的特徵及本質。在說明比較複雜或不為人所熟悉的事物時，用比較法可以把不易理解的事物說得清楚易懂。例如朱光潛的談文學具體與抽象：

哲學科學都側重理，文學和其他藝術都側重象。這當然沒有哲學、科學不要象，文藝不要理的涵義。理本寓於象，哲學、科學的探求止於理，有時也要依於象；文藝的探求止於象，但也永不能違理。在哲學、科學中，理是從水提鍊出來的鹽，可以獨立；在文藝中，理是鹽所溶解的水，即水即鹽，不能分開。文藝是一種「象教」，它訴諸人類最基本、最原始而也最普遍的感官機能，所以它的力量與影響永遠比哲學較深厚廣大。

此例將文學與科學、哲學作比較，說明文學與科學、哲學之間的分別，並靈活運用比喻的手法，說明象與理在三種學科之間不可分割的關係。

寫寫看

我們曾在本書四十二頁的「說說看」單元討論過「追求流行，表現自我」之間的關係。現在請用比較說明的方法將「追求流行」與「表現自我」之間的關係寫成一篇二百字的文章。

八、數字說明

數字說明，即作者為了便於從事物的數量去說明其特徵，使用一些數據來說明。準確地使用數字能提高說明的效率，給人清晰的印象，例如李瑟、賴皇伶的重新認識女人：

女性比較耐疲勞，體能競賽較耐久、而且比較會贏。一九九五年，美軍做女性體能測驗，四十一個過胖的普通女子能夠在六個月內靠健身，達到美軍徵男兵的健壯標準——背三十四公斤背包跑三點二公里、肩負四十五公斤重物跳幾十個青蛙跳。自一九六四年以來，女子馬拉松賽跑時間已縮短了百分之三十二，而男人只縮短百分之四點二。如果此一趨勢持續下去，下世紀女子馬拉松紀錄有可能超越男子。

此例使用一連串統計數字，來說明女性在體能的進步上與男性的區別，數字可使作者欲表達的主題更加清楚。

說說看

下面這段文字，出自陳冠學福爾摩沙，請你說說看這段文章的主旨是什麼？他用了哪些說明的手法？產生了什麼效果？

臺灣雖小，因有崇山峻嶺，顯得高深莫測，三千公尺以上高峰，有名稱可舉者，多達一百三十三座，副峰且不包括在內。大陸五嶽，東嶽泰山只有一千五百四十五公尺，北嶽恆山兩千一百一十九公尺，中嶽嵩山剛好兩千公尺，西嶽華山兩千兩百公尺，南嶽衡山只有九百公尺。華北的兩座名山，太行山兩千零六十九公尺，王屋山兩千一百六十九公尺。陝西的秦嶺兩千五百公尺。江西的廬山一千五百公尺。湖北的摩天嶺兩千八百一十公尺。湖廣交界的五指山一千七百一十五公尺。偌大的華北、華中、華南，竟無一座三千公尺級的山。三千公尺級的高山，要到甘肅、四川纔有，但平地已超過兩千公尺。由此可以想見臺灣的巍峨奇偉。

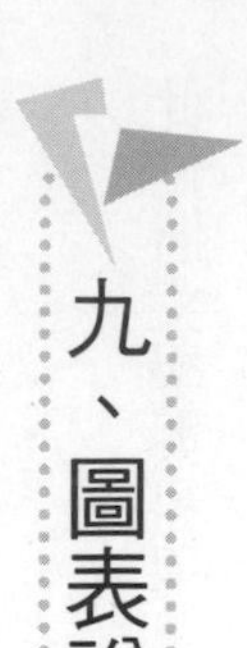

圖表說明，即借用表格、插圖、照片等進行說明的方法，用以輔助說明較複雜的內容，使其一目瞭然。當文章提供的資訊過多，過於複雜時，可能造成閱讀上的混亂，因此製作圖表來配合說明文字，便是很有效率的作法。圖表的形式有很多種，最常被使用的是一般的欄位式表格、曲線圖等，若是說明一間房子的內部隔間，也可使用房屋平面圖來說明，也可以自行設計適合說明內容的圖表。例如水的循環示意圖及圖說：

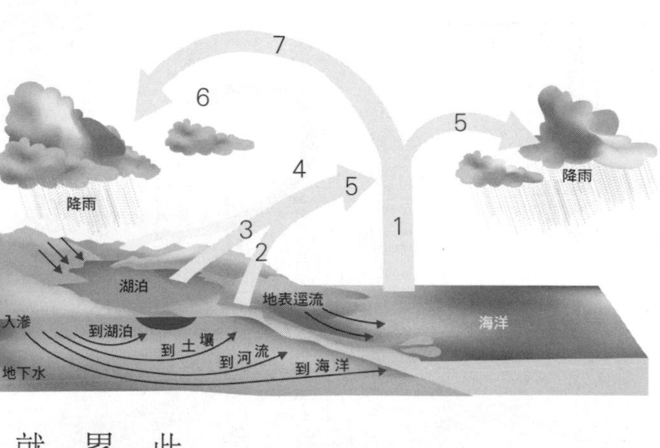

1. 來自海洋的蒸發
2. 來自河流的蒸發
3. 來自湖泊的蒸發
4. 來自土壤與植被的蒸發
5. 返回海洋
6. 返回陸地
7. 從海洋到陸地的潮溼空氣

此例的圖表是輔助說明水的循環，當水蒸發為水蒸氣後，在天空凝結成雲，累積到足夠的溼度，就形成雨滴，下降落到地表。這個簡單的圖表，很容易就能幫助讀者了解水的循環過程。

此法的特點是作者可借助圖表，使用較少的文字來說明較複雜的對象，因此我們在進行圖表說明時，要儘可能使說明文字與圖表密切配合，以提高說明的成效。

說說看

下圖顯示的是傳染病X從民國八十五年到八十八年各年度四季之間的發生率。圖的橫軸是不同年度，縱軸是每十萬人發生的個案數（單位：人數／十萬人）。請判讀本圖，歸納、分析它所傳達的訊息，並以條列方式說明。

注意 1. 請分點說明，力求簡明扼要。

2. 不必詳述具體數字。

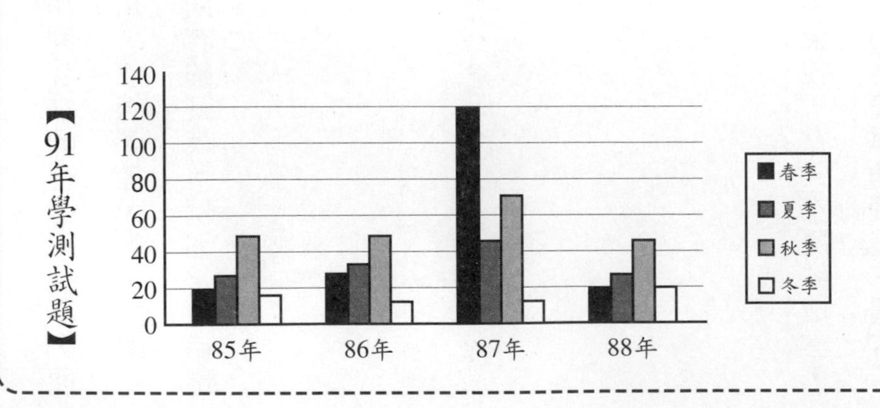

【91年學測試題】

十、比喻說明

比喻說明，即將人們不常見或不熟悉的事物透過人們常見或熟悉的事物加以說明。其作用可把抽象的事理或複雜的事物，說明得淺顯易懂，簡潔生動。使用比喻說明應注意三點，一是必須準確貼切，不能過分誇張；二是注意兩個事物或事理之間，必須有相同和相似的特點或性質；三是應該多用明喻，而少用或不用暗喻、借喻。例如陳之藩失根的蘭花：

> 顧先生一家約我去費城郊區一個小的大學裡看花。汽車走了一個鐘頭的樣子，到了校園，校園美得像首詩，也像幅畫。依山起伏，古樹成蔭，綠藤爬滿了一幢一幢的小樓，綠草爬滿了一片一片的坡地，除了鳥語，沒有聲音。像一個夢，一個安靜的夢。

此例說明大學校園裡的環境，使用比喻法來形容校園「美得像首詩，也像幅畫」、「像一個夢，一個安靜的夢」，使得這段說明文較具有文藝性質，令人讀之不覺枯燥無味。

想想看

潘瑋柏快樂崇拜的歌詞中有這樣一句：「快樂像病毒，病毒會傳染。」就準確的抓住了快樂的氣氛會傳染的特性。現在請你想出三種譬喻形容快樂的感覺。

第四節　結　語

說明的方法有許多種，無論是哪一種，為了傳遞知識的需要，皆應使用淺近易懂的文字來表現，讓具有基本知識的讀者，也能從說明文中受益。此外，讀者在撰寫說明文時，必須將以上所述各種說明方法，交互結合地靈活使用，而非墨守成規，不知變通。

寫寫看

我們先前已從不同的角度、手法來思考「快樂」到底是什麼。現在請你將那些片段完整的寫成一篇名為「談快樂」的文章。

第六章　抒情手法

學習重點

一、了解抒情的定義。
二、認識抒情的原則。
三、學習抒情的手法。
四、認識抒情常用的修辭技巧。

第一節　抒情的定義

什麼是抒情？簡單的說，抒情就是抒發和表現情感。作者用主觀真摯的態度，把自己受到外界事物影響而產生的種種情感，透過文字表現，傳達給讀者，就是「抒情」。

不過，情感是一種抽象而神妙的無形物，蘊藏在內心無法直接描摹，會自然依附在與人有關的各種具象形體或事件上。抒情文的寫作也是一樣，隱藏於內心中豐富而抽象的情感，也往往須藉敘述、說明或議論的具象手法予以表現。例如：你收到第一志願的大學錄取通知，如果只是平鋪直敘地寫道：「啊！我考上大學，高興極了。」這樣的抒情是不能感動人的。一定要寫出平日準備功課的萬千辛苦，以及金榜題名的歡欣鼓舞，也就是要一邊敘述事情本末，一邊抒發感情，有時還要加入自己對此事的體悟，才會產生一篇有生命力的抒情文章。例如杜甫在聽到官軍平定了安史之亂的消息，大喜過望，便說：「白日放歌須縱酒」、「漫卷詩書喜欲狂」。其他種種情感的流露，有時氣憤激烈得「怒髮衝冠」、「目眥欲裂」；有時哀傷的情緒無邊蔓延，不由得放聲痛哭；有時卻是欣喜異常，眉飛色舞而笑逐顏開。要把這些情感適切地寫成文章，就不得不依賴抒情手法。

第二節　抒情的原則

「抒情」是將感和情作統一融合，相得益彰，就像是一泓綠水，在春風中波光粼粼，或是花團錦簇，在豔陽下光彩奪目。春水少了微風、繁花少了陽光，都難以發揮它們的特色，文章的感和情也是一樣，如果只是偏重其一，也同樣顯得欠缺生機。

既是抒情，在表達上有四個重要的原則：一、表達的情感要真摯深切；二、表達的情感要細膩豐富；三、情感的表達要自然和諧；四、情感的表現要含蓄婉轉。

一、表達的情感要真摯深切

抒情既然是要儘量抒發自己的感受，讓讀者留下深刻的印象，所以在內容上要求「真」。真有兩個層面：首先要「真摯」，也就是文章中欲抒的情愫必須內涵真摯，感人肺腑；絕不能矯揉造作，憑空捏造，讓讀者覺得是無病呻吟。其次要求「深切」，要能深入貼切地寫出情感的複雜特質。有時情感並非單純的喜、怒、哀、樂而已，這些情感往往和諧甚至對立、衝突，糾結在一起。例如吳晟覺得親情是一種「甜蜜的負荷」（負荷），並非只是單純的「甜蜜」，或是單純的「負荷」而已；每個人在分享親情的「甜蜜」之際，就必須同時分擔親情的「負荷」，它是對立的統一。又如張曉風再生緣遠程串門子描述道：

> 我想我終會忘記這小小低矮的茶棚，棚下嘻笑的小孩，小孩手裡黃色的野菊，偶然相逢的騎摩托車來看山的德國男孩，坡地上的雞和狗，花和草，以及遠方的亦明亦暗，亦晴亦陰，亦剛亦柔於我卻亦熟悉亦陌生的喜馬拉雅。

文中張曉風對喜馬拉雅山「亦熟悉亦陌生」的回憶，就真摯深切地呈顯出她當時細緻多情的心理感受，雖然景象複雜而情愫卻極真切。

二、表達的情感要細膩豐富

所謂的「細膩」，指寫作者應該發揮思考與想像的能力，將感受或感悟進一步地剖析，推入情感細微深處，這樣的文章才能顯得「豐富」，而且也凸顯作者身為創作主體與他人不同之處。如：

窗外依舊春雨綿綿，青色壁燈下的這一瓶撿回來的紅玫瑰，在我黯淡的凝視下，彷彿也顯得有些「鬱卒」。殷紅的花瓣雖然如火如荼地開著，確有一分說不出的憂悒神情，這神情是我在花市裡、花店中所未曾領略過的。為此不可言說的一點異色，我彷彿聽見這瓶花在幽幽訴說著她們的身世，她們如何從家園被剪除，如何又被買主拋棄，又如何在路邊與糞尿為伍，任受風吹雨打的種種表情……（高大鵬〈永遠的媽媽山遠山的呼喚〉）

作者從撿回來的紅玫瑰，展開細密的懸想，追溯玫瑰的過去，從成長至棄置垃圾堆的悲哀。文中「我彷彿聽見」以下的文字，正是作者敏銳心思的顯現。

三、情感的表達要自然和諧

在上節「抒情的定義」中曾提及，我們所要抒發的情，是自己受到「外界事物」影響而產生的種種感受。因此我們在寫作時，要注意該如何描繪「外界事物」，進一步導出我們所欲抒發的情。這個過程應該是自然而然流露出來，水到渠成，絲毫不能有一絲牽強，也就是所謂「自然」。例如：

我也有過一次類似經驗，在東北的一間雙重玻璃窗的屋裡，忽然看見枝頭有一隻麻雀，戰慄地跳動抖擻著，在啄食一塊乾枯的葉子。但是我發見那麻雀的羽毛特別長，而且是蓬鬆戟張著的；像是披著一件簑衣，立刻使人聯想到那垃圾堆上的大群襤褸而臃腫的人，那形容是一模一樣的。那孤苦伶仃的麻雀，也就不暇令人哀了。（梁實秋〈鳥〉）

作者由目睹麻雀在飢餓邊緣掙扎的慘狀，從而念及一大群無法溫飽的衣衫襤褸之人，不覺興起悲哀的感慨。即此，抽象的情感一定要和具體景物或事件搭配，兩者融合無間，才能給人自然流暢的感受。

四、情感的表現要含蓄婉轉

情的傳達除了要自然和諧外，還忌諱直接而顯露，最好把心裡所要說的情意，委婉的表出，做到「情盡乎辭」。像朱自清的〈背影〉：

他囑我路上小心，夜裡要警醒些，不要受涼；又囑託茶房好好照應我。我心裡暗笑他的迂，他們只認得錢，託他們直是白託；而且我這樣大年紀的人，難道還不能料理自己嗎？唉！我現在想想，那時真是太聰明了！

末句的回憶與感嘆，道出了作者當時的自大無知：自以為年紀夠大、自以為懂得人情世故，事實上卻壓根兒不懂得父愛與親情關懷。言下充滿了深切悔恨與內疚。這樣的悔意表達得婉轉含蓄，恰如其分。

說說看

如果我們把前面敘述的抒情原則當成文學評論的原則來看，請你試著說說看下面這首王昌齡的閨怨，在抒情上掌握了哪些原則？

閨中少婦不知愁，春日凝妝上翠樓；忽見陌頭楊柳色，悔教夫婿覓封侯。

注釋：①凝妝，盛妝。②翠樓，華麗的樓。③陌頭，田間壟上；路邊。

第三節　抒情的手法

抒情的效用，其實是抒發自己的情感，並藉以獲致共鳴效果；也就是將自己的一切心情，寄託在作品中，使讀者一一感受而產生共鳴，因而有人形容這種共鳴，是「從靈魂而訴諸靈魂的」。這種淵源於作者情感中的真與美，能夠提高並洗鍊人們的精神生活，並將文學提昇至藝術的境界中，有時比嚴肅的經世與教化觀念，更能產生影響力。

我們要將情感訴諸於文字時，常用的有下列手法：

一、直接抒情

直接抒情，也就是作者用文字直截了當表示自己的喜、怒、哀、樂、愛、惡、懼等情感。實際使用時，我們可以直接使用這些帶有情感的字眼，也可以單純描繪當時的感情狀態，更可以讓感情充滿在字裡行間，這些都屬於直接抒情的表達手法。例如梁實秋的鳥，第一段只有三個字「我愛鳥！」開宗明義地直接表達自己的感受。又如漢代民歌上邪與五代馮延巳的長命女：

上邪！我欲與君相知，長命無絕衰。山無稜，江水為竭，冬雷震震夏雨雪，天地合，乃敢與君絕！

春日宴，綠酒一杯歌一遍，再拜陳三願：一願郎君千歲，二願妾身常健，三願如同樑上燕，歲歲常相見。

這兩首詩歌，都以直接抒情的手法，表露了女子對情人、夫君深摯而濃烈的情感，文字質實而感人。再如杜甫聞官軍收河南河北一詩：

劍外忽傳收薊北，初聞涕淚滿衣裳。卻看妻子愁何在？漫卷詩書喜欲狂。

白日放歌須縱酒，青春作伴好還鄉。即從巴峽穿巫峽，便下襄陽向洛陽。

這是杜甫避亂梓州時，聽聞官軍收復了河南、河北的捷報，擾攘了九年的安史之亂，終歸平定，在欣喜若狂之下，所寫出來的千古名篇。在這首詩中，從初聞時的涕淚縱橫、積年的愁苦一掃而空，到收拾書箱行囊、喝酒慶祝、計畫攜眷返鄉，到最後神思遠逸，幻想著一路輕舟快水，就可返抵洛陽的興奮，將「喜欲狂」的心情直接表露得淋漓盡致，可以說是直接抒情的最佳範例。

二、間接抒情

至於「間接抒情」，一般說來，情感是融匯在敘述、描寫和議論中，如果以抒情的對象來說，可以大別為「物感」和「譬喻」。「物感」又可細分為：借事抒情、借人抒情、借景抒情、借物抒情等四種抒情。

(一)借事抒情

以深摯之情，潤澤所述之事，則事不枯燥，娓娓敘來，興味盎然，同一件事不一定有相同的情感。在進行抒情創作時，作者的情感可以藉著故事敘述或情節展現而得到抒發。創作之際，首先要考慮到我們意在抒情，所述之事，貴在能抓住事情的重點，忌諱「盛氣直述，更無餘味」；所寄之情，貴含蓄不露，餘味縈迴，才能扣人心絃，引起共鳴。至於述事之所以能寄情，是由於從事的起訖、原委、變化、曲折，可以深刻感受到情感的發展與真偽。例如唐代詩人賀知章的回鄉偶書：

少小離家老大回，鄉音無改鬢毛衰；兒童相見不相識，笑問「客從何處來？」

詩人在外遊宦多年，當告老還鄉之時，鄉音雖猶未改，但兒童對他陌生，還以為是過客，笑著問：「客人，你是從什麼地方來的？」藉著描寫這樣一樁生活中的小事，就把自己哀傷老大的感慨蘊含詩中。

(二)借人抒情

「借人抒情」的抒情，以肢體動作及語言對話為主要的內容，作者藉由人物舉止而產生個人的領悟，例如劉心武人生一瞬：

在這靜夜裡，他感謝風把附近哪家夫妻反目的聲息，從門隙頻頻送到枕畔，使他對人生有更真切細微的把握。

作者在靜夜中聽到鄰家夫妻吵架，因而對人生有了更真切的體會。

另外還有一種，則是透過作者與所抒對象的言行，深刻而真切的表現出彼此情感的誠摯深厚，在一舉手、一投足的肢體「表演」過程中，適切的點綴上關鍵的對話，就能使「畫面」顯得生動、活潑。如朱自清的背影：

我說道：「爸爸，你走吧！」他往車外看了看，說：「我買幾個橘子去。你就在此地不要走動。」我看那邊月臺的柵欄外有幾個賣東西的等著顧客。走到那邊月臺，須穿過鐵道，須跳下去又爬上去。父親是一個胖子，走過去自然要費事些。我本來要去的，他不肯，只好讓他去。我看見他戴著黑布小帽，穿著黑布大馬褂，深青布棉袍，蹣跚地走到鐵道邊，慢慢探身下去，尚不太難。可是他穿過鐵道，要爬上那邊月臺，就不容易了。他用兩手攀著上面，兩腳再向上縮；他肥胖的身子向左微傾，顯出努力的樣子。這時我看見他的背影，我的淚很快地流下來了。我趕緊拭乾了淚，怕他看見，也怕別人看見。我再向外看時，他已抱了朱紅的橘子往回走了。過鐵道時，他先將橘子散放在地上，自己慢慢爬下，再抱起橘子走。到這邊時，我趕緊去攙他。他和我走到車上，將橘子一股腦兒放在我的皮大衣上。於是撲撲衣上的泥土，心裡很輕鬆似的，過一會說：「我走了，到那邊來信！」我望著他走出去。他走了幾步，回過頭看見我，說：「進去吧，裡邊沒人。」等他的背影混入來來往往的人裡，再找不著了，我便進來坐下，我的眼淚又來了。

這一段就是爐火純青的「間接抒情」。余秋雨說：「讀過這篇散文的讀者，往往會記不得文章中的直接抒情言詞，也分析不出其中包含的許多跌宕筆致，但總會牢牢記住這個蹣跚、肥胖、吃力的背影。……這個背影便成了這篇散文的主要形式構件。」朱自清和父親之間雙向的情感，都濃縮在這個造型之中，也成為背影的焦點所在。

㈢借景抒情

李白的靜夜思是大家從小就耳熟能詳的抒情詩：

牀前明月光，疑是地上霜，舉頭望明月，低頭思故鄉。

是說詩人在就寢前，見到皎潔的月光照到了床前，很自然的順著光源抬頭看看窗外的明月，因而聯想到「月是故鄉明，水是故鄉甜」的俗諺，不由得興起了「月兒光光照九州，獨我飄零在外頭」的感傷。這是「觸景生情」最簡單的範例。李白另外一首玉階怨也是「觸景生情」的傑作：

玉階生白露，夜久侵羅襪；卻下水晶簾，玲瓏望秋月。

末句說道美人在窗內抬頭望著秋夜渾圓的明月，心中痴痴地盼望情郎的身影出現。表面上看來是平靜的，內心卻因月圓人缺而感到孤寂絕望，此時配上窗外的露濃霜冷、大地無聲，她痴情茫然的等待與仰望，卻只得到黑夜的死寂作為回報，一個孤苦的靈魂尖銳地呈現在畫面上。鄭愁予的錯誤也刻骨的寫出了這種感覺，難怪他曾說：「打仗的時候，男子上了前線，女子在後方等待，是戰爭年代最淒苦的等待，自古便是如此。」

不過，個人的情感也同樣會隨外界不同的刺激而時作變動，如不能確切明瞭、掌握不同時期不同的心性，寫出來的感情便不真實。就如蘇軾說的：「橫看成嶺側成峰，遠近高低總不同。」這就是「觸景生情」的另一種形式，也是作者們最愛的觸媒，因而歷代都有數不盡的範例，例如蔣捷的一翦梅寫道：

少年聽雨歌樓上，紅燭昏羅帳；壯年聽雨客舟中，江闊雲低，斷雁叫西風；而今聽雨僧廬下，鬢已星星也，悲歡離合總無情，一任階前，點滴到天明。

同樣是面對「雨景」，卻因「少年、壯年、老年」的年齡、境遇之差異，而有迥然不同的領悟。

(四)借物抒情

這一類的寫作技巧與外界事物有關，可以是建築物、歷史文物，也可以是家傳寶物、愛情信物，因為它們的不同特點、經歷、意義和作用，與人有獨特的關係或感情上的聯繫，足以引發人們相應的某種情思。要寫好睹物思情的抒情，首先要培養洞察事物的能力，其次則要積極累積知識，以增加主題的深度與廣度。正如文心雕龍神思說的：「是以臨篇綴慮，必有二患：理鬱者苦貧，辭溺者傷亂，然則博見為饋貧之糧，貫一為拯亂之藥，博而能一，亦有助乎心力矣。」

白居易長恨歌道出唐玄宗睹物思情的酸楚心緒：

歸來池苑皆依舊，太液芙蓉未央柳。芙蓉如面柳如眉，對此如何不淚垂。春風桃李花開日，秋雨梧桐葉落時。西宮南內多秋草，落葉滿階紅不掃。梨園弟子白髮新，椒房阿監青娥老。夕殿螢飛思悄然，孤燈挑盡未成眠。遲遲鐘鼓初長夜，耿耿星河欲曙天。鴛鴦瓦冷霜華重，翡翠衾寒誰與共。悠悠生死別經年，魂魄不曾來入夢。

「芙蓉如面柳如眉，對此如何不淚垂」、「鴛鴦瓦冷霜華重，翡翠衾寒誰與共」，以「芙蓉」和「柳」引發對楊玉環美貌的聯想，而「鴛鴦瓦」、「翡翠衾」則對比出玄宗孤家寡人的淒涼寂寞，由此諸物連結到「悠悠生死別經年，魂魄不曾來入夢」，更顯得玄宗思念的絕望。這是「睹物思情」的佳作之一。

寫寫看

抒情文的寫作有「直接抒情」和「間接抒情」兩種手法。前者的優點是直截、明快而有力；後者的優點則在於委婉、細膩而情深，各有所長。兩者之間有時亦可以交互運用。請同學欣賞、玩味下面鄭愁予賦別的首段，並運用「直接」與「間接」兩種手法，將它改寫成散文：

這次我離開你，是風，是雨，是夜晚；
你笑了笑，我擺一擺手

一條寂寞的路便展向兩頭了。
念此際你已回到濱河的家居，
想你在梳理長髮或是整理濕了的外衣，
而我風雨的歸程還正長；
山退得很遠，平蕪拓得更大，
哎，這世界，怕黑暗已真的成形了……

第四節　抒情常用的修辭技巧

六朝劉勰的文心雕龍說：「人稟七情，應物斯感。」只是，應物生情的感受，往往是情感的直覺，容易使人感覺單調無味，所以必須運用靈巧的藻彙及修辭美化，並作適當的組織變化，才能充分表現「情感的直覺」效果。朱自清在這一方面就有極大的成就。例如這一段形容松林的文字，發抒作者對於松的細膩情感：

那千萬株的松樹，匯集成一個龐大的松林。顏色的蒼翠，沒有別的樹葉可以及得上它。清風徐來，那松濤的聲音，是一支天然美妙的樂曲。最著名的大樂隊，也會相顧失色的。尤其在水銀似月光下，那松林更顯得幽靜清雅。罩著灰褐色的白霧，像在林間撒了一片銀色的紗網。松膠的氣味，流在風中，和那松子底清肥的滋味，同樣會使人對松林發生了好感。

用「美妙的樂曲」形容松濤，用「銀色的紗網」形容松間白霧，用「清肥的滋味」讚美松子，在細緻而真實的觀察中，足以顯出作者的詼諧與多情。

一般我們在抒情寫作上，常用的修辭技巧有下列幾種：

一、誇飾修辭

誇飾，又叫夸飾，也叫誇張、鋪張。所謂誇飾，是指在語文中，為了表達強烈的情感或鮮明的意象，故意誇大其詞，遠遠超過事實，運用放大或縮小事物的特徵、作用、形象、數量等方式的一種修辭技巧。例如：

白髮三千丈，離愁似箇長。（李白秋浦歌）

怒髮衝冠憑欄處，瀟瀟雨歇。（岳飛滿江紅）

頭髮怎麼可能長到三千丈？柔軟的頭髮怎麼可能把帽子都頂了起來？這完全是作者為了凸顯自己的「愁」與「怒」感情的強度，引起讀者的共鳴、聯想和深思所採用的誇飾修辭法。

二、轉化修辭

轉化，又叫比擬，也叫假擬、擬化。所謂轉化，是指在語文中，敘述人、事、物的時候，轉變其原來性質，化成另一種本質迥然不同的人、事、物，加以形容描寫的一種修辭技巧。轉化又可分為「人性化」、「物性化」兩種。

㈠人性化

人性化，又叫擬人化，是指在語文中，把事物當作人來描述，使事物具有人的動作、行為、思想、情感、聲音、笑容的一種轉化修辭技巧。例如徐志摩依依不捨的再次告別康橋時說：

但我不能放歌，

悄悄是別離的笙簫；

夏蟲也為我沉默

沉默是今晚的康橋（再別康橋）

把笙簫、夏蟲、沉默都當作人一樣，為徐志摩的離開而感傷無語，正是人性化的運用。其他如：「火焰最迷人，像是身穿一襲紅衣的女孩，向你舞動著！」「小草偷偷的從土裡鑽出來。」「寒冬裡，小嫩芽沒有貂皮大衣穿，冷得臉色青黃。」「一大片河床，孵出多少西瓜，多少圓渾的希望。」這一類生動鮮活的人性化，夾在幻想和真實之間，隨手拈來，不可勝數。

㈡物性化

物性化，又叫擬物化，是指在語文中，把人或抽象觀念當作物來描述的一種轉化修辭技巧。這種技巧在蜘蛛人、哆啦A夢之類的卡通畫面中最常出現，而在文學創作中，鄭愁予賦別的第二段，是相當典型的例子：

你說，你真傻，多像那放風箏的孩子
本不該縛它又放它
風箏去了，留一線斷了的錯誤：
書太厚了，本不該掀開扉頁的；
沙灘太長，本不開該走出足印的；
雲出自岫谷，泉水滴自石隙，
一切都開始了，而海洋在何處？
「獨木橋」的初遇已成往事了，
如今又已是廣闊的草原了，
我已失去扶持你專寵的權利；
紅與白揉藍與晚天，錯得多美麗，

而我不錯入金果的園林，

卻誤入維特的墓地……

在這首詩中，鄭愁予巧妙的將情侶的戀情，比擬成風箏、書本、沙灘、山雲、泉水，一切都開始了，但情感的最終歸宿（海洋）何在呢？兩人當初相戀，正如同獨木橋，只有妳和我；而今賦別，寬廣無邊的草原，我的情感又何去何從？兩人的戀情，一如黃昏紅白光暈與藍天的交揉，雖美麗卻不免是錯誤。最後詩人感慨：伊甸園裡亞當和夏娃同歡共樂的夢想已不可追尋了，這段戀情勢將像少年維特一樣，走向終結。戀情是抽象之物，以風箏、書本、沙灘……比擬，這種手法運用得非常成功。

「以人擬物」的手法也相當常見，如孔雀東南飛：

君當作磐石，妾當作蒲葦。蒲葦紉（韌）如絲，磐石無轉移。

在這首膾炙人口的古詩裡，劉蘭芝將自己與夫君比擬成無生命的磐石和有生命的蒲葦，強調磐石的堅定與蒲葦的韌性，正是「以物擬人」的手法。

擬物的手法，是在譬喻的基礎下拓展開來的，如木蘭詩：「兩兔傍地走，安能辨我是雄雌？」在「以兔喻人」的基礎上，再比擬出無法分辨雌雄的情狀。又如余光中蓮的聯想：「那就折一張闊些的荷葉，包一片月光回去，回去夾在唐詩裡，扁扁的，像壓過的相思。」以相思比喻月光，再比擬出「扁扁的，像壓過的」情狀。

三、譬喻修辭

譬喻，又叫比喻，也叫取譬、取喻，又稱為辟（同「譬」）、比、打比方。因為情感是抽象的感受，要讓它具體、新穎的呈現，就必須仰賴譬喻的修辭技巧。而譬喻正是修辭手法中運用最廣泛、最普遍的修辭方法。例如我們要幫「記憶」想個譬喻，有人說「記憶像鐵軌一樣長」，羅門則說：

> 人的記憶，就如同錄音帶和錄影帶一樣，經過六十多年以上的拷錄，磁帶上早已脫磁斑斑、摺痕累累，要錄也難以錄入，要放也放不出完整的聲影來。（羅門人生四季——冬）

以「錄音帶」、「錄影帶」比喻記憶，指出人的記憶會在歲月的流失中逐漸不清晰、不完整。似此生動的比喻，將使文章變得更鮮活。在運用譬喻修辭時，不宜用「你是我冬天的太陽，夏天的冰淇淋」之類陳腔濫調的比喻，一定要想一個別出心裁讓人耳目一新的譬喻。

四、排比、映襯修辭

排比，又叫排語，也叫排迭。凡是在語文中，運用三句或三句以上結構相同或相似的語句，表達相同性質、相同範圍的意象的一種修辭技巧，叫做排比。映襯，又叫對比，也叫對照、映照、襯托、烘托。所謂映襯，是指在語文中，將兩種相反的人、事、物或觀念，對立並列，互相對照，以增強語氣，使意義更明顯的一種修辭技巧。在抒情時適當運用排比、映襯等修辭手法，能顯出情深意厚的濃烈氣氛。我們以陶潛閑情賦為例：

願在衣而為領，承華首之餘芳；悲羅襟之宵離，怨秋夜之未央。
願在裳而為帶，束窕窈之纖身；嗟溫涼之異氣，或脫故而服新。
願在髮而為澤，則玄鬢於頹肩；悲佳人之屢沐，從白水而枯煎。
願在眉而為黛，隨瞻視以閑揚；悲脂粉之尚鮮，或取毀於華妝。
願在莞而為席，安弱體於三秋；悲文茵之代御，方經年而見求。
願在絲而為履，附素足以周旋；悲行止之有節，空委棄於床前。
願在晝而為影，常依行而西東；悲高樹之多蔭，慨有時而不同。
願在夜而為燭，照玉容於兩楹；悲扶桑之舒光，奄滅景而藏明。
願在竹而為扇，含淒飆於柔握；悲白露之晨零，顧襟袖以緬邈。
願在木而為桐，作膝上之鳴琴；悲樂極以哀來，終推我而輟音。

陶潛用排比法，連續標舉「領、帶、席、履」等生活用品為喻，說出對美人所寄想的十個願望，使得結構形式呈現整齊美感；又用「悲羅襟之宵離」等十種情境，對比出十個願望的悲傷結果，不但增強語言的氣勢，更將感情的渴望聚焦在無盡的思念上，益發彰顯出修辭上的藝術美。

寫寫看

課文中所舉高大鵬遠山的呼喚一文，請你試著分析文中運用了哪些修辭技巧？

現在假設你是一個愛花的人，在一個特殊的場合，看到或得到它們，試為它們寫下一段抒情文字。（注意不要超過二百字）

提示：你可以就自己的經驗來寫作，也可以憑空想像。例如：如果你在眾人的驚呼中，接到了新娘的捧花，那麼當你低頭凝視著手中的那一束花……，或是在親友的告別式上，你手持一枝百合，在人群中……

第七章　議論手法

一、了解議論的含義。
二、了解議論的要求。
三、學習議論的方法。

第一節　議論的含義

「議論」顧名思義，指的是「議」而「論」之，「議」指的是商量、評議、對談、辯議，「論」指的是總結、結論、定論、成論。「議論」也就是經由這商量、評議、對談、辯議的過程而達到的總結、結論、定論、成論。或者，更簡單的說，「論」指的是「論點」，而「議」則包括了「論據」、「論證」。「議論」就得包括這三個成分：一是論點，二是論據，三是論證。

「論點」重在「是什麼」(What)，「論據」重在「為什麼」(Why)，而「論證」則重在「怎麼成」(How)。當然，其他的「什麼人」(Who)，在「什麼地方」(Where)，在「什麼時候」(When)，是滲透在前面所提的三個W之中。議論手法不同於敘述手法之重在「事相的敘述」，不同於抒情手法之重在「情感的抒發」，也不同於描寫手法之重在「情境的描寫」，它重在「理論的構成」。

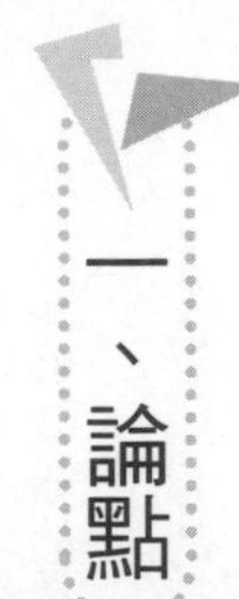

一、論點

「論點」指的是「論」的「頭腦」，是作者針對問題而提出的見解、主張或態度。「論點」可以說是議論文的靈魂、核心所在，它是整篇論文的總結、結論、定論、成論，是經由論據與論證的過程才完成的，但在寫作上，卻常須要先舉出來。

二、論據

「論據」指的是「論」的「根據」，是要為這「論」找尋「理由、依據」。「論據」可以說是議論文的骨架、肌體所在，它雖然不像論點是整篇論文的「頭腦」，但卻是構成整篇論文的「身體」。在寫作上，論據是緊連著論點而展開的闡述、解釋，就像是承接著「頭腦」而展開的「身體活動」。

三、論證

「論證」指的是「論」的「證成」，是要為這「論」找尋「途徑、構成」。「論證」可以說是議論文的筋脈、神經所在，它使得「論據」足以證成「論點」，就像那神經、筋脈使得頭腦能指使身體活動，也讓身體的活動又能傳回頭腦。論點確立了，論據清楚了，經由論證的過程，才構成完整的一篇論文。

我們若以韓愈師說的前兩段文字為例：

古之學者必有師。師者，所以傳道、受業、解惑也。人非生而知之者，孰能無惑？惑而不從師，其為惑也終不解矣。

生乎吾前，其聞道也，固先乎吾，吾從而師之；生乎吾後，其聞道也，亦先乎吾，吾從而師之。吾師道也，夫庸知其年之先後生於吾乎？是故無貴、無賤、無長、無少，道之所存，師之所存也。

文章一開頭就開宗明義提出中心「論點」：「古之學者必有師」，接著加以「論證」，而「論證」就得有「論據」。「師者，所以傳道、受業、解惑也」，這是第一個論據，它概括而又明確地點出了師的性質、作用，是全文論述從師學習的依據，實為一篇的主旨。「人非生而知之者，孰能無惑？」這是第二個論據，它緊承上文的「解惑」說明從師的必要性。這是從人們認識事物的一般規律來說明「學必有師」的論點。「生乎吾前」以下數句，上承「傳道」，論述擇師標準：「道之所存，師之所存也。」這是第三個論據，亦是全文要旨所在。總之，這段緊扣「師」字，以「古之學者」為例，從理論上提出中心論點，從正面展開論述，是全篇論證和宣揚的中心思想所在。而下文均是據此展開的具體闡述。

說說看

史記魏世家記載：魏惠王命龐涓為將，令太子申為上將軍，與齊人交戰，在馬陵這個地方打了敗仗，齊國虜獲魏太子申，殺了將軍龐涓。有一次孟子談到了這件事：

孟子曰：「不仁哉，梁惠王也！仁者，以其所愛及其所不愛；不仁者，以其所不愛及其所愛。」公孫丑問曰：「何謂也？」「梁惠王以土地之故，糜爛其民而戰之，大敗；將復之，恐不能勝，故驅其所愛子弟（即太子申）以殉之；是之謂以其所不愛及其所愛也。」

請你想一想上面這段文字孟子的論點、論據、論證各是什麼？

第二節　議論的要求

一段好的議論，不但論點、論據、論證缺一不可，而且都有應該注意的地方。以下我們分別就論點、論據、論證逐一說明：

一、論點

議論文的「論點」是整個論文的「頭腦」，是整篇文章的主宰。在寫作上，它可以放在最前面（破題法），也可以放在最後面（冒題法），也可以滲透到全文之中。但既然是頭腦，既然是主宰，它就必須是最為優先的，最為重要的，讓讀者可以清楚地嗅到它的訊息，讓讀者明白到它的意圖，讓讀者感受到它是確然無疑的，它是不能搖撼的。因此在行文時要注意下列幾點：

㈠論點要堅定、客觀

論點要堅定，「堅」指的是論點的堅固、顛撲不破，「定」指的是論點的確定、穩立不移。在筆力的使用上，常常配合著用句的語勢，聲調的韻律，而要透露的首先是作者強烈的意圖。這樣的意圖不能只是主觀的，它也要是客觀的，當然，最重要的是引起讀者深層的共鳴、會心的認定。

㈡表達時要清楚、明白

為了要達到論點的堅定，在表達上就得清楚、明白。行文上一定要讓讀者一眼就可以清楚地知道你要傳達的訊息、論述的意圖，感受到論點的正確無疑、不容搖撼。在寫作時我們要注意：在陳述論點的時候，儘量避免使用疑問句、祈使句、命令句等；也要注意文字的驅遣，使用讀起來音韻鏗鏘的文字。

如此一來才能引起讀者的共鳴與認同。

就拿上一節的習作來說，論點就堅定明白的在第一句告訴讀者，就是「梁惠王不仁」，但是為了強調主題，又把「不仁」移到句首，讓讀者能一目瞭然。

想想看

如果今天你要寫一段談論「朋友的重要」的文字，那麼請你想一想你要怎麼來談「朋友的重要」？你的論點是什麼？請用簡單的幾句話陳述你的論點。請注意論點堅定，表達清楚明白的要求。

二、論據

「論據」是整個論文的「骨架」與「身體」所在，一方面它支撐著作為「頭腦」的「論點」，一方面它又得接受頭腦的指令，完成論點的使命。論據一定要注意事理充分、事例典型與真切而有說服力三大原則。

㈠事理充分

「充分」有「理」上的充分，有「事」上的充分，但記得任何「理」上的充分，一定得經由「事」來證成，「事」上的充分是更為基礎的。例如：論到「立志」，除了從「理」上去分析證成以外，最重要的便是舉出誰因「立志」而成功的故事來。

㈡事例典型

「典型」指的是生活上或是其他在人類歷史經驗上具有代表性的事例。經由這事例，大家就會想到是一重要的類型，足以作為像經典般的類型。例如周處是「改過自新」的典範，愚公移山是恆心、毅力的事證等。

㈢真切而有說服力

「事理」上充分了，「事例」頗為典型，還要安排得當，才會有說服力。「說服」除了「理」與「事」的鋪排外，還須留意到「勢」上的驅力，以及「情」上的感染。議論文要寫得好，除了事理外，在章法上如何形成左右正反、開闔跌宕，一氣呵成，波瀾壯闊的力道，那也是極為重要的。

一般來說，論據越充分，論點的可靠性就越強。因此，我們平常就應該多閱讀、觀察、記憶，充實我們的知識，如此在寫作的時候，我們就能有更多的論據來論證。我們如果提到「忠義」，會聯想到關雲長；提到「忍辱」，大家就會想起韓信受胯下之辱的故事，而關雲長與韓信的故事就是所謂的「典型」。在論證的過程中，堪稱典型的論據有很強的說服力。

想想看

如果前一個練習中關於「朋友的重要」的文字，你已經確定好論點了。那麼請你想一想有哪些名言、事例可以當成論據？這些事例是否符合上面所述事理充分、事例典型與真切而有說服力三大原則？

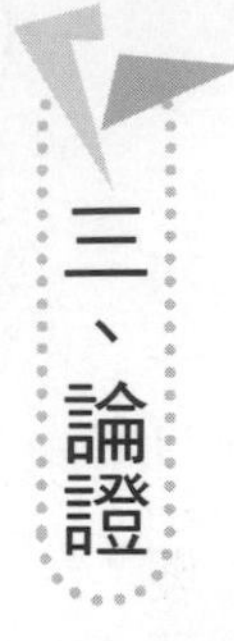

三、論證

「論證」是整篇論文的「經脈」、「神經」所在，有了「經脈」、「神經」，才能恰當的將作為「頭腦」

那「論點」的指令傳導出來，而使「身體、骨架」隨之而活動起來。有了「論證」的作用，才使得「論據」有生命，有力量。我們在鋪陳論據時，也要注意是否能夠合乎邏輯、條理分明與氣韻貫通三個重點。

(一)合乎邏輯

議論手法與其他手法不同，它是用來談道理的，所以在寫作的過程中，特別要求合乎邏輯。一般來說，一段議論都會先簡明地提出論點，然後安排論據，最後做個有力的收束。論點、論據不能隨意安排，應該有個邏輯順序。最基本的原則是：前面的論述要為後面的論述打基礎，後面的論述要在前面論述的基礎上逐漸深入。

(二)條理分明

為了讓讀者有效的了解我們的論點，所以在論證的過程中，一定要注意條理分明。如何能達到條理分明的效果？一般來說，條分縷析、對比區分是最常用而且效果很好的方式。

1. **條分縷析**：先穩立最主要的論點，再由此論點「條分」出來，再一個向度、一個向度的去「縷析」（論證）它。記住：每一個條分、縷析，都要緊緊扣住這最主要的論點。

2. **對比區分**：對應著主要論點，找尋它可匹配、可對比的論據，經由區別、分辨的方式，去強化論點。

（三）氣韻貫通

一段好的議論，除了能夠以理服人外，在論證的過程中，也應該給讀者帶來美好的閱讀感受。所以在做到合乎邏輯、條理分明後，更進一步要講求「氣韻貫通」。氣韻就好像上帝造人一樣，得吹一口「氣」，人就活了，這人行起來，也有了韻律在。「氣韻」是文章的生命所在，它看似難懂，其實不難，重要的是你要有所「感」，有所「動」，感動是必要的，而且十分重要。有了生命之氣的感通，便會有生命的真實律動，這樣的文章，才有韻致。

最後，我們舉韓愈師說中的一段為例，來作為上面敘述的佐證：

聖人無常師：孔子師郯子、萇弘、師襄、老聃。郯子之徒，其賢不及孔子。孔子曰：「三人行，則必有我師。」是故弟子不必不如師，師不必賢於弟子。聞道有先後，術業有專攻，如是而已。

第一句「聖人無常師」是本段的論點，隨後作者引孔子向郯子、萇弘、師襄、老聃等人問學的事例和「三人行，則必有我師」的言論為論據。論證中不但充分運用了事實性論據和理論性論據，而且因為孔子被稱為至聖先師，是知識分子最尊崇的聖賢，也讓這些論據具備「典型」的力量。敘述的過程中，先陳述論點，然後羅列論據，次序井然，氣韻貫通，完全合乎我們強調議論的幾個重點。

寫寫看

那段關於「朋友的重要」的文字，已經確定好論點、準備好論據了。現在請你以合邏輯的、有條理的方式完成整個論證的過程。記得要符合論證的幾個重點。

第三節　議論的方法

方法，「方」是方子，指行文的技巧；「法」是原則，指議論的原理。議論可以從正、反兩面凸顯論點，可以依題抒論、逆題操作，可以分論、和論，可以對立、比較，可以有破、有立。但實際運作上，主要有演繹、歸納、例證、反駁、類比、對局等六大法則。

一、演繹法

演繹法重在推演、演展、尋繹、條分，逐層而開。演繹法的重點在於把握到論旨最為核心的原理，由此抽絲剝繭，從普遍之理，往具體的事去申述，逐層展開，而且在展開的過程裡，逐漸深化，每一步都緊扣著原先的論旨，從始至終，又統整為一。例如彭端淑的為學一首示子姪中：

> 天下事有難易乎？為之，則難者亦易矣；不為，則易者亦難矣。人之為學有難易乎？學之，則難者亦易矣；不學，則易者亦難矣。

開頭提出天下事「為之，則難者亦易矣；不為，則易者亦難矣。」屬於普遍之理，而「人之為學」則是具體的事，這樣由普遍之理論證到為學之理的演繹方式，極具說服力。

二、歸納法

歸納法重在歸結、聚合，收納、統一，漸次而聚。歸納法的重點在於從散殊的、個別的事物中，即其事物，而豁顯它的道理，逐漸歸結、統合起來。演繹法是由合而分，歸納法則是由分而合；演繹法由聚而散，歸納法由散而聚。但不論分合聚散，重在個「理」，都要在論述的過程裡，將那「理」呈現出來。

例如司馬遷的報任少卿書：

> 蓋文王拘而演周易，仲尼厄而作春秋；屈原放逐，乃賦離騷；左丘失明，厥有國語；孫子臏腳，兵法修列；不韋遷蜀，世傳呂覽；韓非囚秦，說難、孤憤；詩三百篇，大抵賢聖發憤之所為作也。此人皆意有所鬱結，不得通其道，故述往事，思來者。

這一段文字，司馬遷羅列了周易、春秋、離騷、國語、孫子兵法……的創作歷程為例，歸納出人在生命困頓的時候，往往能寫出足以藏諸名山的巨著，並用來作為自己發憤著述的心情自白。

三、例證法

例證法重在舉出正面例子以為典型，以證成其事理。例證法的重點在於從一具體的例示，取以為證，它可以是日常生活之例證，可以是歷史故實之例證，也可以是引經據典，前哲往賢之言的言證。例證的特點是具體親切，清楚明白，重要的是，例證一定要有其典型性，要令人有一真實的體會與感受，才具有說服力。例如宋晶宜的雅量：

人人的欣賞觀點不盡相同，那是和個人的性格與生活環境有關。如果經常逛布店的話，便會發現很少有一匹布沒有人選購過；換句話說，任何質地或花色的衣料，都有人欣賞它。一位鞋店的老闆曾指著櫥窗裡一雙式樣毫不漂亮的鞋子說：「無論怎麼難看的樣子，還是有人喜歡，所以不怕賣不出去。」

在前一段說明論點「人人的欣賞觀點不盡相同」，然後在下一段舉布料和鞋子為例，來證明論點。

四、反駁法

反駁法重在舉出反面事例以為辯駁，以彰顯其錯謬。反駁法的重點在於就事例、事理的反面，展開對立性的辯駁，指出這事例、事理之不當錯謬，進而反其反以彰顯其正。不同於例證法的正面表述來證立，反駁法是經由負面表述，來破其錯謬，因而逼顯其正確事理。反駁法與例證法有時合著一起用，會產生很好的效果。例如韓愈張中丞傳後序中：

說者又謂遠與巡分城而守，城之陷自遠所分始，以此詬遠，此又與兒童之見無異。人之將死，其臟腑必有先受其病者；引繩而絕之，其絕必有處。觀者見其然，從而尤之，其亦不達於理矣。小人之好議論，不樂成人之美如是哉！如巡、遠之所成就，如此卓卓，猶不得免，其他則又何說！

這段一開始就把不樂成人之美的小人對許遠的誤解寫出，然後韓愈再針對這個論點的錯誤之處反駁，正是反駁法的使用。

五、類比法

類比法重在同類而比、相比為類，發現事理之類似性。類比法的重點在於就某一具體之事例，點出此中的事理，並將這理——或由近而遠，或由遠而近——的推擴出去，或收攏回來，將其中相同的特質清楚的彰顯出來。類比法雖然很少直接作為主要的論證，但卻能讓你的論證更顯得清楚，讓人有豁然開朗的體會。如孟子說「人性之善，如水之就下」。又如荀子勸學中：

南方有鳥焉，名曰蒙鳩，以羽為巢，而編之以髮，繫之葦苕。風至苕折，卵破子死。巢非不完也，所繫者然也。西方有木焉，名曰射干，莖長四寸，生於高山之上，而臨百仞之淵。木莖非能長也，所立者然也。蓬生麻中，不扶而直；白沙在涅，與之俱黑。蘭槐之根是為芷，其漸之滫，君子不近，庶人不服。其質非不美也，所漸者然也。故君子居必擇鄉，遊必就士，所以防邪僻而近中正也。

一連利用五個例子的對照與比較，進一步類比說明環境對君子學習的重要性。

六、對局法

對局法重在相對而論、勢如棋局，彰顯事理之正反面。對局法的重點在於經由正反兩面的對比，讓事例、事理，乃至道理都更清楚、鮮活的揭露出來。對局法有些像是把前面所說的例證法、反駁法，緊縮在一起使用。正因將正面論述、反面論述，在很短的脈絡裡，就勢如棋局的對比出來，因而使得論旨愈形凸出、分明。例如彭端淑的為學一首示子姪中：

蜀之鄙有二僧，其一貧，其一富。貧者語於富者曰：「吾欲之南海，何如？」富者曰：「子何恃而往？」曰：「吾一瓶一缽足矣。」富者曰：「吾數年來欲買舟而下，猶未能也。子何恃而往？」越明年，貧者自南海還，以告富者，富者有慚色。

如上所說，不論是演繹法、歸納法，例證法、反駁法，類比法、對局法，這都只是權宜的區分，寫起文章來，不會是只用到其中一法，很可能是輪著交替運用，也可能是交融和合，連著運用的。總之，「法無定法」，寫作技巧本無固定，運用之妙，存乎一心。

找找看

本節一口氣介紹了六種議論的手法，請你從國中、高中曾經學過的課文中，找出一課，分析它使用了哪些手法。

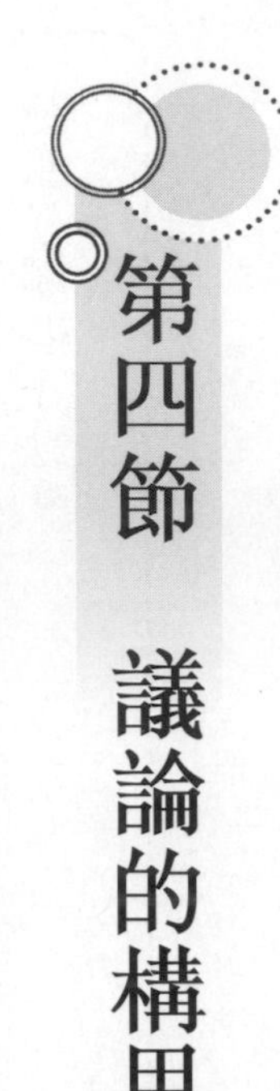

第四節　議論的構思與技巧

議論的原則、方法都懂得了，如果還是寫不出來，問題可能在議論的構思。「構思」之為構思，首先是要有所「思」，有所「構」。我們如果平日勤於觀察生活周遭的人事物，就能從中尋得啟發。例如方孝孺從鄭仲辨左手拇指患疹發病、求醫、用藥的經過，有了防患未然的體會，於是寫了一篇指喻來談杜漸防微的道理。王安石讀史記孟嘗君列傳時，抱著獨立思考的態度，深入思索孟嘗君所作所為是否合乎義理，猛然發現原來前人所謂戰國四公子之一的孟嘗君，不過是雞鳴狗盜之首，於是寫下了讀孟嘗君傳這篇著名的翻案文章。我們在平日深思有得的想法，經過沉澱成形後，就是議論文的「論點」。只要我們平日慎思、明辨，抱持「在不疑處有疑」的精神，相信一定會有源源不絕的想法供你驅遣。

想想看

許多喜歡園藝的人都知道，如果你想增加花朵的數目，使整株植物更為茂密，那麼你就要在適當的時候「摘心」。摘心就是在草花的定植初期，將莖梢嫩芽用手指摘除，當你把嫩芽摘除後不久，嫩芽的周圍便會冒出幾個側芽，漸漸形成分枝。請你從這種自然的現象開始聯想，看看能聯想出什麼道理。請以一句話表現出來。

我們從園藝增添花苞的「摘心」技巧，如果能體會到植物「愈挫愈勇」、「在逆境中求生」的本能，聯想到人生的路途中應該也要抱持屢敗屢戰的心態，那麼我們文章的「論點」就已經成形了，而摘心的現象就是我們文章中最好的「論據」。

有了論點和主要的論據，只完成了文章拼圖的一部分。前人說「孤證不立」，只有一個論據的文章，說服力是不足的。我們應該順藤摸瓜，從這個頭緒自由聯想或蒐集資料。

想想看

1. 請根據「愈挫愈勇」、「在逆境中求生」兩項條件，尋找相關的成語、故事各二則。
2. 請從反向思考，找出兩則與「愈挫愈勇」意義相反的成語，或是不能「在逆境中求生」而終至失敗的故事。

這些我們想到的成語、故事，都是我們可以運用的論據。不過在選用之前必須經過一番揀擇。除了考量前一節提及的「事理充分」、「事例典型」、「真切而有說服力」三項原則外，我們還要考慮到這些例證是否因為被大量使用而減損了效度。例如有的人可能會想到孫中山先生十次革命屢敗屢戰的故事，或是蔣中正看到溪水中小魚逆流而上得到啟發的傳說，這些論據的確符合論據的三項原則，但因為已經變成習見習聞的套語，選用時也應當避免。

有了堅實的論點、充分的論據，我們還需要一個完整的論證過程，來表達意見、說服讀者。這就牽涉到論證的技巧。

我們如何把從觀察植物因為摘去莖芽反而蓬勃生長的自然現象，體會到的人也應當愈挫愈勇的道理，言之有序的表現出來？方法其實有很多。我們僅介紹最基本見的「起、承、轉、合」四段論述方式。

一、起（起筆）

「起筆」要有點出全文的主旨，也就是將全文的「論點」交代清楚。這樣的作法直接點出全篇議論的方向，讓讀者能一目了然。起筆可以是「開門見山」，但「猶抱琵琶」亦無不可，但總要把那主旨說了，而起說得簡潔有力，如此才可。

二、承（推筆）

「起」之後，要有所「承」。「承」是承接起筆的論點加以闡述，並且直接展示論據佐證。起筆的段落文章應該短而有力，所以多半只能做到陳述論點，至於對論點形成的緣由、論據的提出，就可以在此段詳細說明。

三、轉（衍筆）

前面談過議論的方法可以從正、反兩面凸顯論點，可以對立、比較，可以有破、有立。「轉」是順著前面的「承」，進一步「承而轉之」的過程。在前一段陳述論點、展示論據後，本段可以從相反的角度立場自設問答，進一步的討論論點；或提出反面的例證，再度證明論點的正確性。

四、合（收筆）

「合」是「收筆」。是將前面「起、承、轉」的內容收攏起來，做一個結論。結論可以總結全文，呼應起筆；可以重述論點，加強印象。至於在文氣上是嘎然而止，總結成論，或是餘音繞樑，氣韻綿延，則視前文行文風格而定。

若以韓愈師說為例，我們從第一段便可以完整的看到「起、承、轉、合」的安排。開首說「古之學者必有師」這便是「起」（「起筆」）。接著說「師者，所以傳道、受業、解惑也。」這便是「承」（「推筆」）。再來的「人非生而知之者，孰能無惑？」，這便是「轉」（「衍筆」）。最後一句說「惑而不從師，其為惑也，終不解矣！」，這便是「合」（「收筆」）。

如果以全篇文章的架構來看起承轉合，又可以舉曾昭旭失敗的價值為例。他在文章的第一段僅僅用了一句話，道出了全篇文章的論點：

> 成功不是必然會對人有益的，失敗也不必然有害。

這段就是「起」。因為直接點出論點，非常簡明扼要，完全符合我們前面所說「表達要清楚、明白」的要求。而下面一段接著闡述論點：

> 事實上，我們似乎都已了解勝而驕的害處與敗不餒的剛強了。但人們也許還不見得敢相信：如果不餒之後仍然不免屢敗，則是否仍能自覺有益而處之泰然。因為我們既然說失敗為成功之母，則若果畢竟無成功之望時，失敗是否仍然具有價值？
>
> 我們應說失敗是可以具有一種絕對價值的，它並不須以日後的成功來證實。這種價值就是智慧與德性的價值。
>
> 我們所遭遇到的每一次失敗，都可以促使我們更了解自己知識、能力、經驗的限度，了解自己整個性格的優劣長短，了解自己在這個社會環境下的合理位置。總而言之，是讓我們更了解自己。

這一大段就是「承」。承接題旨，作更進一步的說明。強調失敗帶給我們的是智慧與德性的價值，讓我們更了解自己。這一段比較特別的是利用了自問自答的方式，不但將讀者的思維引導到論者所想強調證明的方向，也藉著回答問題，帶出論點更深一層的寓意。

> 每一次失敗，也都可以激使我們針對自己知識、能力、性格的弱處，更作努力與調理，讓自己的形象更趨完整。並且，讓我們更能在自己的位置上站得更穩，從而使我們更增自知與自信。
>
> 自知是一種智慧，自信是一種德性，它們的價值都是絕對的。而這種絕對的價值不但可以自成功的經驗來，也同樣可以自失敗的經驗來，或者毋寧說，從失敗來的往往更多。所以孟子才說動心忍性，增益其所不能。

這一大段就是「轉」。轉有兩種轉法：一是正轉，即從前述承接而來的論點中，加以鋪衍；一是反轉，從反面論述其重要性。此文屬正轉，故從自知、自信立論，強調失敗比成功更能增加我們這方面的智慧。

> 也因此，我常願勸人不要害怕去做事。因為若成功了，你會得到光榮；若失敗了，你也會得到智慧。無論如何，人總是不會落空的。
>
> 當然，於此之外，失敗的教訓也仍然足以引導未來的成功。但我們若知即使不成功，失敗也不白費的話，我們就真的立於不敗之地了。

這一大段就是「合」。總束前文作結論，勸勉我們做事不必太計較成功或失敗，只要記取失敗的教訓，終將能立於不敗之地。整篇文章起承轉合架構嚴謹，也讓文章更具說服力。

總的來說，議論得有「論點」、「論據」以及「論證」。「論點」是頭腦主宰，「論據」是身體骨架，而

「論證」則是筋絡神經。論證時不妨利用起、承、轉、合的技巧，展示你的論點與論據。

寫寫看

對於「摘心」這個議題，我們已經思考並且收集資料，現在你已經瞭解起、承、轉、合的論證技巧」。請你試著綰合所有的材料，將它寫成一篇文章。題目請自訂。

第八章　各種手法綜合運用

一、靈活運用前面章節所提到的幾種手法。
二、學習記敘與抒情手法的綜合運用。
三、學習記敘與議論手法的綜合運用。
四、學習說明與議論手法的綜合運用

在前面的章節中，我們介紹了記敘、抒情、說明與議論四種不同的寫作手法。事實上，大多數好的文章，都不只單純的運用單一的手法，而是彼此融通、交錯運用的。現在我們開始要試著練習這些手法的搭配使用。

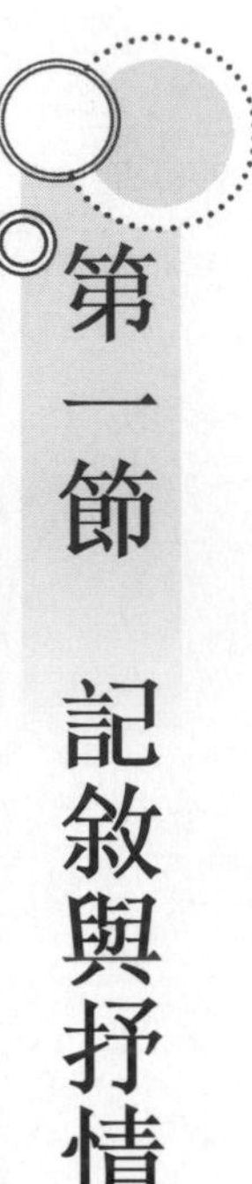

第一節　記敘與抒情

記敘手法和抒情手法最常混合運用，記敘的時候很難不帶著作者主觀的感情，而抒情的時候也脫離不開記敘的事實。記敘時帶著細緻的抒情，就不會變成流水帳；抒情時有了記敘的事件做依據，才不至於無病呻吟。記敘與抒情的搭配最主要的有兩種方式，一是先記敘而後抒情，一是情景交融。

一、先記敘而後抒情

顧名思義，先記敘而後抒情的手法就是：先具體的記敘、描寫所寫的主題後，然後再抒發感情。例如：

> 風急天高猿嘯哀，渚清沙白鳥飛迴。無邊落木蕭蕭下，不盡長江滾滾來。
> 萬里悲秋常作客，百年多病獨登臺。艱難苦恨繁霜鬢，潦倒新停濁酒杯。

這首七言律詩是大曆二年（西元七六七年）秋，杜甫臥病夔州時所作。全詩透過登高所見秋江景色，傾訴長年飄泊、老病、孤愁的複雜感情。前四句寫秋景，後四句抒己懷。首聯刻劃眼前具體景物，似工筆畫；次聯渲染秋天氣氛，如寫意；三聯表現感情，從時間空間著筆，由異鄉飄泊寫到多病殘生；四聯從白髮日多，護病戒酒，歸結到時局艱難，以致他當時潦倒不堪的處境與心境。又如：

顧先生一家約我去費城郊區一個小的大學裡看花。汽車走了一個鐘頭的樣子，到了校園。校園美得像首詩，也像幅畫。依山起伏，古樹成蔭，綠藤爬滿了一幢一幢的小樓，綠草爬滿了一片一片的坡地，除了鳥語，沒有聲音。像一個夢，一個安靜的夢。

花圃有兩片，一片是白色的牡丹，一片是白色的雪球；在如海的樹叢裡，還有閃爍著如星光的丁香，這些花全是從中國來的罷。

由於這些花，我自然而然的想起北平公園裡的花花朵朵，與這些簡直沒有兩樣；然而，我怎樣也不能把童年時的情感再回憶起來。不知為什麼，我總覺得這些花不該出現在這裡。它們的背景應該是來今雨軒，應該是諧趣園，應該是宮殿階台，或亭閣柵欄。因為背景變了，花的顏色也褪了，人的感情也落了。淚，不知為什麼流下來。

這段文字選自陳之藩先生失根的蘭花。前兩段主要在記敘去大學賞花的事件並描述如詩如畫的大學景色，第三段則由眼前的景物觸發，進而追溯童年情懷，撩引出當下深濃的感傷，也是一種「由記敘而抒情」的作法。

寫寫看

閱讀報紙的社會版，常常會有令人感動的小故事，例如南投竹山一碗麵的故事。請你試著記敘一件報上記載的動人故事，並寫下你的感動。

二、情景交融

在介紹抒情手法與記敘手法時，都曾簡單提到「情景交融」。「情景交融」是一種高明的綜合運用，它就在敘述的過程當中，把作者對事件的態度、情感等，不著痕跡的融入文章中。

朱自清先生是運用這種方式的佼佼者。例如我們之前提過的背影，他透過記敘父親為他買橘子的事情，抒發了對父親的敬愛，就是很好的例子。我們再引他綠這篇文章中的段落為例：

梅雨潭閃閃的綠色招引著我們；我們開始追捉她那離合的神光了。揪著草，攀著亂石，小心探身下去，又鞠躬過了一個石穹門，便到了汪汪一碧的潭邊了。瀑布在襟袖之間；但我的心中已沒有瀑布了。我的心隨潭水的綠而搖蕩。那醉人的綠呀！彷彿一張極大極大的荷葉鋪著，滿是奇異的綠呀。我想張開兩臂抱住她；但這是怎樣一個妄想呀。——站在水邊，望到那面，居然覺著有些遠呢！這平鋪著，厚積著的綠，著實可愛。她鬆鬆的皺纈著，像少婦拖著的裙幅；她輕輕的擺弄著，像跳動的初戀的處女的心；她滑滑的明亮著，像塗了「明油」一般，有雞蛋清那樣軟，那樣嫩，令人想著所曾觸過的最嫩的皮膚；她又不雜些兒塵滓，宛然一塊溫潤的碧玉，只清清的一色——但你卻看不透她！……可愛的，我將什麼來比擬你呢？我怎麼比擬得出呢？大約潭是很深的，故能蘊蓄著這樣奇異的綠；彷彿蔚藍的天融了一塊在裡面似的，這才這般的鮮潤呀。——那醉人的綠呀！我若能裁你以為帶，我將贈給那輕盈的舞女；她必能臨風飄舉了。我若能挹你以為眼，我將贈給那善歌的盲妹；她必明眸善睞了。我捨不得你；我怎捨得你呢？我用手拍著你，撫摩著你，如同一個十二三歲的小姑娘。我又掬你入口，便是吻著她了。我送你一個名字，我從此叫你「女兒綠」，好麼？

這篇文章是他到梅雨潭遊玩的記錄。但是他挑選了「綠」字當作題目，成為主題。在文章的敘述中，每個景語中交融著心語的流動，體現了他「情景交融」的散文創作特色。

要讓景語溢滿情感，需要推敲、錘鍊語言，精心選取景物和巧妙的使用修辭手法，以恰到好處地表現作者的心緒。在這段中，他引用曹植洛神賦中「離合的神光」來形容梅雨潭閃閃的綠色，將梅雨潭皺纈著的水波喻為少婦拖著的裙幅，將滑滑地明亮著的水光喻為柔軟鮮嫩的雞蛋清，將純淨的水色喻為溫潤的碧玉。大量的譬喻修辭的運用，從視覺、觸覺、感覺等角度具體形象地展示一泓「醉人的綠」，傾一腔濃烈的摯愛神往之情於景物，到了段落的末段，更是直接與景對話。這些精美的語言，字裡行間滲透著作者對大自然的熱愛；這些光焰照人的景物，一草一木都浸潤著作者對生活的讚美。

寫寫看

在記敘的時候，如果能夠掌握生動感人的抒情筆調，敘述中適度的寄寓情感，是提升文章品味的最佳捷徑。文章如此，詩歌也是一樣。請先閱讀下引張九齡的望月懷遠：

海上生明月，天涯共此時。情人怨遙夜，竟夕起相思。
滅燭憐光滿，披衣覺露滋。不堪盈手贈，還寢夢佳期。

這首詩首聯兩句，即予點題。後六句只是鋪衍這份情愫而已，做到情中有景，景中有情，情景交融。尤其末聯兩句，愈見真摯可愛。請你試著將這首詩改寫成為散文，特別要注意到在寫景時要試著達到「情景交融」的境界。

第二節　記敘與議論

在以記敘為主軸的文章中，如果夾雜著議論的手法，則通常是用來說明一篇文章或一個段落的主旨。相反的，在以議論為主軸的文章中，必定包含記敘的部分，而所記敘的人、事、物，就是文中議論的對象。大體而言，記敘與議論手法的安排通常有兩種：一是先敘後議，一是夾敘夾議。

一、先敘後議

在文章中使用先敘後議的手法，通常會將後文所要議論的人、事、物，簡單扼要的在開頭記敘，然後才展開評論。例如王安石的讀孟嘗君傳：

世皆稱孟嘗君能得士，士以故歸之，而卒賴其力，以脫於虎豹之秦。嗟乎！孟嘗君特雞鳴狗盜之雄耳，豈足以言得士？不然，擅齊之強，得一士焉，宜可以南面而制秦，尚何取雞鳴狗盜之力哉？夫雞鳴狗盜之出其門，此士之所以不至也。

這篇文章是王安石對史記孟嘗君列傳的讀後感。全文旨在批駁「孟嘗君能得士」這一傳統觀念。因為是讀後感，所以他只以一句話概括孟嘗君從秦國脫困的故事，十分簡單扼要。史記記載孟嘗君入秦，被秦昭王扣留而且打算處死，所幸他的一位門客扮成狗，夜入秦宮，盜取孟嘗君獻給昭王的白狐裘，轉獻昭王寵姬，姬因此在昭王前為孟嘗君遊說，孟嘗君乃得以脫困，隨即離開秦國。夜半時分來到函谷關，但是依照規定要等到雞鳴，才能開關放人通行，門客中有能學雞鳴者，一鳴而群雞盡鳴，乃得出。在王安石看來，孟嘗君並沒有得到真正的士，所謂的「天下之士多歸焉」，不過只是聚集一群雞鳴狗盜之徒而已；也正因為孟嘗君重用這些人，所以真正有能力、足以強齊拒秦的賢人才士裹足不前，孟嘗君「得士」之說，只是徒具虛名罷了。先敘後議，很具有說服力。又如杏林子的心囚也使用相同的手法：

自從小學六年級時，我被一種叫做「類風溼關節炎」的怪病纏身之後，就逐漸失去活動的自由。年復一年，我全身的關節都受到病魔的「轄制」，有如戴上一道道無形的鐐銬。腿不能行，肩不能舉，手不能彎，頭也不能自由轉動。甚至，我連吃一口心愛的牛肉乾的權利也被剝奪了，因為咬不動。

二十多年來，生活的天地僅限於六席大的斗室之中，屋外春去秋來，花開花謝，似乎都與我無干了。就像一個被判無期徒刑的犯人，不知何年何月才能重見「天日」。

想像中，這樣的「犯人」一定是蒼白憔悴、鬱鬱寡歡的吧！剛剛相反，因為我了解真正能夠囚住我的，不是身體上的疾病，而是心理上失望、悲觀、頹喪、憤怒、憂慮，築成了一面看不見的網，隨時準備將我陷在中間。一個人只要能突破心靈的枷鎖，這個世界就再也沒有什麼能困住他的了。如今，我活得無憂無慮，也自由自在。而世上多的是身體健康，卻心理不健全的人；多的是表面歡樂，卻心中痛苦的人；多的是行動自如，卻找不到一條正確人生方向的人。

有些人看似生活得繁華熱鬧，卻往往是天底下最寂寞的人，因為他們把自己的心封閉了。

文章中杏林子先將描敘自己罹患類風濕關節炎後的處境，但他並不因此而沮喪，反而積極面對人生，在後面的段落中，他更提出只有心理上的不健康才能囚禁一個人的觀點。這樣先敘述自己的的經歷，然後再發表意見的手法，也是先敘後議的方式。

二、夾敘夾議

所謂夾敘夾議，就是指在記敘的過程中，把自己對所寫的人或事物的看法，以記敘、議論相間的方法表達出來。例如宋晶宜的雅量：

朋友買了一件衣料，綠色的底子帶白色方格，當她拿給我們看時，一位對圍棋十分感興趣的同學說：

「啊，好像棋盤似的。」

「我看倒有點像稿紙。」我說。

「真像一塊塊綠豆糕。」一位外號叫「大食客」的同學緊接著說。

我們不禁哄堂大笑，同樣的一件衣料，每個人卻有不同的感覺。那位朋友連忙把衣料用紙包好，她覺得衣料就是衣料，不是棋盤，也不是稿紙，更不是綠豆糕。

人人的欣賞觀點不盡相同，那是和個人的性格與生活環境有關。

如果經常逛布店的話，便會發現很少有一匹布沒有人選購過，換句話說，任何質地或花色的衣料，都有人欣賞它。

一位鞋店的老闆曾指著櫥窗裡一雙式樣毫不漂亮的鞋子說：「無論怎麼難看的樣子，還是有人喜歡，所以不怕賣不出去。」

就以「人」來說，又何嘗不是如此？也許我們看某人不順眼，但是在其男友或女友心中，往往認為恰如「天仙」或「白馬王子」般地完美無缺。

人總會去尋求自己喜歡的事物，每個人的看法或觀點不同，並沒有什麼關係，重要的是——人與人之間，應該有彼此容忍和尊重對方的看法與觀點的雅量。

上面摘錄自雅量的部分文字，很明顯的使用了「夾敘夾議」的手法。文章一開始先舉四個人對衣料感受不同，所持的看法也不一樣（這是敘的部分）。再說明因為性格和生活環境的不同，欣賞觀點也不同（這是議的部分）。接著，又再舉例，述說不管哪一種花色的衣料，或哪種式樣的鞋子都有人喜歡，我們看不順眼的人，也許在別人眼中十分完美（這是敘的部分）。接下來再點題，說明觀點不同沒關係，重要的是培養容忍和尊重別人的雅量（這是議的部分）。這樣在說理的過程中，藉「事」的陳述，使「理」從中顯現，不但可以免去刻板、嚴肅的說教意味，更可讓讀者印象深刻，獲得共鳴與信服。這也是寫作中常採用夾敘夾議的最大優點。

寫寫看

古人說：「路見不平，拔刀相助。」你曾在生活中看見或遭遇什麼不平事情嗎？你對那些事情有什麼看法或是意見？請試著用先敘後議或夾敘夾議的手法，扼要的將事件的經過與你的感想寫下。題目請自訂。

第三節　說明與議論

說明是對一個特定的主題進行解說和闡明，主要是讓讀者在讀後能對這個主題或事物得到相當程度的理解，通常不夾帶個人強烈的情感或特定傾向。儘管議論能力也須對某一主題進行解說和闡明，但議論的意圖重在表達意見，而說明的意圖則重在解釋。在古人的「說」體文中，特別常將這兩種手法混和運用。如：

> 水陸草木之花，可愛者甚蕃。晉陶淵明獨愛菊，自李唐來，世人盛愛牡丹。予獨愛蓮之出淤泥而不染，

濯清漣而不妖；中通外直，不蔓不枝；香遠益清，亭亭淨植，可遠觀而不可褻玩焉。予謂：菊，花之隱逸者也；牡丹，花之富貴者也；蓮，花之君子者也。

噫！菊之愛，陶後鮮有聞。蓮之愛，同予者何人？牡丹之愛，宜乎眾矣！

周敦頤的愛蓮說，透過蓮花特色的說明，寄託了愛好富貴的人太多，而像陶淵明那樣曠達清高的隱士，和自己這樣的君子已經很少了的感慨。又例如蔡珠兒鮑魚的糖心術中的這段：

鮑魚古名鰒魚，由於古人無輕脣音，「鰒」讀成「雹」，久之遂與鮑魚相訛。我們現在稱美的鮑魚，古代原來指的是濕漬鹹魚。史記記載秦始皇在南巡途中暴斃，丞相李斯祕不發表，運屍回朝，由於天熱發臭，「乃詔從官，令車載一石鮑魚，以亂其臭」，一代霸主落得與爛魚廁身雜溷，真箇是臭名永播。

……

華人對鮑魚趨之若鶩，具有深濃的文化情結，然而在盛產鮑魚的澳洲、墨西哥和南非等地，它並未特別為人垂青，以前澳洲人還拿它來作魚餌，直到華裔移民湧入後，鮑魚的價格才被炒高。食物的美味和價值，從來都受文化宰制影響，絕不是「口之於味，有同嗜焉」，鮑魚的好吃，其實不在於糖心，而在層層疊疊的迷思。

蔡珠兒的這篇文章以「鮑魚」為主題，文章前段先使用說明手法，告訴讀者古今「鮑魚」指稱對象並不相同；文章的中段則圍繞著「鮑魚」的主題開展，說明古今鮑魚是如何珍貴與代表權勢；到了文章的最後則發表自己對於飲食與文化的見解，認為「食物的美味和價值，從來都受文化宰制影響」。

寫寫看

請根據以下的步驟，以「鄉村與都市」為題，完成一篇文章。

1. 請條列說明鄉村與都市的優缺點。
2. 根據上面條列的優缺點，選擇自己想居住的地點，並闡述理由。
3. 將1. 條列的優缺點與2. 自己的想法結合成一篇兼用說明與議論的作文。

第四節　結　語

還記得第一節所引陳之藩失根的蘭花的片段嗎？在那三段中陳之藩從記敘到大學賞花一事，進而抒發思鄉之情。這個部分是很標準的先記敘而後抒情的運用，但是全文的後段，他又從思鄉之情一轉而發表自己的看法，則又是由抒情而議論了。他說：

花搬到美國來，我們看著不順眼；人搬到美國來，也是同樣不安心。這時候才憶起，家鄉土地之芬芳，與故土花草的艷麗。我曾記得，八歲時肩起小鐮刀跟著叔父下地去割金黃的麥穗，而今這童年的彩色版畫，成了我一生中不朽的繪圖。

在沁涼如水的夏夜中，有牛郎織女的故事，才顯得星光晶亮；在群山萬壑中，有竹籬茅舍，才顯得詩意盎然。在晨曦的原野中，有拙重的老牛，才顯得純樸可愛。

祖國的山河，不僅是花木，還有可歌可泣的故事，可吟可詠的詩歌，是兒童的喧譁笑語與祖宗的靜肅墓廬，把它點綴美麗了。

古人說：人生如萍，在水上亂流。那是因為古人未出國門，沒有感覺離國之苦，萍總還有水流可藉；以我看，人生如絮，飄零在此萬紫千紅的春天。

宋朝畫家鄭思肖，畫蘭，連根帶葉，均飄於空中。人問其故，他說：「國土淪亡，根著何處？」國，就是土，沒有國的人，是沒有根的草，不待風雨折磨，即形枯萎了。

我十幾歲，即無家可歸，並未覺其苦，十幾年後，祖國已破，卻深覺出個中滋味了。不是有說，「頭可斷，血可流，身不可辱嗎？」我覺得應該是，「身可辱，家可破，國不可亡。」

陳之藩的這篇文章靈活運用了記敘、抒情、議論等不同的表達技巧，達到「象、情、理」鎔於一爐的境界。由此我們可以知道，手法間的組合方式可以千變萬化，端視寫作者在聯想、整理所得的材料與行文布局的需要而靈活運用。

本章所舉的幾個搭配方式，只是記敘、抒情、說明、議論四種手法混合運用常見的情形。同學們可以在這個基礎上，不斷練習精進，最後達到「運用之妙，存乎一心」的境界。

心得筆記

附錄：標點符號用法表

名稱	符號	說明	例子	備註
句號	。	表示句意已完整。	今年暑假，我要回大陸探親。	
逗號	，	表示停頓，用以分開較長的句子或強調語詞。	(1)這裡風景幽美，鳥語花香，真是度假的好地方。 (2)休息，是為了走更遠的路。	
頓號	、	表示語氣需稍微停頓，用以分開連用而並列的同類字詞。	(1)食、衣、住、行是民生四大需要。 (2)三民主義包括民族、民權、民生三個主義。	
分號	；	用以分開複句中並列或對比的句子。	(1)生活的目的，在增進人類全體之生活；生命的意義，在創造宇宙繼起之生命。 (2)他的姐姐非常沉默，沉默得一天講不上三句話；他的妹妹卻十分健談，健談得一天閒不了三分鐘。	

冒號	：	(1)用以總承上文。 (2)用以提起下文。 (3)用以提出引語。	(1)他在花園裡栽植了梅、蘭、竹、菊：四君子。 (2)開門七件事：柴、米、油、鹽、醬、醋、茶。 (3)俗語說：「路遙知馬力，日久見人心。」	
引號	單引號「」 雙引號『』	(1)表示引用他人的話語。 (2)表示引用書籍的原文。 (3)表示對話。 (4)用以標示專有名詞。 (5)表示引用的語詞需特別注意。	(1)孫中山先生說：「我勸諸君立志，是要做大事，不要做大官。」 (2)詩經周南關雎：「窈窕淑女，君子好逑。」 (3)我問他：「你要去哪裡？」他說：「不告訴你。」 (4)「三民主義」就是救國主義。 (5)對於你的「恭維」，我心領了。 (6)老師說：「做事之前必須要有萬全的準備，就如孔子所說的：『工欲善其事，必先利其器。』」	通常先使用單引號，單引號內需要引號時，再使用雙引號，依此類推。
問號	？	表示疑問。	你知道「結草銜環」這句成語的典故嗎？	
驚歎號	！	表示感歎、命令、祈求、驚訝等語氣。	(1)這件衣服真是漂亮極了！ (2)你這無賴，滾出去！ (3)什麼，合歡山下雪了！	

名稱	符號	用法	舉例	說明
夾注號	（ ） ——	用以標示文中附加說明的部分。	(1)李白，字太白，號青蓮居士，祖籍隴西成紀（今甘肅秦安北）人。 (2)生活中無論食、衣、住、行，都需遵照新生活六項原則——整齊、清潔、簡單、樸素、迅速、確實——切實地做到。	(1)在行文中純屬注釋上文性質的，多使用（ ）；屬於補充說明性質而文氣可聯貫的，多使用——，而補充文字置於——之間。 (2)近代也用〔 〕代替（ ）。
破折號	——	(1)表示語意的轉變。 (2)表示聲音的延續。 (3)表示時間的起止。 (4)表示空間的起止。 (5)用以補充說明。	(1)他工作認真——可惜動作太慢。 (2)叭——叭——叭——，街道上的汽車喇叭聲響個不停。 (3)孫中山先生享年六十歲（1866——1925）。 (4)高速公路闢建後，臺北——高雄只需要四個半小時的車程就可到達。 (5)文房四寶——筆、墨、紙、硯。	(1)符號可用—代替。 (2)用於時間、空間的起止時，也可用～代替。
刪節號	……	(1)表示節略。 (2)表示語句未完。 (3)表示語氣斷斷續續。	(1)梁啟超說：「人生什麼事最苦呢？……我說人生最苦的事，莫若身上背著一種未了的責任。」 (2)自然科學包括數學、物理、化學、電子學、生物學……。	用以表示語句未完時，也可用「等」或「等等」代替，但不可與刪節號重複使用。

名稱	符號	用法	舉例	說明
			(3)她不好意思地說：「事……情……不是你說的那樣啦！」	
書名號	﹏	用以標示書名、篇名、詩詞曲名、影劇名、報刊名等。	(1)論語顏淵：「己所不欲，勿施於人。」 (2)聯合報及中國時報的發行量都很大。	(1)文字以直式書寫的，書名號置於左邊；以橫式書寫的，置於下方。 (2)近代也用《　》或“　”表示。 (3)以《　》標示書名、影劇名、報刊名；另以〈　〉標示單篇文章或詩詞曲名。
專名號	—	用以標示人、地、時代、機構等專有名詞。	(1)宋朝畢昇發明活字印刷術。 (2)臺灣省宜蘭縣有蜜餞、鴨賞等名產。	(1)文字以直式書寫的，專名號置於左邊；以橫式書寫的，置於下方。 (2)舊稱私名號。
音界號	・	翻譯外國人名時，用以區別名字與姓氏。	馬克・吐溫是美國一位著名的小說家。	

圖一 臺灣師大2007門神年畫展的廣告海報。以鮮活的鍾馗形象，點出門神年畫的主題。（林爾軒提供）

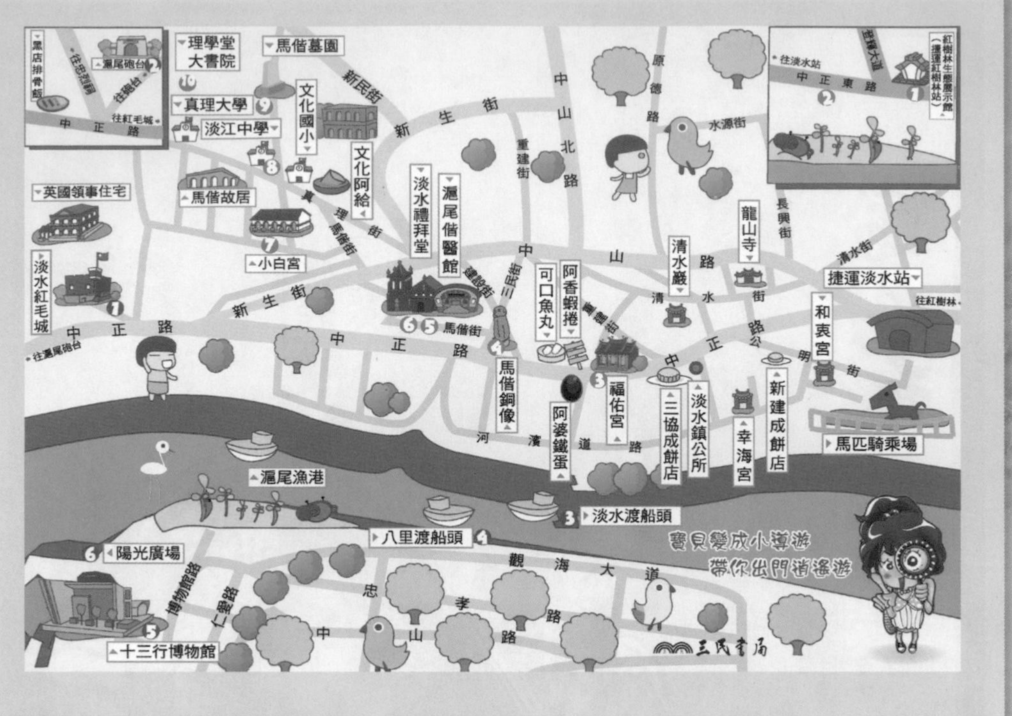

圖二 三民書局小小導遊系列酷卡廣告（正面）。因為廣告對象是小朋友，所以利用可愛畫風速寫淡水重要景點，兼具實用性。

圖三 三民書局小小導遊系列酷卡廣告（反面）。本則廣告訴求的文案。

語文表達及應用（下）

林保淳
臺灣大學文學博士
臺灣師範大學教授

林安梧
臺灣大學哲學博士
玄奘大學教授

陳廖安
師範大學文學博士
臺灣師範大學副教授

黃復山
輔仁大學文學博士
淡江大學教授

劉玉國
香港大學哲學博士
東吳大學副教授

三民書局

© 語文表達及應用(下)

編著者　林保淳等
發行人　劉振強
著作財產權人　三民書局股份有限公司
發行所　三民書局股份有限公司
地址　臺北市復興北路386號
電話　(02)25006600
郵撥帳號　0009998-5
門市部　(復北店) 臺北市復興北路386號
(重南店) 臺北市重慶南路一段61號
出版日期　初版一刷　中華民國九十七年二月
初版二刷　中華民國九十九年八月
編號　S 833880
行政院新聞局登記證局版臺業字第〇二〇〇號

ISBN 978-957-14-4913-5 (平裝)

http://www.sanmin.com.tw 三民網路書店

語文表達及應用（下）

目次

第一章　企畫案的撰寫與製作

一、認識企畫案及其重要性。
二、了解企畫案的八個W與優秀企畫案的特點。
三、學習企畫案的撰寫格式與要領。

第一節　了解企畫案

一、什麼是「企畫案」

「企畫」這詞可以理解成「企圖的構畫」，有了企圖、有了構畫，構畫成了一個可執行的「案」，我們稱這為「企畫案」。當然，企畫案為的是執行成功，因此它重視的不只是理念的傳達，更重要的是，它重視具體落實的程序與步驟。

「企圖」是要心有所想、有所向，心裡有著這樣的「想」、「向」；進一步，我們將「想」、「向」轉成了「想像」，落實為意象、圖象，這樣企圖就開始有了構畫的可能。「構畫」是要行有所謀、思有所構，有著這樣的「謀」、「構」；進一步，我們將「謀」、「構」畫成具體的行程、方案與實踐的步驟，「構畫」也就落實了。

早在兩千多年前，老子就曾說：「圖難於其易，圖大於其細；天下難事，必作於易；天下大事，必作於細。」（老子六十三章）。這是說：「要做難事，就從簡單處做起；要做大事，就從小處做起。天下難事一定得從易處著手；天下大事一定得從細處下手。」這說明了企畫的重要——鉅細靡遺，從大處著眼，小處著手。俗語說：「一年之計在於春，一日之計在於晨」，提醒我們計畫要趁早；「一生之計在於勤」，則強調任何計畫最重要的是勤勉地去落實與執行。須知「凡事豫則立，不豫則廢。」「豫」者，「預」也。有了預備，有了事前完備的企圖、構畫，因此才能氣定神閒、悠遊自在，在臨事之際，可以羽扇綸巾、談笑用兵。

總體而言，企畫強調內容完整而周詳，構思精密而細緻，既具有理念的高度、思考面向的廣度，在執行面上更有其深度與厚度。當然，這往往不是一開始就能百分之百預想好的，但它總要立出個大略來；在這大略的構畫下，含蘊著滋長與發展的可能。這也就是說，一個企畫案當然得有詳盡而可管控的落實方案，但更重要的是它也得顧及到實際狀況發生時的應變能力。

用古人的話語來說，好的企畫案要能「貞常處變」（守住常道，處理變局），要能「隨機應變」（隨順機緣，因應變動），但這樣的「隨機」並不是漫無章法，而是在紛雜的各種事件下，要能條理出個道理來，用這樣具體而實際的道理去引出一些新發展的可能。孫子兵法上說「上兵伐謀」，這是說最高段的用兵之道，要爭的是謀略；一說「謀略」便涉及前面所說的「常」、「變」，又在具體事務上如何「應機」等等問題。這可以說都是現代企畫案所要顧及到的。

二、「企畫案」在現代社會中的重要性

由於現代社會比起以前的傳統社會更講究「現代性」(modernity)、「合理性」(rationality)。在傳統社會裡，想做什麼、要做什麼，可能口頭說說就可以定案了；在現代社會裡，你想做什麼事，不是發個願、許個諾就可以，重要的是：你必須提出你的「企畫案」。要是沒有企畫案，很可能構想很好，卻無法落實，一切都是空中樓閣！須知：執事者往往就你所提出的企畫案仔細地去考量，秤斤論兩，最後才作出決定。

明顯地，在現代社會裡，企畫人才比起以前重要；當然寫企畫書的能力也比以前來得重要多了。一個人儘管充滿著自信心，別人說他是如何的優秀，說他如何超凡入聖，如何有創意；要是他只是空口說說而已，沒辦法將這些好的「理念」、「構想」轉變成為「企圖」、「構畫」，成為白紙黑字、圖解步驟，文理通順，清晰完整的表達出來，那恐怕即使是諸葛孔明復生，也很難再發生劉備「三顧茅廬」的美事。

其實，三國時代劉備「三顧茅廬」時，諸葛孔明就提出了一個大的企畫案叫隆中對，在隆中對裡，早就訂定了「三分天下」的藍圖。這也闡明了「凡事豫則立」的道理。

有人說，現代社會最重視的是「創意」，但我想進一步的說不只是「創意」重要，更重要的是如何將這「創意」「企畫」出來。任何一個人、一個團體都時時刻刻需要這樣的企畫能力，因為隨時會有人想了解你或你們的企畫案。小從家裡的「柴米油鹽醬醋茶」，到學校裡的課業及相關活動，大至社會的種種事務、行業，乃至國家大事都免不了「企畫案」的撰寫與落實。

記得：「企畫案」是將你的企圖構畫成案，以便實行。這不只是理念的想像，不只是文字與圖象的宣示而已；更重要的是：落實的程序、步驟，以及可以解決的具體方法。執事者經由它可以認識你，你也可以經由它來展現自我，當然，更重要的是執事者可以按圖索驥，一步步去完成。在「應用文」諸多類型中，「企畫案」的撰寫已成為最重要、最時興的一類了。

第二節　企畫案的特點與八個W

一、卓越的企畫案應具有的特點

一個卓越的企畫案必須要具有以下幾個特點：

⑴**要有企圖、有創意**：有了「企圖」才有動力，有了「創意」才有想像，也因此才能有令人興味盎然的吸引力。就是這樣的魅力，才能吸引執事者的目光，獲得青睞。

⑵**要能周到、能細密**：「周到」強調的是能夠識其大體，「細密」強調的是能具體落實。任何一個企畫案要能具體落實一定得重視大體，如果沒能注重大體，只執著細節，極可能白費氣力。同樣地，若只是重其大體，而未思考其具體落實的程序，一樣也是紙上談兵。

⑶**要能清晰、有條理**：企畫案提出來，要呈遞予相關單位或主管，為使執事者在最短時間內能完全領會整個企畫案，就必須要言不煩，文理清晰；各個步驟、環節的實踐歷程都要井井有條，絲毫不可馬虎。

⑷**要能切實、可執行**：企畫的目的是為了落實完成，因此，一旦企畫案通過了，就必須展開執行。整個企畫案必須要切實可行，切忌太過個人化，更不能忘了既有的條件，虛打高空。有多少資源就做多大的計畫，不做那些不能執行的計畫，否則難以執行，甚至衍生出更多問題。

⑸**要能驗查、能修正**：任何企畫在執行過程中，免不了要調整，這樣的調整往往來自於企畫案本身隱含的驗查可能。這也就是說：我們所做的企畫案不能是一個僵死的東西，而應該是個活局，它要有自我修正的能力。

歸納以上所說，我們可以說，企畫案最重要的是有創意、有條理、可執行、可調整、可完成；當然這得想辦法讓「東家」能看得上它，正因如此，我們得想清楚誰在看這份企畫案？他能懂到什麼程度？他要的是什麼？我要說服他的是什麼？他有些什麼樣的特質？他有些什麼樣的可能？這都是我們需要預先考慮的。

二、企畫案的八個W

企畫案首先要問的是「是什麼」(What)，這是「明其主旨」；之後要「明其對象」，這「對象」的理解，我們問的不只是那個「被動的他」是「誰」(Whom)，要知道那更是一個「主動的他」是「誰」(Who)。換句話來說，「他」不只是「閱讀的人」，更是與我們「對話的人」。既是如此，我們就應更正視他的存在。我們要仔細去考量：是機關、團體，還是學校？是公司、廠商，還是官方？須得事先蒐集相關材料，判讀歷來通過的案例，想想過去是如何通過的，未來又如何成功，並且化作評量表，如此才能「知己知彼，百戰不殆」，才能「上兵伐謀」，占得先機。

人掌握住了，接下去的重點當然就是「事」，「事」要問的是「為什麼」(Why)，要問的是「怎麼做」(How)，順此而說，也就要處理到何事(Which)、何時(When)、何地(Where)的相關問題來。「事」的掌握有重點，要能順這重點而展開一可執行的程序來；因此在把握重點時一定得掌握住執行的「時機」，而時機不免就關聯到「處境」與「場域」，這樣才能真正執行我們的企畫案。

換句話說，擬寫計畫的人，要先宏觀的把握全局，之後，要微觀的處理一步步的細節，要勤於蒐集相關資料，資料蒐集的越齊備，企畫越有焦點，內容也就越精彩豐富，這才能展現與眾不同的魅力。資料蒐集，管道極多，應多方嘗試，尤其是新的資訊，必須善用目前最快捷的網路系統，迅速吸納；不過，更為重要的是：我們必須懂得從眾多資料中作揀擇，取精用弘，淘汰其餘。這就必須要有一個開放性、活絡性的總體構畫能力。

還有很重要的是，這企畫要如何的呈現出來，尤其在多媒體蓬勃發展的現況下，企畫案的撰寫，除了運用到傳統的文字與圖像、表格外，更可能要利用到多媒體，經由多媒體的展現與演出，有了聲光，有了影像，如用幻燈機、投影機、3D動畫、影片等，來展示企畫案的內容，往往可以收到如臂使指的便捷效果。我們甚至發現用光碟呈現企畫案的方式，已逐漸成為主流。顯然地，多媒體的運用，在未來必然派上更大的用場，做企畫案者必得好好運用它。

如上所述，我們時時刻刻記得「是什麼?」(What)「誰在寫?」(Who)「寫給誰?」(Whom)「與我交談這企畫又是誰?」(Who & Whom)「寫什麼?」(Which)「為什麼這麼寫?」(Why)「要怎麼執行?」(How)「在何地執行?」(Where)「在何時執行?」(When)。簡言之，寫企畫案要有「企畫案的意識」，意識建立起來，「思之，思之，鬼神通之」，其中奧妙，自不言而喻。

想想看

閱讀下列資料，依說明要求作答。

二〇〇一年，OECD（經濟合作發展組織）策劃了一項"PISA"（國際學生評量計畫），測驗三十二國二十六萬五千多名十五歲青少年，是否具備未來生活所需的知識與技能，結果排名前三名的是芬蘭、加拿大、紐西蘭。這項被喻為「教育界的全球盃」、具有檢驗各國教育體制和未來人才競爭力的報告引起各國震撼，排名不理想的國家紛紛檢討「我們的學生很笨嗎？我們的國民讀得夠不夠？」再次正視閱讀的重要性。

近年來，在高科技時代、e化浪潮中，傳統式閱讀卻重新成為許多國家教育改革的重點。在美國，無論是柯林頓任內「美國閱讀挑戰」運動或現任總統布希的「閱讀優先」方案，均見國家元首大力提倡。九一一恐怖事件發生時，布希總統正在小學為小朋友說故事，情景令人記憶猶新。在英國，布萊爾首相在施政報告中連續重複三次「教育、教育、教育」以表達其迫切性，政府更訂定「閱讀年」，與媒體、企業、民間組織合作，要打造「一個舉國皆是讀書人的國度」。在澳洲，小學生的家庭作業包括唸一本書，「至少唸二十分鐘才能停」。芬蘭的學生在PISA調查中名列前茅，不但閱讀能力最強，18%的芬蘭中學生每天花一、二小時，單純只為了享受閱讀的樂趣而閱讀。

臺灣雖未參與PISA評量，但據文建會調查：十五歲以上民眾從不看書或幾個月才看一次的比例達38.7%，半年內不曾買書或雜誌者占51.2%，而46%小朋友的休閒活動是玩電腦、看電視。以芬蘭為例，其首都市民平均每人每年從圖書館借閱十六本書，而臺北市民則只有兩本。學者專家憂心臺灣中小學生「看電視、玩電腦，不看書，要看也只看教科書、參考書」。

說明：

有一所偏遠地區的小學，全校師生約兩百人，圖書欠缺、設備老舊、經費短絀，且家長對學校的參與度甚低。現在假設你是這所小學的校長，看了上列資料，決心推動全校閱讀，請寫下你的「閱讀推動計畫」，文長至少二〇〇字。

【92年學測試題】

第三節　企畫案的撰寫格式與要領

前面幾節所說，大體是從企畫案的理念、構想，以及寫作的原理原則而說，這或可稱為企畫案的「前置作業」。前置作業之後，就得實際進入企畫案的「撰寫」。「撰寫」就得涉及文字、圖像、表格及多媒體的表現等等，最重要的是如何靈活的運用。當然，不同的需求，就有不同的呈現方式；形式固然可以變化不拘，但還是有若干必備的項目，這可以說是任何企畫案應有的「基本格式」。把握了「基本格式」，其餘就可以「萬變不離其宗」的靈活運用。

企畫案的「基本格式」，大體如下：

(1)**封面**：置放在企畫案的首頁，包括：「標題」、「撰寫者」、「工作單位」、「完稿時間」，都得標明。封面要有恰當的設計，裝幀成冊時要美觀大方，具有一定的吸引力。

⑵**目次：**通常放在第二頁，清楚標識企畫案整個具體項目，要記得編次，若大型企畫案則必須編有詳細的內容頁碼。

⑶**緣起：**闡明這一企畫案的發生原因，以及整體構想的理由，並藉此凸顯整個企畫案的理念。撰寫者在此必須要有充分的自信，要以穩健而肯定的口吻，將整個構思的過程（發生原因、構想理由、觀念創意）作簡要的陳述。為了強調企畫案的特點，可以對舉出其他類似的企畫案，來彰顯此案的優越性何在。要是需要更為詳細的闡明，可再分成細項來敘述。

⑷**內容：**這可以說是企畫案的主體，要具體說明企畫內涵的項目，這一內涵，依企畫案大小，可多可寡，但無論如何要能綱舉目張，條理分明，要能將企畫實際的執行方式具體而有節奏的寫出來，讓人讀來覺得「言之有物」、「行之有序」。要是企畫案頗為巨大，所涉內容繁多，就得分別開來，分成許多單元，環環相扣，讓人讀來覺得既要言不煩，又清楚明白，因而啟動了執行的力道。

⑸**程序：**企畫案的內容，最重要的是落實的次序，這包括：

a. 實施的時間、地點及步驟。

b. 執行者，包括總其事的人，以及分層負責的個人，還有合作單位。

c. 實施的方式，恰當的話可以附流程圖。

d. 具體執行的事項。

⑹**團隊：**寫明執行企畫的工作團隊，依任務編組或是依事項編組，將參與工作的最佳陣容、執行任務、

工作要點等，完整列出。必要時，在企畫案中便完成責任分組，這更能展示出企畫的執行力，自然也就具有更強大的說服力。

(7)**經費**：經費是企畫執行時必要的基本條件，它常常是甄選企畫案時重要的考量因素之一。每件企畫案都有經費的底線，如何在有限的經費下，作最適當的規劃，並接近底標而得標，是任何企畫案中最須費神處理的問題。這直接牽涉到企畫案能否如實執行，以及執行品質，還有整個企畫案的利潤盈虧等等。經費必須條理分明，詳細臚列，大體可分述如下：

a. 創意構思費：包含創意、構思、製作、籌劃等費用。

b. 材料設備費：包含軟體、硬體、設施、場地、器材等費用。

c. 執行人力費：包含專任、兼任、臨時、工讀、顧問、主持等人力費用。

d. 宣傳製作費：包括文宣、海報、廣告、多媒體製作等費用。

e. 雜項支出：包括水電、通信、郵遞、差旅、雜支等雜項費用。

凡此經費都得明細臚列，申報核銷時，得備有憑證或單據；個別大項的經費可以自作小結，而於總經費項目下簡要列出。一般說來，大型的計畫，在總經費下，當得編列 8%～10% 的「行政管理費」。

(8)**進度**：企畫實施，重在「管、考」，因此一定要有進度與流程，依時間順序，將整體企畫的日程、進度，以「甘梯圖」(Gantt Chart) 或「進度表」的方式呈現，並時時覈驗，力求完善。

(9)**評估**：企畫案的撰寫必須先預估此一企畫所可能達成的效果以及限制，尋求改善可能，並瞻望未來發展。

(10)**附件**：與此企畫案相關的材料，如相關圖表，所占篇幅太大，不便於企畫中臚列；或者如相關法令依據，必須加以說明者，可用「附件」方式，置於企畫案後，以為參考。

以上所說的「基本格式」，在實際撰寫時依不同的企畫內容，可以隨機調整，或增或減，比如說：要強調自己或單位的能力，不妨增列「相關資歷」或「公司業績」等項，甚至再附上「個人履歷」、「公司簡介」、有關個人或公司的相關報導等等，作為附錄，將會有一定的助益。企畫案應視個別狀況的不同，而有大有小，簡單的企畫案，不過十來頁即可；複雜的案子，甚至可能多達數百頁，但無論如何，裝幀的美觀大方，永遠是必要的，記得審閱者先入為主的好感，將是導引他仔細閱讀的動力。

寫寫看

一年一度的校慶園遊會又要到了。為了凝聚全班的向心力，並且為畢業旅行籌措基金，經過班會決議，我們要在這次園遊會中設攤，並且公開向同學徵求企畫案。現在請發揮你的企圖心與創意，根據我們前面提到的重點與格式，提出一個詳細的企畫案。

提示：人、事、時、地、物五者是任何企畫案中所不可或缺的。

第二章　會議與會議文書

一、了解會議的重要。
二、認識會議的流程與相關文書。
三、學習製作會議文書。

第一節　會議概說

俗話說「三個臭皮匠，勝過諸葛亮」，意思就是經過眾人集思廣益後，能夠更周延的處理事務。而這個彙集眾人智慧的討論，往往要透過會議來完成。會議規範第一條開宗明義地規定：「三人以上，循一定之規則，研究事理，達成決議，解決問題，以收群策群力之效者，謂之會議。」所以，開會的目的是為了要「研究事理」、「達成決議」、「解決問題」。

開會是每個組織的活動核心。在現代社會中，每一個人幾乎都有出席會議、召集會議甚至主持會議的機會，會議的重要性不言可喻。可是，開會又是件煩人的工作，因為多數的會議都單調、冗長，而且幾乎毫無重點。因此，充分理解會議的流程，讓會議有效率的進行，並且能夠順利得出結論，就是本章要討論的重點。

首先，我們要了解一般會議流程：

(1)**開　　會**：由主席（臨時主席）、司儀報告出席人數，並宣布開會。
(2)**報告事項**：宣讀上次會議紀錄或由籌辦單位向與會者報告事項。若無相關報告亦可從略。
(3)**討論事項**：用來討論本次會議預定討論之事項。如果會中有臨時動議，也可一併討論。
(4)**選　　舉**：如有必要，此項得移於討論事項之前。
(5)**散　　會**。

其次，從會議的籌備到結束需要運用到許多種的文書，可以統稱為會議文書。這些會議文書可以協助、記錄會議的召開與進行，通常可分為以下幾種：

(1)**開會通知**：會議至少要有三人以上參加，所以會議的進行，在事前必須經過召集，即使是定期性的例會，為免出席人臨時忘記，也要在會前予以通知。這種召集會議的文書，就叫做「開會通知」。

(2)**簽到簿**：設在會議場所供會議出席人員簽到的簿子，以便統計出席人數及證明會議的合法性。

(3)**議事日程**：簡稱「議程」。這是在開會之前，根據實際需要，預先擬好的會議進行程序，而且大多先印好分發給出席人員，主席據以控制會議的進行。

(4)**提　案**：也稱為「議案」。出席人員提出的書面動議案，經其他出席者附署，送交會議討論表決，這是召開會議的重心所在。

(5)**會議紀錄**：以書面記錄會議全部過程及內容。因為會議中的討論、選舉等，都是會眾共同決定的事項，必須一一執行，而且對於會眾有拘束力，所以這是會議的重要憑證。

以下我們就從會議的籌備、進行與會議紀錄的整理為順序介紹如下。

第二節　會議的籌備階段

要讓一場會議順利成功，會前的準備工作是最重要的。在會議召開之前，籌辦會議的人應該體認幾個W：召開會議的目的為何（Why）？會議的具體內容是什麼（What）？有哪些人應該出席這場會議（Who）？會議召開的時間（When）？會議召開的地點（Where）？會議召開的形式（How）？籌辦人首先要確認會議的目的、內容有召開會議的價值後，鎖定與目的、主題有直接關係的人設定為出席者，然後再思考適合召開會議的時間、地點與形式。等這些重點都確認後，就要發送開會通知。

一、開會通知

會議召開之前，必須通知參與會議的人，所使用的文書稱為開會通知。茲舉參考範例如後，以便說明：

○立○○高中家長會　開會通知單

110
臺北市中正區○○路○○號
受文者：○家長代表○○

發文日期：中華民國○○年○○月○○日
發文字號：○○字第○○號
速別：最速件
密等及解密條件或保密期限：
附件：議事暨有關資料計三件

開會事由：商討○○高中百年校慶紀念活動籌備事宜
開會時間：○○年○○月○○日（星期○）○午○時
開會地點：○○高中第一會議室
主持人：○○○會長
聯絡人及電話：○○○　02-○○○○○○○○
出席者：全體家長代表
列席者：○○高中○○○主任

副本：
備註：

○立○○高中家長會（會戳）

開會通知有兩種形式：一為個別的書面通知，即分送各出席人的開會通知。二為公告周知，即以揭示方式，或刊登於報紙，或張貼於布告欄，以公開通知的方式使出席人周知。兩者雖有不同，但其內容大致包括下列各項：會議時間、會議地點、會議性質、參與會議的人應注意事項、被召集者、召集者、發出公告或通知的日期。有時還要說明「如有提案請於○月○日前送至某處」；假如有附發文件（這只限於書面通知），還要註明附件的名稱和份數。此外，還可視會議性質，增加項目，如聯絡人、交通、接待等。一份好的開會通知，除了列舉時間、地點等基本資料外，對於開會的目的、會議資料的準備一定要充分說明，這對於議事效率才能有實質的幫助。

寫寫看

上一章請同學練習園遊會設攤的企畫書，這些企畫書中有許多創新的想法與提案，為了集思廣益，大家決定在下週召開班會討論，請你試擬一則開會通知。

提示：1. 這份開會通知應該採用個別通知還是公告周知的方式？

2. 這份開會通知的內容應該包括哪些項目呢？

二、排定議程

為了讓會議順利進行，我們應該事先擬訂會議的流程。議事日程通常由主席或召集人預先擬訂，如係重要會議或規模較大的永久性會議，就由常設的祕書處或程序委員會編訂。會議的一般流程已見上文，這裡另外要提醒注意的是：排定議程時，要根據會議的性質與重點，彈性、妥善地安排時間。例如開會是為了討論議案，則要考量讓與會人員充分發言，那麼討論提案的時間就可以安排長一點；若有師長或貴賓參與會議時，應撥些時間，讓他們充分表達意見。茲舉參考範例如後：

○立○○高中家長會第○次會議議程

時間：○○年○○月○○日（星期○）○午○時
地點：○立○○高中第一會議室

項目	時間	備註
一、開會儀式	十分鐘	
二、報告事項		
㈠報告大會議程	五分鐘	
㈡報告家長會財務現況	十分鐘	另附書面報告
三、討論提案		
㈠○○高中百年校慶紀念活動籌備事宜	五十分鐘	全案另附
㈡家長會捐贈圖書館藏書乙案	二十分鐘	全案另附
四、臨時動議	二十分鐘	
五、散會		

寫寫看

再過幾天就要召開班會了，為了讓會議能更有效率的進行，請你事先排定議程，讓主持會議的班長參考。

三、製作簽到簿

比較正式的會議對於開會額數有明文規定，所以通常召開會議時，要在會場設簽到簿，供會議出席人員簽到，以便清查出席人數，決定會議可否開始，並證明會議的合法性。至於開會額數的規定，依照會議規範第四條規定：「各種會議之開會額數，依左列規定：㈠永久性集會，得自行定其開會額數。如無規定，以出席人超過應到人數之半數，始得開會。前款應到人數，以全體總數減除因公、因病人數計算之。㈡處理議案之委員會，應有全體委員過半數之出席，始得開會。㈢會員無定額者，不受開會額數之限制。開會時間已至，不足開會額數者，得宣布延長之，延長兩次仍不足額時，主席應宣告延會，或改開談話會。」至於簽到簿的書寫重點則包括：會議相關資料（會議名稱、時間、地點）、代表單位、簽到欄等。茲舉參考範例如後：

○立○○高中家長會第○次會議簽到簿

時間：○○年○○月○○日（星期○）○午○時
地點：○立○○高中第一會議室

出席人	簽名	出席人	簽名

寫寫看

因為這次班會要討論、表決園遊會設攤的相關事宜，為了鄭重起見，所以希望讓參與的同學簽到，請你準備開會使用的簽到簿。

四、徵集議案

要讓一個會議有價值，會議召開的目的和具體內容必須明確，而且會議的具體內容最好能以書面的方式早一點讓與會者知道，這樣才能在會議中針對提案充分討論、形成共識，以達成決議。根據會議規範第三十四條規定：「動議以書面為之者稱提案，提案除依特別規定，得由個人或機關團體單獨提出者外，須有附署。」這裡的提案就是議案，一般來說要有以下重點：案由、理由（或作「說明」）、辦法、提案人、附署人。而且，整理好的提案應該及早送達與會者手中，讓與會者有充分的時間閱讀準備，才能針對議題提出有價值的意見。茲舉參考範例如後：

○立○○高中家長會第○次會議提案

案由：請家長會撥款購買圖書一批捐贈學校圖書館，以充實圖書館設備，嘉惠所有學子。

理由：

一、學校推廣學生閱讀風氣，同學反應熱烈，圖書借閱率升高，而館藏圖書不足，且現有圖書亦因長期閱覽而書況不佳。

二、政府經費不足，縮減教育預算，圖書館無力購置新書。

三、圖書館電腦科技類館藏過於老舊，無法因應時代潮流。

辦法：

一、由家長會經費中提撥部分經費為圖書館購書基金。

二、透過本次校慶園遊會，舉辦義賣活動，籌措購書基金。

三、發動專案樂捐，充實購書基金。

提案人○○○

附署人○○○　○○○

○○○　○○○

寫寫看

本次班會討論重點是園遊會設攤的相關事宜，同學們的企畫案其實就是提案中的辦法部分，現在補上「案由」與「理由」讓它變成一個完整的會議提案。

第三節　會議的進行

當主席或司儀宣布會議開始的時候，就進入會議的重頭戲了。要讓會議順利且有效率的進行，有以下幾件事情應該注意：

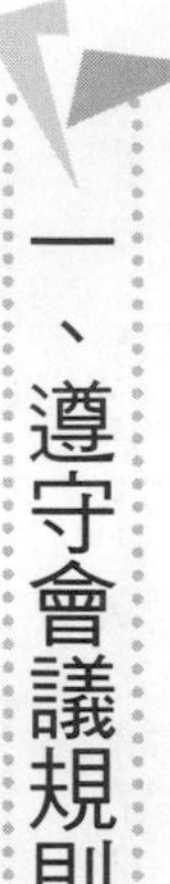

一、遵守會議規則

會議有許多人共同參與討論，如果沒有一套遊戲規則，常常會變得散漫沒有效率，所以一定要「循一定之規則」，這一定的規則就是「會議規則」。這些「會議規則」可以是機構內約定俗成的規定，也可以參酌國家公布施行的會議規範。只要開會時照著一定的規則進行，就能確保會議進行得順利。

二、確實掌控議事進度

召開會議的目的是希望彙集眾人的智慧，所以應該讓與會者充分發言，但是開放討論的同時，不能使少數人漫無限制的發言，影響別人發言的權益，這就有賴於議事進度的掌控。會議開始前可以確認議程，然後要求主席按照議程主持會議，如果覺得有必要的話，也可以要求變更議程。隨時掌握議程的進行與時間控制，可以讓會開得更有效率。另外，會議的主導者，也應該在適當的時機彙整意見、確認目的、概述結論，甚至進行表決，才能讓議事有效的進行。

三、報告事項應該精簡

會議一開始就進入「報告事項」，這也是多數會議枯燥無聊的根源。就如召開班會時先由老師致詞，隨後班長報告，接著各股股長報告，等報告完畢後，班會時間也過了一半。為了使會議進行更有效率，應該要求報告者簡單扼要的說明，甚至限制報告時間，能以書面呈現者，儘量以書面呈現。例如班會裡總務股長報告班費使用時，應該輔以班費運用帳目明細，扼要挑選其中同學比較會有問題或意見的支出略做說明即可。

四、善用議事技巧

開會最怕主席或與會人士發言天南地北、東拉西扯毫無重點，這時就可以要求主席制止不禮貌、超出議題的發言，該擱置就擱置，該停止討論就停止，該散會就提出散會。在較正式會議中比較常用的技巧有：「權宜問題」、「秩序問題」、「散會（休息）動議」等。

所謂「權宜問題」就是：對於議場偶發之緊急事件，足以影響議場全體或個人權利者，得提出權宜問題。例如：議場發生喧擾，妨礙出席人之聽覺，出席人得提請主席制止。所謂「秩序問題」就是：對於議題進行中發生之錯誤，或其他事件，足以破壞議事之秩序者，得提出秩序問題。例如：發言超出議題範圍，出席人得請求主席糾正。所謂「散會（休息）動議」就是：議案進行中，得提出散會（休息）動議，如得表決通過，應即宣布散會（休息）。散會時，未了之議案，應於下次會議中繼續討論。

五、會議中發言的原則

會議是讓與會者提供意見、想法的聚會，所以既然參加了會議，就應該提出自己的看法，發言時要注意下面幾項原則：

⑴ **發言態度**：在會議的場合，每一位與會人士都是對等的，所以發言時不必太過拘謹。在用字用詞上不必刻意強調，以自然、誠懇為原則。

⑵ **音量與速度**：發言音量小會讓人覺得你對自己的發言沒有信心，音量大又給人過於強勢的感受；發言速度慢容易讓人昏昏欲睡，速度快又會給人壓迫感。所以發言時要注意音量與速度都應該

恰當，基本上以全體與會者能夠聽清楚為標準。

(3)**發言時機**：如果會議主席有效掌控會議進行，常常在你正考慮該不該發言時，就已經轉入其他流程了，所以要掌握好發言的時機。如果還不能掌握發言時機的人，不妨早點發言。

(4)**發言內容**：在發言前應該在腦海中整理一下發言的內容，每次發言只針對單一主題發表意見，以免一次談論太多主題而造成混亂。

說說看

開會了！這次的班會要決定園遊會設攤的項目，如果你是提案人，請你準備好解說提案，說服同學；身為一個與會者，你對別人的提案有什麼樣的意見？請你先想好發言內容，準備在會議中大顯身手。

第四節　會議紀錄

會議紀錄可以說是開會的成果，也是後續追蹤執行成果的依據，由此可見其重要性。就會議控制而言，會議記錄者的地位僅次於主席，好的會議記錄者要能公正客觀的傾聽發言，又準確記錄、重述所聽到的重點，甚至幫助與會者有系統的陳述意見，並且協助議程順利進行。

會議記錄者在會議進行中，應該隨時筆記與會者的發言重點，必要時甚至需要錄音，方便會後整理、記錄之用。這時隨手筆記的重點有幾項：

(1)應該正確記錄發言，內容包括發言者是誰，其發言的重點為何。

(2)會議進行中的記錄應該以速度優先，只要文字流暢，易於了解，內容正確即可。

(3)當發言內容牽涉專業用語、固定名詞或發言內容混亂沒有重點時，應該立刻詢問發言人，以求正確、精準的記錄發言內容。

(4)要確實記錄少數人的意見。除了確實記錄影響結論的意見之外，少數人反對的意見也應該確實記錄。

等到會議結束之後，會議記錄者應就手邊的會議筆記整理成正式的會議紀錄。這份正式的會議紀錄包括了三大部分：第一部分是「會議的形式部分」，包括會議的名稱、舉行的時間、地點、出席者與主席的姓名等。第二部分是「會議的內容部分」，記錄會議中發言的內容、討論事項、決定事項、檢討事項等。也必須記錄會議中所提出的反對意見與修正意見等。第三部分是「會議紀錄的確認事項」，主要是會議記錄者的姓名、製作日期與主席確認後的簽名等。其中會議的內容部分是整份會議紀錄的核心，在撰寫時應當依循以下的原則：

(1)從會議資料的整理到會議紀錄的呈現，都應當以簡潔易懂為原則。最好以條列式的短句記載，如有表格或附圖，則應記錄在另外一張紙上，以附件的方式呈現。

(2)在整理會議紀錄時，要完全根據會議事實，不能帶有個人偏見或是曲意迎合某些有力人士的意見。

(3)以簡潔易懂的方式，完整記錄討論的過程。包括贊成意見、反對意見、修正意見及最後共識的形成與結論等。

(4)會議的目的是形成結論，所以會議紀錄要明確記載結論。最好還能附上決定的理由及決定的方向。

會議紀錄完成後，會議記錄者應該與主席共同確認會議紀錄，如有錯誤應當迅速修正，然後將正確的會議紀錄發送給與會者。茲將通行的形式，舉例於後：

時間：○○年○○月○○日（星期○）○午○時

地點：○立○○高中第一會議室

○立○○高中家長會第○次會議紀錄

出　席：○○○　○○○　○○○　○○○　○○○　○○○　○○○

列　席：○○○　○○○

請　假：○○○　○○○

主　席：○○○

記　錄：○○○

主席致詞：略

報告事項：

一、報告大會議程。

二、報告家長會財務狀況（見附件一）。

討論事項：

一、○○高中百年校慶紀念活動籌備事宜（見附件二），提請討論案。

決議：修正通過。

二、由家長會撥款購買圖書一批捐贈學校圖書館，以充實圖書館設備，提請公決案。

決議：通過。由總務○○○籌辦，並於下次會議中報告。

臨時動議：

○委員○○提：建議利用假日舉辦登山活動，以增進家長間情誼，是否可行？提請公決。

決議：原則通過。推請○○○、○○○籌辦。

散　會：○午○時○分

（主席簽署）（記錄簽署）

最後，開會的目的是為了「達成決議」與「解決問題」。歷經千辛萬苦終於開完會，達成一致的決議，如果束之高閣而不執行也是枉然。所以花了時間來開會，就應該仔細的閱讀會議紀錄，更應該關心決議執行的進度，要求下次會議要報告上次會議決議的執行情況。

寫寫看

經過班會的熱烈討論與表決，終於決定採用○同學園遊會設攤的提案。現在請你完成這次會議的紀錄。

第三章　廣告文案寫作

一、了解廣告在現今社會的重要性。
二、認識廣告如何發揮效果。
三、學習廣告文案的策略。
四、明白廣告與修辭的關係。

廣告是現代社會最普遍、活躍的資訊產物之一，它以無孔不入的姿態，主導、滲透、干預、驅動，甚至侵擾著我們的日常作息。「閉門家中坐，廣告天外來」，文字、圖像、聲音、影像，透過各種媒體、網路的傳播，無遠弗屆的迴繞於我們的耳目之間。這是個「廣告的時代」，無論是商品、訊息、政見、觀念、個人形象，乃至文學、藝術，無不以各種形式「置入性」的「行銷」到每一個人身上。廣告，最簡明扼要的解釋就是「廣而告之」，我們就是那個「之」（接受的對象），無論我們願意不願意，都無可迴避；更有甚者，儘管我們會強烈抨擊氾濫成災的廣告，在這個「不廣告無以周知」的時代，卻往往也只能藉廣告為利器，以立足於此一競爭劇烈的社會上。因此，我們幾乎可以說廣告是當今社會中運用最廣泛、收效最宏鉅、手法最變幻的當代「應用文」。

說說看

最近有沒有哪一則廣告內容打動了你，進一步促成你的消費？請你和大家分享一下這個經驗。

第一節　廣告四部曲

撰寫廣告與撰寫其他類型的文章不同，這主要是由於廣告純粹是「讀者」（Whom，指消費者）導向的文類，它存在、創造的唯一目的就是吸引、攫掠讀者的心目，也以其能否打動閱聽者、受閱聽者接納為判斷其優劣、成功與否的標準。基本上，一則（篇）廣告的閱聽接納過程，必須在四個環節上起作用：

⑴**引人注意**：在當今形形色色的廣告已氾濫成災的情況下，如何使廣告能鶴立雞群般脫穎而出，立刻吸引住閱聽者的目光，是首要的任務。聳動的標題、優美的音韻、創意的構圖、有趣的情節

等，都具有引人注意的效果——廣告必須令人「驚豔」，才能獲得矚目。

(2)**喚起興趣**：當閱聽者的目光受到吸引之後，第二步就是要讓他們產生興趣，願意更進一步了解廣告物的內涵與詳情。

(3)**激發需求**：當閱聽者充分了解廣告物的內情後，必須激發他們的需求心理，讓他們產生強烈的「滿足感」和「缺憾感」。

(4)**促使行動**：廣告的最終目的是推促廣告物得到閱聽者的接納，閱聽者以積極的行動，購買（商品）、實踐（觀念）、聘用（人才）、支持（政見）、欣賞（人或物），才算是圓滿成功。

我們不妨以男女相悅慕的過程作比擬，在兩情相悅的過程中，先是對方引起「注意」（驚豔），因而欲作更進一步的了解（喚起興趣），然後心裡產生未能擁有對方的「缺憾感」以及獲得對方之後可能有的「滿足感」，最後終於付諸實際追求的行動。這是廣告的「四部曲」，成功的廣告，任何一個環節都不能有所舛錯。

想想看

請回想剛剛你分享的經驗，是不是吻合上面所說的步驟？

第二節　如何打廣告

製作廣告是一項饒富趣味與挑戰性的工作，也是一個難產卻充滿期待的過程。據學者研究，一則優秀的廣告，從意念萌發到作品完成，平均約耗時一百一十七天，其中的艱辛可想而知。廣告設計是一個相當繁複的工作，「創意」則永遠是廣告人追求的目標。但「創意」不是一蹴可幾、平空跳出的，它必須有堅實、穩固的「非創意」當後盾，然後運用靈活的想像、巧妙的文字、精緻的內容表現出來。在此，製作廣告之前的前置作業，毫無疑問的就是一項基礎工作。在製作廣告之前，充分的市場調查、民意測度、資料蒐尋是絕對必要的，因為資訊愈完整，整個廣告設計的方向才會愈正確。至於在設計過程中，以下的四項原則是不能忽略的：

一、掌握產品特色，強調賣點(What)

所謂的特色，是透過比較而產生的，我們的產品與同類產品相較之下，究竟優勝處何在？必須在廣告中以鮮明、扼要的方式呈顯出來。每個廣告葫蘆裡都在賣藥，我們不僅要說明賣的是什麼藥，更要凸顯我們的藥有何特色。

相反的，如果沒有掌握好產品特色，也會造成反效果。例如：一般民眾對政治文宣往往有很大的反感，問題就在於這些虛誇的廣告似乎永遠不會告訴我們「牛肉在哪裡？」更遑論是澳洲牛肉、美國牛肉或是臺灣本土的黃牛肉了。即此，我們可以知道凸顯特點的重要性。

說說看

下列幾個耳熟能詳的廣告，請你說出它所強調的特色：

【例】 箭牌口香糖的廣告：「多了兩片，價格不變。」——強調分量多。

1. Airwaves口香糖一系列的廣告，如吸塵器、教堂婚禮、車站送別等——

2. 聯邦(FedEx)快捷郵遞一系列的廣告——

二、掌握訴求對象，攻破心防(Whom)

每個廣告都一定有其預設的廣告對象，這些對象具有性別、年齡、階層、民族性……等差別，廣告製作者須精確掌握到預設對象的生活習慣、思考方式、行為表現、消費水平、心理反應，才能作有效的設計。「迎合」預設對象，是所有成功廣告的不二法門。

以咖啡廣告為例，基本上是以年輕人為對象，而麥斯威爾咖啡主攻誠懇熱情、交遊廣闊的人，「好東西要和好朋友分享」；左岸咖啡則強調沉靜思考，主打喜好文學、藝術的人；伯朗咖啡則以公益為主，強調人與自然的諧和。

想想看

如果你是一位創意廣告人，下面三個房地產物件，請問你想訴求的對象是誰？可以訴求的重點何在？為什麼？

1. 陽明山上附游泳池的別墅——

2. 明星國中附近的公寓——

3. 捷運站附近的小套房——

三、掌握媒介特性，充分利用（Which）

廣告以所使用的媒介分類，可分為圖文廣告（平面媒體）、聲音廣告（廣播）、影音廣告（影視）三種。這些媒介，各有特性，如圖文廣告以文字與圖片互相搭配，整體畫面須掌握到圖片的特殊性、文字的貼切性及精緻的美工設計，同時在視覺及思維上引起矚目；聲音廣告以其節奏、韻律見長，須靈活嘹亮，具音樂性，在聽覺上擁有令人琅琅上口、無時或忘的效果；影音廣告則結合著動態的畫面及配樂、聲音，具有強大的戲劇張力，可以多層次的展現廣告物的諸般特點。

㈠圖文廣告

圖文廣告的構圖需要醒目、鮮明，在視覺上立即攫獲讀者眼光，然後配合主、副標題的文字，將特點展現出來。臺灣師大「2007門神年畫展」的廣告海報（參見書前彩圖），以鍾馗為主題，形象相當鮮活。（林爾軒提供）

㈡聲音廣告

臺灣五十年代的「綠油精」廣告，就充分掌握了聲音廣告的特點，一首「綠油精、綠油精，爸爸愛用綠油精，哥哥姐姐妹妹都愛綠油精，氣味清香綠油精」的歌詞，配著輕快、動聽的曲調，風靡全臺。

㈢影音廣告

「歐蕾保養品」的電視廣告，以美麗動人的女主角、藉機搭訕的男主角，編織出一段段幽默而具有強大宣傳效果的廣告，以下是廣告對白的片段：

男主角：嗨，小姐，妳的絲巾掉了。

女主角：嗯！謝謝。

男主角：（藉機搭訕）妳有點面熟，啊，妳是我高中同學！

女主角：（還以顏色）我是你高中老師！

（旁白）：她——為什麼看起來這麼年輕！

藉人物、對話、動作、畫面、情境，鋪敘出一段幽默風趣的情節，這是影音廣告最得力之處。

四、袪除廣告排拒心理（How）

一般人對廣告通常有非常強烈的排拒感，一聽到廣告，就難免與「誇大不實」、「耍噱頭」聯想在一起，在這裡，廣告物的忠實呈現，自然是最重要的。不過，廣告是容許適度誇張的，很多房地產廣告強調交通的便利，標舉「幾分鐘到臺北」；速食麵強調豐富的配料，往往與實情不符；這些都難免誇張，但還算可以接受。至於以新聞播報的方式誤導、以置入性行銷的手段混淆，這就恐怕會引起強烈的爭議與反彈了。袪除閱聽者對廣告的不信賴、排斥心理，最佳的方式莫過於利用高明的技巧推出廣告，使閱聽者在不知不覺中被潛移默化，如「斯斯有兩種」（簡潔的用語）、「我是你高中老師」（幽默的情節）、「餓，爸爸餓，我餓我餓」（28825252，諧音），都成功的化人社會日常生活當中，雖然明知是廣告，卻每在面臨「需要」時（如感冒、化妝、肚子餓），成為閱聽者的首選。

第三節 文案策略

「工欲善其事，必先利其器」，文案創作，必須先擬訂具體的策略。此一策略，攸關著創意人員（研發部門）、廣告AE（Account Executive，執行部門）、廣告商及閱聽者四方面的溝通、協調以及感受、效果，因此必須有通盤的考量。廣告商決定經費的多寡，並時有主觀的要求，這是廣告設計必須考慮的前提，通常很少有騰挪、轉化的空間。廣告AE負責廣告預算的執行，從市場調查、策略推廣、商品促銷到媒體運用，都扮演著相當重要的角色，對廣告執行面的了解，可能遠較研發者熟悉而詳細。創意的研發者，固然是廣告設計中的靈魂人物，但必須與廣告商、廣告AE先作溝通協調，才能將創意發揮得淋漓盡致。閱聽者是廣告成敗的關鍵，其年齡、性別、經濟能力、教育程度、生活習性、夢想期望等，都足以影響到廣告的策略。

基本上，所有的廣告都是群策群力下完成的，在經過充分的討論研究、整理歸納後，才能開始進行實際的操作，因此，文案策略可以說是創意依循、發揮的一道準繩，需要按部就班、面面俱到的規劃。多數的廣告公司，都會有制式的表格，提供給廣告設計者參考，其形式大抵如下：

創作策略 (CREATIVE STRATEGY)

品牌及商品 (Brand)：＿＿＿＿＿＿＿＿
日期 (Date)：＿＿＿＿＿＿＿＿
撰寫人：＿＿＿＿＿＿＿＿

一、閱聽對象 (Target Audience)：

設定主要的閱聽者目標。

二、基本創作目標 (Primary Objective)：

廣告必須使消費者相信 (Advertisng will convince consumer that)：

「相信」的內容可以是多方面的，寫出你企圖「說服」閱聽者的事實。

三、支持理由 (Support)：

此處可分項針對前述的設定作說明。

四、格調 & 氣氛 (Tone)：

整體廣告的氣氛定位，如激烈、活力、柔情、溫馨等。

本策略屬 (Recommend this strategy be) □研議 (Researched)
□立即生效 (Effective Immediately)

執行企劃 (AE)：＿＿＿＿＿＿＿＿
執行指導 (Account Director)：＿＿＿＿＿＿＿＿
創意總監 (Creative Group Head)：＿＿＿＿＿＿＿＿

創作策略的格式可以依據實際需求而擬訂，而策略既定，就可以開始具體的文案寫作了。

第四節　廣告文案創作

在前述聲音、圖文、影音三種媒介中，毫無疑問地，文字是個中的關鍵。所有的廣告，都必須先訴諸文字的形式，才能與聲音、影像充分配合；因此，「廣告文案」（包含了文字、歌詞、劇本）的設計，顯然就是一切廣告的基礎。

基本上，一則廣告文案的構成要素有：主標題 (Catch, Head Line)、副標題 (Subcatch)、內文 (Copy)、標語 (Slogan)、醒題 (Patter) 五大項，我們以福特 (FORD) 汽車 FOCUS 的廣告說明如下：

主標題：你的對手，就是你的實力

副標題：我要我的 FOCUS

內　文：只有少數中的少數，能在德國極速超跑聖堂 Nurburgring 北賽道突破單圈9分鐘的超跑屏障。

在短短的九分鐘內，不只面對全長 22 公里的終極測試賽道，更需在高速下挑戰真理之環連續177 處彎道的伏擊，以及垂直落差達 300 公尺惡劣地形考驗。……（略）

標　語：活得精彩

醒　題：買 FOCUS Nurburgring 紀念版，就送 XBOX360 Nurburgring 紀念版專屬主機。

寫寫看

酷卡是近年來新興的廣告媒體。它將廣告文宣製成明信片，放置在廣告對象經常出入的場所，如商場、書店、影城、主題餐廳、唱片行、咖啡館等……免費供消費者索取。它的訴求是將藝術與廣告結合為一體，正面有各種豐富的圖案，背面則印上各式訴求的廣告文案，除了重點是文案之外，還留有部分空間讓消費者可書寫及郵寄。由於酷卡相當重視卡片本身的品質及精緻度，所以許多卡片都可以收藏或表框作成掛飾。酷卡完全具有明信片的功能，當消費者在郵寄的同時，亦將廠商的廣告帶出去 並吸引另一群消費者的注意。

請參考書前彩頁圖二與圖三的酷卡，分別將相關的內容題入下列的表格中：

主標題：

副標題：

內　文：

標　語：

醒　題：

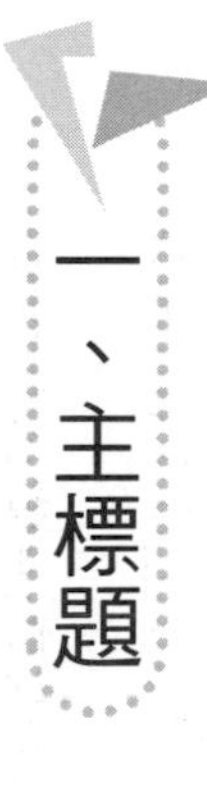

一、主標題

就寫作策略而言，主標題是全篇廣告的靈魂，它必須以靈活生動的文字、別致出奇的想像、醒目易記的敘述、含而不露的內容，吸引閱聽者的矚目，文言、白話、韻語，一體適用，但務必擺脫陳腔濫調、制式教條，以平易近人、親切感人的方式呈現出來。味全食品某年的母親節公益廣告，捨棄了俗套中常用的歌功頌德手法，什麼「孝順母親，從現在開始」、「母愛最偉大」、「母愛山高水深」、「母親一輩子默默付出」等教條式、道德式的文句，而訴諸心智障礙孩子母親內心的渴盼：

多容易的一聲「媽媽」，我卻漫漫等待奇蹟！

不用外塑、旁觀的角度「形容」，而將母親內在的心事「和盤托出」，母親的無助、掙扎，卻又不願放棄一絲一毫希望的深切感受，無疑更能彰顯母愛的偉大。

主標題要有「一語定江山」的作用，如果能成為家喻戶曉、膾炙人口的流行語，就更為難得，若干廣告詞語，就是如此而形成口碑的，如：

一人吃，兩人補。（新寶納多）

不在乎天長地久，只在乎曾經擁有。（鐵達時錶）

好東西要和好朋友分享。（麥斯威爾咖啡）

它傻瓜，你聰明。（柯尼卡軟片）

有點黏又不會太黏。（中興米）

肝哪沒好，人生是黑白的；肝哪顧好，人生是彩色的！（許榮助保肝丸）

Trust Me, you can make it!（媚登峰瘦身美容）

有青才敢大聲。（臺灣啤酒）

從上面膾炙一時的廣告主標題中看來，廣告物通常不會太直接的表現在主標題中；相反地，主標題經常在引人入勝的詞語中留有一些供閱聽者進一步探索的空間，就像是中國山水畫中的「留白」一樣，究竟是什麼「東西」最值得與好朋友分享？什麼東西有點黏而不太黏？What can you make? 這一空間，就往往需要副標題強而有力的加以補齊。

二、副標題

副標題的作用，在於說明、詮釋、銜接主標題，主標題可以如脫韁野馬、離弦勁矢，海闊天空的盡情發揮；副標題的任務就是收束繮繩，回歸廣告標的，使離弦之箭正中標靶！因此，副標題應強而有力、目標明確，將廣告的訴求重點凸顯出來，不宜漫無邊際、不宜故弄玄虛。如中華民國新聞評議會的一則公益廣告，主標題是「不讓廣告出賣下一代」，其副標題為：

當報紙出現色情廣告，向孩子頻頻招喚，您是否警覺到，色情汙染正在角落蔓延，伺機侵蝕我們的下一代？從關心到行動，讓我們共同努力，將色情趕出報紙版面。

其意在「說明」色情廣告將侵蝕、出賣我們的下一代。又如花旗銀行「今天起，用手跑銀行」的廣告，其副標題為：

花旗電話銀行服務提供您24小時的銀行服務，您不需親自跑銀行，只要一通電話就可為您處理轉帳、查詢、繳款。

副標題很顯然就是在「詮釋」「用手跑銀行」的內涵。至於歌林冷氣「加油，請給他無聲的支持」廣告，其副標題為：

歌林冷氣十重無聲設計，把聲音收起來。

文案中以炎夏中的考生迫切需要清靜無聲的讀書環境為主題，因此主標題刻意凸顯「無聲的支持」，副標題不但「上承」，強調了歌林冷氣有「十重無聲設計」，可以達到「無聲」的最高要求，更「下啟」內文，點明了歌林冷氣就是最好的「支持」，上下銜接，形成絕佳的橋樑。

想想看

上一章「企劃案」中，我們已經討論過學校園遊會班上要做什麼「生意」，現在請你發揮「廣告人」的創意，構思一個主標題與副標題。

主標題：

副標題：

三、內文

廣告文案可長可短，可說之以理，亦可動之以情，但無論如何，整個文案內容得結構謹嚴、層次分明。儘管主、副標題擁有吸引閱聽者矚目的光環，但真正的發光點卻是在「內文」，因為主、副標題的創意，就是由內文衍生出來的。廣告的內文，必須先明確掌握「主題」，以冷氣廣告為例，冷氣的清涼、舒適、安靜無疑是多數廣告訴求的重點，這就是主題，也是賣點。其次，我們須為此一主題尋找到一個表現的情境。同樣是強調清靜，可以有多種不同的情境可以發揮，炎炎夏日中的考生、燠熱難眠的嬰兒、心情浮躁的上班族、滴滴答答的舊冷氣、煙霧瀰漫的房間、非洲的獅子、北極熊……，其實有無數想像發揮的空間，然後，我們再利用此一情境，將內文作有條理且切合情境的鋪敘，而主、副標題的靈感，也就可以水到渠成的誕生了。

前一陣子，卡奴的風波愈演愈烈，成為社會經濟的一大警訊，信用卡、現金卡的廣告如雨後春筍的冒生，撼動、鼓舞了許多心存夢想，卻又經濟能力不足的人，是最大的因素。他們的主題很簡單，就是「圓夢」，而人心中有哪些未圓的美夢？一旦眼前經濟問題獲得紓解後，可以圓成哪些夢想？追尋夢想，其實遠比我們想像中的簡單；追尋夢想，是人人應有的權利……，於是，卡奴前仆後繼，九死無悔，正是這些情境太過吸引閱聽者了。「喬治瑪莉」（George & Mary，萬泰銀行現金卡）、「借錢，是為了走更遠的路」（大眾銀行現金卡）、「平凡生活，精采呈現」（台新銀行 story 現金卡），甚至「借錢是高尚行為」

（大眾銀行），儘管曾經引起相當大的輿論批評聲浪，但就廣告宣傳而言，無疑是成功的。

內文寫作，必須將廣告訴求的重點全部凸顯出來，有時候甚至可以分項說明或是以精詳比對的數據、圖表為佐證（圖文廣告較常用），一方面強調廣告物的優長之處，一方面說服閱聽者。

寫寫看

根據上面一題你所擬出的主、副標題，試著完成內文的寫作。記得一定要把訴求的重點全部凸顯出來。

四、標語

標語精簡有力，多為四字、八字或能讓人琅琅上口的短句，經常與企業商標結合為一，從過去「莊敬自強」、「處變不驚」的政治口號，到「加好油，到中油」（中國石油）、「百福寧，保護您」（臺灣必治妥），都以強勁、有力的宣示，造成良好的廣告效果。

標語通常用於宣示企業的經營理念、宗旨及精神，既能激勵員工、顯示企業發展目標，更可以藉此將企業的服務績效、產品優長烙印在閱聽者心裡。成功的標語有時可以作主標題使用，如：

雅芳比女人更了解女人（雅芳Avon化妝品）

全家就是你家（全家便利商店）

We are family（中國信託）

最佳女主角，換妳做做看（最佳女主角瘦身美容）

鑽石恆久遠，一顆永流傳（De Beers 鑽石廣告）

都是相當引人矚目的例子。

五、醒題

醒題，顧名思義，就是用以提醒、呼籲閱聽者的字樣，通常會以特殊的標識方式（如星芒、彩帶、蝴蝶結、爆炸）出現，告知閱聽者「限時搶購」、「特惠優待」、「豐厚贈品」、「出清存貨」等訊息。醒題多數在開幕、特賣、搶購、結束營業的限定時間內，有極強烈的針對性，不宜頻繁出現，但卻有催促閱聽者「把握良機、迅速行動」的絕大功效。

第五節　廣告修辭

廣告人提起文案設計，常強調所謂「十C」的原則：

(1)創意(Creative)
(2)正確(Correct)
(3)優雅(Concinnity)
(4)具體(Concrete)
(5)簡潔(Concise)
(6)清晰(Clarity)
(7)真誠(Cordially)
(8)個性(Characteristic)
(9)協調(Coordinative)
(10)完整(Complete)

這十個原則，包含了字詞運用的正確、簡潔、優雅、清晰，意念表達的具體、完整及創意，內容的信實（誠實），畫面的協調，表現的個人化風格（個性）等五大項，很可以作為撰寫文案的參考。

成功的廣告文案，往往就是優秀的文章，主標題是題目，副標題是解題，內文是題目的具體發揮，標語是最警策的語句，醒題則類似書寫的形式。五者全備，自然有兼勝的好處，但恐怕非大型的廣告無法容納，一般的廣告，大抵以主、副標題及內文為骨幹。修辭，是文章寫作中鍛句鍊字的技巧，文案既屬文章寫作的一環，自然可以運用各式各樣的修辭技巧，創造出一些優美上乘的廣告詞。茲以表格方式舉例說明如下：

廣告金句	廣告主	修辭說明
好東西要與好朋友分享！	麥斯威爾咖啡	「好」字重疊，「好東西」與「好朋友」對襯，共同指向「分享」，充滿溫馨與熱情。

Trust me, you can make it!	媚登峰	Me、it押韻，充滿信心鼓舞，說服力極強。
We are family	中國信託信用卡	兼用為標語，溫馨動人（音樂優美）。
全家就是你家	全家便利商店	「家」字重疊，兩「家」合為一家，詞近而旨遠。
喜歡嗎？爸爸買給你	北銀樂透彩	雖不切實際，但趣味橫生，語句生動靈活。
說話不算話	遠傳電信促銷	「不算話」別解，利用成語衍生新意，化腐朽為神奇。
千金難買棗滋到	高雄燕巢鄉棗子	「棗滋到」與「早知道」諧音，活用成語。
它傻瓜，你聰明	柯尼卡軟片	兩句對偶、對比，簡短有力。

從以上數個社會上流行或受矚目的廣告「金句」中，我們可以發現，修辭學中的押韻、重疊、映襯、對偶、對比、別解、諧音、鑲嵌等技巧，無不可以在廣告修辭中靈活運用。而所謂「運用之妙，存乎一心」，只要多加用心，熟諳文章寫作中的諸般技巧，多加練習，你也可以自鑄偉辭，成為成功的廣告人。

寫寫看

下面幾則廣告金句，請你分析一下它運用了哪些修辭技巧。

廣告金句	廣告主	修辭說明

紙有春風最溫柔	春風面紙	
關心自己，也關心別人	行政院新聞局	
不在乎天長地久，只在乎曾經擁有	鐵達時錶	
乎乾啦！	臺灣麒麟啤酒	

第六節　想像力與廣告創意

在當今廣告如此紛紜、多樣的時代，一篇（則）廣告想要一新眾人耳目，達到令人驚喜的效果，是非常不容易的。我們常聽人說「創意」，廣告最吸引人、最具挑戰性、最能發揮個人所長的部分，也就在創意。

不過，前面我們一再強調：創意不是一蹴而成、平空而來的，它必須以堅實的「非創意」為基礎，才能有所發揮，這也是我們前面幾節所強調的部分。當我們深入的了解廣告的要素、形式、內容與修辭之後，如何激發出創意，就是你能否製作出一篇成功廣告的最大關鍵了。

廣告人必須具有豐富的想像力，才能激發出創意。想像力是什麼？簡單來說，就是「組織聯想」的能力。當我們面對任何一個事物（廣告物）的時候，經由我們對此一事物的認識與了解，常會因之而聯想到很多直接、間接與此相關的事或物。朱光潛曾舉「火」作說明：

> 比如我現在從「火」字出發，就想到紅、石榴、家裡的天井、浮山、雷鯉的詩、鯉魚、孔夫子的兒子等等，這個聯想線索前後相承，雖有關係可尋，但是這些關係都是偶然的。我的「火」字的聯想線索如此，換一個人或是我自己在另一時境，「火」字的聯想線索卻是另是一樣。

聯想是散漫、飄忽的，這些個別浮現的意象，如果沒有經過有條理的組織，就無法激生創意。換句話說，想像力就是一種「組織聯想」的能力，能將散漫、飄忽的各種意象，透過篩選、甄擇的程序，圍繞某一主題具體呈顯出來。以前面提到的歌林冷氣廣告為例，在廣告物「冷氣」的聯想下，清涼、舒適、安靜，甚至相對的嘈雜、燠熱、浮躁的意象都很容易浮現出來。但這些意象，是沒辦法直接就形成廣告創意的，我們必須用想像力將這些意象重新組織起來，形成一個適於表現廣告主題（如「清靜」）的情境，如寶寶如何的在清靜的環境中熟睡、老先生如何舒適的在冷氣下的搖椅上午休、滿頭大汗的考生如何在清靜的環境中安心讀書、兇猛暴躁的非洲獅子如何在清靜的房間中變成溫馴的小貓等，這就足以作成一個廣告了。

如何用想像力設計出一個適合廣告主題表現的情境，是步入廣告製作領域的重要關鍵，而情境的設計，如果能令讀者感同身受，或者莞爾而笑，大抵上就跨出了廣告的第一步。保力達公司在最近幾年主打的「蠻牛」飲料，就是最懂得如何設計「情境」的成功範例，早期推出的「胖太太、瘦老公」系列以及最近的「到了叫我」的計程車司機，環繞在「你累了嗎」的主題下發揮，產生了非常顯著的廣告效果，就是非常成功的實例。

想想看

透過前述章節的介紹，同學們理應對廣告寫作的內涵有了一定程度的了解，現在，我們不妨實際來操作一下。假如你是一個廣告人，廠商委託你製作一個女性衛生棉的廣告，要求必須選擇一個男性名人當代言人，請問：(1)你會挑選誰？(2)為何挑選此人？(3)你如何說服他？(4)你打算用怎樣的語句當主標題？(5)為何用這樣的標題？(6)你可以設計出怎樣的一個情境？請一一嘗試說明。

心得筆記

第四章　公文的作法

一、了解公文的定義與功能。
二、認識公文的格式與用語。
三、學習公文的撰寫方法。

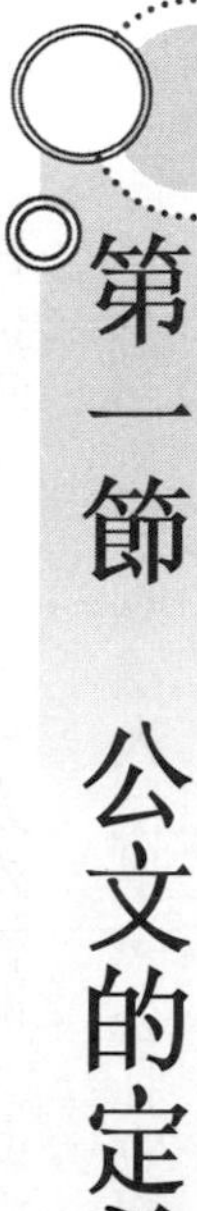

第一節　公文的定義

公文是一種和我們日常生活息息相關的文類。我們辦理助學貸款，向銀行提出申請、向戶政單位申辦戶籍證明；社團辦理大型活動，希望獲得學校的同意與資助；學校每年舉辦招生，須先得到主管單位（教育部或教育局）的核准；新的法令規章訂定後公告周知等，都必須透過「公文」完成。何謂「公文」？

顧名思義，就是處理公務的文書；一般來說，它必須具備下列三項要件：

(1)**內容必須與公務相關**。所謂公務，指的是公眾事務。凡涉個人事務，如私人往返的信件、相互簽署的協議書等，均不屬於公文範疇。

(2)**公文的發與收，至少有一方為機關**。此處所說的「機關」，包括官方或非官方的機構，譬如各級政府機關、民營公司、財團法人機構、公私立學校等。

(3)**公文的處理必須符合一定的程式**。所謂「程式」，指的是程序和格式。一件公文，從收文、分文、承辦、擬稿、核稿、發文等，都有一定的製作、傳遞程序；而且製作時，也必須遵循各類公文既定的格式，不能混淆，也不可標新立異，譬如常見的公函中，必須敘明發文機關、受文者、發文日期、發文字號等，不可隨意省略。

第二節　公文的種類

依政府頒訂的公文程式條例，現行的公文共分為六種：

(1)**令**：公布法律規章，發布命令時使用。

(2)**呈**：對總統有所呈請、報告時使用。

(3)**咨**：總統與立法院、監察院、國民大會公文往返時使用。

(4) **函**：各機關處理公務或個人向機關有所申請時使用。

(5) **公告**：各機關依其職掌或相關法令，利用公告欄、電子公告欄或報刊等向公眾或特定對象宣告事務時使用。

(6) **其他公文**：凡不屬上述之其他處理公務之文書，如書函、報告、手諭、簽、開會通知、提案、會議紀錄等。

在各種公文中，「函」是公務最常使用的類型，而且寫作方式與其他類型公文往往有相通之處，故以下以「函」為例，說明有關公文的製作。

第三節　函的製作

一、函的格式

公文製作，有其一定的格式。一般來說，各單位為了簡化、加速公文流程，公文紙都會依種類、格式將應有的項目名稱印妥，承辦人只須依序填寫或繕打即可，稱之為「制式公文」。但對初學者或參加公文撰寫考試的人來說，熟悉格式才是未來隨時能靈活運用的基礎。以「函」來說，要學習函的製作，首先，須了解函的格式，茲將其標準式（所謂的三段式）列明於下：

〇　〇　〇　　函

（發文機關全稱）　　　（文別）

機關地址：

聯絡方式：

受文者：〇〇〇〇〇〇（收文對象，須用全稱）

發文日期：中華民國〇〇年〇月〇日

發文字號：〇〇字第〇〇〇號

速別：〇〇件（公文處理的速度，如：普通件、急件、特急件等）

密等及解密條件或保密期限：〇〇〇（公文機密的程度，如：密、極機密；解密的條件等）

附件：……（隨函所附送之相關文件或資料等）

主旨：……（說明行文的緣由、目的、期望或要求。應力求具體扼要，不分項、一段完成）

說明：……（呼應、補充主旨，詳細陳述發文之緣由，可分項說明）

一、……

二、……

三、……

辦法：……（詳述對受文者的要求，或對方可依循處理的方法）

一、……

二、……

三、……

正本：……（本欄填寫公文之主要收受者，通常同受文者）

副本：……（填寫與該公文內容相關之單位或個人）

〇長　〇〇〇（發文機關首長章戳）

由上列資料，我們不難發現，發函者與收文者間有關公務之溝通、處理之平臺主要建構在「主旨」、「說明」、「辦法」三段之上，因此，如何撰寫「三段式」，就成了學習函的核心部分。

找找看

下面的函例，有哪些地方不妥？請用紅筆圈出並且改正。

臺北市立仁愛國民中學　函

地址：臺北市大安區仁愛路四段○○○號
聯絡電話：02–2325○○○○

受文者：科博館
發文日期：中華民國 96 年 12 月 1 日
速別：普通
密等及解密條件：
附件：

主旨：本校為實施校外教學，擬由教學組長率學生 50 人前往鈞館參觀，敬請　核示。

說明：

一、檢附參觀名單乙件。

二、參觀活動時間：97 年 3 月 5 日。

三、請惠予指派專人負責接待、導覽並安排午餐。

四、本校聯絡人：教學組長李大年老師。

正本：科博館
副本：

仁愛國中校長　○○○

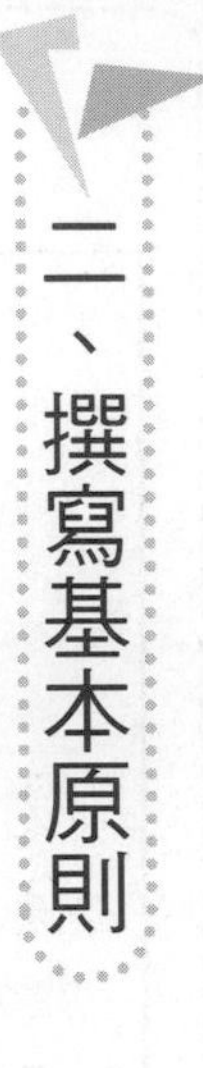

二、撰寫基本原則

在介紹三段式的寫法之前，必須熟知撰寫的基本原則：

(1)文字要簡明：公文既為處理公務而設，所用的文字就必須簡淺明確；凡僻澀、粗鄙、語義含混的文辭皆應避免。

(2)立場要清楚：因為行政體系的關係，函的行文系統可分為上行文（下級單位行文給有隸屬關係的上級）、下行文（上級單位行文給有隸屬關係的下級）、平行文（平行單位以及無隸屬關係的上、下級單位之間的相互行文）三種；由於三種行文所使用的稱謂、相關術語及語氣各有不同，因此在撰寫時，必須清楚發文者的立場，是上行？下行？抑或平行？才能正確完成。

(3)稱謂要妥適：「稱謂」指的是撰文時發文單位的「自稱」與「他稱」。如前所述，上行、下行、平行文中的稱謂有差異，因此恰切的使用，可免貽笑大方或引發不必要的誤解、紛擾。茲說明如下：

自稱：本——三種行文中，凡稱「自己」皆用「本」。譬如臺灣大學行文上級單位教育部，或平行單位之其他大學，自稱時都用「本」校。

他稱：貴——下行文中上級稱下級，或平行文中稱對方。譬如教育部行文臺灣大學，稱「貴」校，臺灣大學行文其他大學，稱對方亦用「貴」校。

鈞——有隸屬關係之下級稱上級。如臺灣大學行文教育部，稱教育部為「鈞」部。

大——無隸屬關係之下級稱上級。譬如財政部行文無隸屬關係但層級高之立法院（依規定，須由財政部所隸屬之上級機構行政院代轉），便稱立法院為「大」院。

台端——發函機關稱其屬員或一般人民（亦可用先生、小姐、君等）。

第三人稱：該——在公文中提及第三者時，稱「該」。如導師發函報請學校獎勵某位同學，於陳述值得獎勵的緣由時，可寫成「該生品學兼優、熱心公務」。

(4)期望語要恰當：「期望語」係指發文者對受文對象有所指示或請求時的用語，通常出現於「主旨」之文末，使用時，必須切合發文者之「立場」，亦即是須與「上行」、「下行」、「平行」之行文系統相配合。常見的用語如下：

（敬）請 **核示（鑒核）**：請上級審核指示。用於上行文。

（敬）請 **核復**：請上級核示，並明確回覆。用於上行文。

（敬）請 **核備**：請上級審核備查。用於上行文。

請（希） **照辦**：指示受文對象依文辦理。用於下行文。（「希」通常用於下行文。）

請（希） **查照**：請求受文對象查明依文辦理。用於平行文或下行文。

請（希） **辦理見復**：指示或請求受文對象依文辦理後回覆。通常用於下行文或平行文。

請（希） **查照並轉知所屬辦理**：指示或要求受文對象及其下屬單位依文辦理。通常用於下行文。

(5)**語氣要恰切：**如上所述，行文既有「上行」、「下行」、「平行」之分，行文的語氣就必須與「立場」相合。有所指示之「下行文」，語氣要堅定果斷，但不可官腔官調。有所請求之「上行文」，語氣宜平實、不卑不亢。有所磋商之「平行文」，語氣則應客氣誠懇。

說說看

一、下列各機構之發函，屬於行文系統（上行、下行、平行）中之哪一類？

臺北市教育局發函光復國民小學

臺南一中發函臺中女中

士林區公所發函臺北市政府

二、上一次練習找出格式錯誤的公文中，也有一些不合乎撰寫原則的地方，請用紅筆將它改正。

三、「主旨」的寫法

撰寫主旨的要領，在簡要地陳述發文的緣由。通常來說，主旨包括了三項要素：原因、執行事項、期望語。

(1)**原因：**扼要陳述發文的緣由。通常可用「為……」做開頭。

(2)**執行事項**：具體敘明發函者之指示或請求。

(3)**期望語**：緊接於「執行事項」之後，責令或期許受文者執行之用語。

實際撰製時，只要確切掌握行文的目的、行文立場（上行、下行、平行）等，「主旨」便可輕鬆寫就。應試時，「主旨」之三大要項可據題而求。茲以實例來說明：

【例一】：假設內政部發函警政署：通令各警政機構加強查緝黑槍，並嚴禁包庇縱容情事，以維護警譽，確保社會安寧。

說明：本題屬下行函，係上級對所屬下級單位有所指示。主旨可做如下書寫：

主旨：為遏止非法槍枝氾濫、確保社會安寧，並維護警譽（原因），請加強查緝黑槍之製造、販賣，並嚴禁包庇縱容等情事（執行事項）。希　查照並通令所屬切實辦理（期望語）。

【例二】：假設〇〇科技大學致函教育部：該校擬自九十七學年度起增設古蹟修護工程學系，以培養古蹟維修人才。

說明：本題屬上行函，係下級機構向所屬之上級單位有所請求，「主旨」可寫為：

主旨：為配合政府文化政策，培養古蹟維修人才（原因），本校擬自九十七學年度起增設「古蹟修護工程學系」（執行事項），敬請　核示（期望語）。

【例三】：假設大安高工致函裕隆汽車公司：該校擬派送汽修科畢業生五十人前往裕隆汽車修護廠觀摩實習，以增強實務經驗。

說明：本題屬平行函，主旨可寫為：

主旨：為加強學生實務經驗（原因），本校擬派送汽修科應屆畢業生五十名前往貴公司汽車修護廠觀摩實習乙週（執行事項），請　惠予同意見復（期望語）。

但並非所有函之主旨皆如此，亦有無須列明「原因」者。

【例四】：臺灣大學辦理完轉學招生考試後，依規定須函送錄取榜單至教育部。

說明：函送文件或資料，無須在「主旨」內敘明理由，可寫為：

主旨：函送本校九十七學年度轉學生考試錄取榜單拾份（執行事項），敬請　核備（期望語）。

四、「說明」的寫法

雖然「主旨」的內容中包含了發文的「原因」，但由於受到「簡要」的限制，只做了綱領式的約略陳述。「說明」這段的任務，便係承接此一「語焉未詳」之緣由，做進一步詳盡的補充，讓受文單位更能體認「發文目的」之嚴肅性，或明瞭發文單位請求事項之背景。

「說明」的撰寫，亦以明晰、確切為主，為求眉目清晰，往往須分項書寫，並冠以數字；而「主旨」中之「原因」，便是據以發揮的重點。如前文【例一】，發文的原因是「為遏止非法槍枝氾濫、確保社會安寧，並維護警譽」，故在「說明」中，就必須強調：(1)黑槍氾濫日益嚴重及對社會安寧之威脅；(2)警察查緝不力，甚至有縱容包庇情事，破壞警譽；(3)強力查緝取締和提升警譽的重要性。因此，該「說明」

就可以寫成：

說明：

一、近數月來，非法槍枝之製造、販賣日益猖獗，黑道分子擁槍自重、暴力討債、強盜取財、擄人勒贖等事件頻傳，嚴重威脅社會安寧。

二、警察單位查緝欠力，未能有效遏止黑槍氾濫；甚或有不肖員警居間包庇，藉機牟利，嚴重損害警譽。

三、為確保社會安寧，維護警譽，請通令所屬強力查緝取締，定期彙報，並嚴懲不肖員警，以儆效尤。

上述一、二項的書寫重點，係以強調的語氣強化發文的必要性。內容依實際情況，可長可短。第三項則就「執行事項」稍做發揮，更明確強調發文目的。

【例二】「說明」的書寫原則與此相同：【例二】發文的原因是「為配合政府文化政策，培養古蹟維修人才」；發文的目的（執行事項）為「擬增設古蹟修護工程學系」，因此「說明」的撰寫，就必須強調：(1)政府重視保護古蹟的文化政策；(2)目前古蹟維修人才缺乏計畫性、持續性的養成教育，以致青黃不接、人才斷層；(3)該校具備設置增設該系的優越條件。故其「說明」可以做如下書寫：

說明：

一、近年來，有鑑於古蹟保存之重要性，政府已將「古蹟維護」列為重大文化政策，並編列預算落實執行。

二、目前古蹟維修人才仍以傳統的師父帶徒弟方式產生，缺乏計畫性、持續性、學術性之養成教育；以致出現青黃不接、人才斷層的窘境，亟需謀求解決之道。

三、本校三年前，即由文建會委託，由建築系、材料工程學系等組成古蹟維護研究小組，結合校內外人力、物力，從事相關研究，並參與實際維修工作，已累積相當資源與經驗，具備設系招生的條件。

四、函送本校增設古蹟修護工程學系計畫草案拾份。

上列第四項提醒我們：凡發文有附件時，必須於「說明」段中註明，通常放在「說明」的最後一項。

至於回覆對方來函的覆函，亦有值得注意之處：在覆函的「說明」段中，必須註明所回覆的來函的發文日期及文號，通常列於「第一項」，如【例三】大安高工發函裕隆汽車公司，裕隆公司在覆函時，「說明」中的首項就必須作以下的陳明：

說明：

一、復貴校○○年○○月○○日（ ）字第○○○○號函。

二、……

三、……

有時發文機關的發文，係有所依據，也必須將此「相關依據」揭示於「說明」的第一項。譬如教育部通函各大專院校「加強宣導智慧財產權」係根據行政院的指示，部函「說明」的首項，便會有如下的敘明：

說明：

一、依據行政院○○年○○月○○日（　）字第○○○號函辦理。

二、……

三、……

五、「辦法」的寫法

「辦法」通常見於下行文，係上級單位針對「主旨」段中所要求的執行事項列出具體可行的措施，以便受文單位遵行。譬如前文【例一】的「執行事項」為「加強查緝黑槍之製造、販賣」、「嚴禁包庇縱容等情事」。「辦法」段即應針對此兩項，擬出具體有效的執行方案：

辦法：

一、原訂檢舉、查緝獎金各提高拾萬元。

二、加強線報之過濾、追蹤、查證。

三、增編員額，擴大海域之巡邏、可疑船隻之檢查，嚴防海上走私。

四、加強查緝值勤訓練以提高績效、確保員警安全。

五、強化員警守紀守分觀念，言行有異者、生活失度者，宜加以關注、疏導；確有勾結、包庇情事者，依法嚴懲不貸，以儆效尤。並追究主管連帶責任。

除了「主旨、說明、辦法」三段式外，有時發文單位向受文者有所建議，請求或做出核示時，上述第三段之「辦法」，便可調整為「建議」、「請求」、「核示事項」等，依此類推，靈活運用。譬如經濟部函行政院「請准延聘經濟專家以顧問名義提供國內重大經濟問題之諮詢，並撥所需經費。」於主旨、說明之後，提出「請求」：

主旨……

說明……

請求：本部本年度及下年度原編預算未曾編列上項費用，請准專案撥款，以利執行。

是不是所有的函都需具備「主旨」、「說明」、「辦法」（或「請求」、「建議」）之三段式？也不一定。有些函處理的事務較為簡單，只需「主旨」、「說明」兩段式即可，便無須勞煩第三段。譬如「某校向科學博物館函索導覽手冊，以為校外教學之用。」科博館之覆函便只需「兩段式」：

主旨：函送本館導覽手冊五十本，請查照。

說明：復貴校〇〇年〇〇月〇〇日（ ）字第〇〇〇〇號函。

甚至，只用「主旨」一段式也可達成任務，譬如前面所舉的【例四】便是。

總之，「三段式」乃一般通說，不可拘泥；但視業務內容之實際需要而彈性擇用。

寫寫看

為了讓校慶活動更加精彩，學生會建議邀請享譽國際的北一女中樂儀隊在校慶的時候表演。請你代替經辦人員試擬一函。

心得筆記

第五章　讀書報告的撰寫

學習重點

一、了解什麼是讀書報告。

二、認識讀書報告的類型與架構。

三、練習讀書報告的寫作。

第一節　讀書報告是什麼

「讀書報告」，或稱「學習心得」，表達的內容有許多種類，如針對上課內容或是以某一議題、某一本書為報告對象；至於表達的模式則有採用書面、口頭報告、座談討論等各種不同形式。

在課堂上，老師在結束一個課程單元後，有時會要求同學們針對該單元的內容、或指定單元內的某一主題，撰寫一篇學習心得（有時在學期將結束時，就該科目作一篇完整的心得報告），藉以檢驗學生的收穫與教學效果。此外，還有一種是專就課外讀物或某一主題所作的心得報告，這種讀書報告是在了解學習內容後，經過整理思考所寫出的學習心得。

讀書報告是在閱讀文本、口述心得之後，更落實一步的學術訓練，目的在藉以表現出學習者的歸納、推理、概括、總結和論述能力，以及對學術規範的遵守，所以也可稱作學術研究的先聲。撰寫時除了要章節井然有序，層次條理清晰外，還須把握主題重點，通過自己研究所取得的大量事實論據，將內容論點重新組織整理，建立一套完整的觀點和理論體系，再通過有效地組織材料、周密的推理，化為自己的話語，論證自己的結論和觀點的正確性和實際價值，以表達自己的分析歸納工夫與創見批評能力，不能信口開河，更忌言之無物。是以在讀書報告的撰寫過程中，一方面能激發學生積極的讀書態度，一方面又能培養他們獨立思考、分析歸納以及邏輯論證、理性批判的能力，可以為日後撰寫真正的學術研究論文，奠定下深厚的基礎。

由於「讀書報告」的形式與學術論文頗為類似，在比較寬泛的意義上說來，頗似篇幅精簡的學術性研究報告，可以看出作者對議題的完整認知，以及對學術規範的熟稔度，所以在大學科系的入學申請或推薦甄試中，常被審查委員視為申請人是否具有學術研究能力的指標之一。因此，有志從事推甄的同學們，要趁早做好這一門科目的練習。

本章「讀書報告的撰寫」即針對最常使用的報告寫作典型模式，給予撰寫短篇報告時最簡明直接的指引，以期學生的研究和寫作能合乎學術通則的基本要求。

說說看

大學教授多半以「交報告」的方式來取代「考試」。請你說說看原因何在？也順便說說這兩種方法你比較喜歡哪一種？

第二節　讀書報告的類型

讀書報告的類型多元化，若依報告所據的文本內容而言，大致有書評、詩文和小說賞析、主題論文等三類。再以論述重點來分，則有感發型、論述型、擷摘型、比較型、源流型等五類。若是以發表方式來分，約有口頭報告、討論座談、書面報告、畫圖呈現、改編表演等類型。以下即依文本內容、論述重點等不同類型，分別作一簡單的說明。至於發表方式，除書面報告外，大致屬於報告完成以後的臨場表現工夫，故暫予省略。

一、依報告所據的文本分類

依報告所據的文本內容而言，讀書報告可分為「書評」、「詩文和小說賞析」、「主題論文」等三類。以下略述撰寫各類報告時所須注意的原則：

(一)書評

「書評」的撰寫，是針對某一本特定的專書而作的評論，大致包含八個要項：

(1)簡明敘述該書的出版時、地及內容。

(2)介紹著者的學經歷背景。

(3)闡述作品的主旨與特質。

(4)將該書所要表達的觀念，傳達給可能的讀者。

(5)列舉與該書相類似的作品，或原著者已出版的類似作品，作思想、文風的比較。

(6)具體提出評者的觀點，並作出正面及負面的評價。

(7)衡量該作品的可讀性，以作為推薦與否的依據。

(8)提供該作品詳細的書目資料。

㈡詩文和小說賞析

「詩文和小說賞析」的撰寫，要項與書評相類似，但是撰寫的學生在平時須得做好準備工夫，廣泛閱讀詩文小說，以充實文本知識，了解歷代的流變，並研習詩文小說的修辭技巧與風格，多涉獵詩歌賞析的著作，才能在實際進行賞析詩文名作的時候，得到駕輕就熟、隨手拈來的指引之功效。

㈢主題論文

「主題論文」的撰寫，選擇與自己的興趣相合的主題，題目涵攝的範圍應大小適中，並考慮相關資料取得的方便性。在撰寫過程中要保持思路暢通，一氣呵成，應有自己的心得，同時要注意架構層次，內容的論述次序或主目標與次目標之間的關係。另外，還要預留空間，注意內容比例，以便隨時修補，避免偏離主題。

以上三類撰寫對象，以前兩項是一般較常運用的，亦即一般所稱的「讀書報告」。

二、依報告的論述重點分類

依報告的論述重點而言，可分為下列五類：

⑴**感發型**：以撰述者個人的直覺，表明對該書的印象及感受。或隨性抒發，或借題發揮，不必面面俱到，

但應觀察深刻，文字靈活。亦即常見的讀後感。

(2)**論述型**：析論該書之內容旨趣、結構、技巧，議論內容最好做到提綱挈領、貫穿全書，並能具體的評鑑其書之價值與影響力。

(3)**擷摘型**：摘引書中比較重要名言佳句或具有代表性的部分，再以敘述夾雜議論的方式，凸顯該書的優點與精神特質。

(4)**比較型**：將該書與同類諸多作品作思想觀念與文筆風格等方面的比較，並評議其優劣得失。

(5)**源流型**：析述該書所涉及學科的淵源流變，再具體評介其書的創獲貢獻。

以上五種類型，可隨需要而交互運用，不必自我設限。至於一般常用的讀書報告，以前兩種「感發型」、「論述型」為主。

第三節　讀書報告的架構

一、論文型式讀書報告的架構

有些讀書報告實際上就是一篇具體而微的小論文。這種報告的內容架構大致包含：前言、正文、結論、參考資料等四個部分，如有需要可再增加圖表。本文中並視需要加上「附註」，以闡述行文未能詳述的觀念，或交代引述資料的出處。

(1)**前　言**：可寫動機、文獻回顧、前人研究成果、研究方法等。

(2)**正　文**：為論文的重點，可分段（每段給一標題）撰寫，段落及字數多寡，視主題性質而定。一般來說，讀書報告字數少，所以不用章節。

(3)**結　論**：總結整個報告，將前面的重點扼要的敘述，並檢討尚有哪些不足之處，期待自己或他人來日繼續探討。

(4)**參考資料**：含專書、論文（學報論文、期刊論文、會議論文、報紙論文）、網路資訊（網址，附進入時間）、其他資料。

(5)**圖　表**：如有必要可善用圖表，如一大堆的統計數字，若用統計圖表可一目瞭然；田野調查資料，可附加現場圖及照片等，以加強可讀性。所有圖表均要給題號及標題。

(6)**附　註**：讀書報告因字數少，加上電腦處理方便，可用隨文註的方式，方便閱讀，註解要編號。註解的格式有一定規範，不得自創。

二、專書讀書報告的架構

專書讀書報告的特點是結構簡單，條理清楚，變通性也比較強，主要是把撰述者的讀書內容（包括收穫和體會）和文獻來源反映出來。

以下為專書讀書報告的架構，一至六項為書的基本資料記述，將所選讀的書名、作者、出版社、年月、版次、作者簡介、關鍵字等作一簡明表述，如為翻譯書籍，除譯者姓名外，應再寫出原文書名、作者姓名。七至一〇項為報告的主要部分，須要特別用心思考。先說內容概要，接著再論述自己的感受、啟發或所受的影響。

(1)**書　名**：〇〇〇〇〇

(2)**作　者**：〇〇〇（或譯者）

(3)**出 版 項**：〇〇年〇月〇版／〇〇市／〇〇出版社

(4)**頁　數**：〇〇〇頁

(5)**作者簡介**：敘述作者的背景與文章風格。（或譯者簡介）

(6)**關 鍵 字**：（三至五個皆可）〇〇、〇〇〇、〇〇、〇〇〇

(7)**內容大意**：（約500字）就是當撰述者覺得書本中哪一段是屬於比較重要的部分，而將它扼要地記錄下來。寫作的重點包括：

a.可經由書前序文、緒文或書後跋、後記等，介紹作者寫作該書之緣由，並將該書之結構重點，逐一介紹。（勿超過全文三分之一）

b.重點介紹作者生平及著書之時代背景。

c.揭示全書之題旨大要，體裁特質。撰寫分章或分節大意。

d. 簡評該書在文化上之價值及影響。

e. 摘引書中具代表性的優美詞句，藉以彰顯本書特色風格。

(8) **讀後心得**：（約 1200 字）心得是思想的流露，是經過撰述者的深思熟慮後的收穫，把它寫下來，類似於書評。須注意的一點，就是所涉及的主題的出處必須記錄清楚，這樣才能互相對照，一目瞭然。在作者的理論上再進一層加上撰述者的體會，以闡述發揚專書的精神與特色。

(9) **評　　語**：（約 300 字）大致上是要撰述者提出所察覺到的問題，舉出與作者不同的意見例證，以批駁作者的論點。此外，並歸納主要意見，評析內容旨趣與結構技巧，和其他相關的書籍作聯想比較，評論全書的優劣。最後綜合歸納全文，評析所獲致之結果，並表達對作者的期許以為結語。

(10) **附　　註**：參考文獻一般可分為「引用資料」和「參考書目」(引用資料可用「註釋方式」，也可用「文內夾註方式」，參考書目，一定要將「著者」放在最前面)。(研究論文的附註有定型規格，收錄較完整，註文條數繁簡不一定，讀書心得則引述五至十條即可）參考文獻要注明參考文章的作者、名稱、著作或刊物的名稱、出版社名稱、期刊號及發表或再版時間以及文章所在頁碼，如果是網上查尋的，還應注明網址。

a. 引用資料：應註明引用資料來源，不可掠人之美。或欲對某問題提供相關資料，或欲引申所陳述之論證，均另作「附註」。

b.參考書目：寫作報告中，曾參閱哪些書籍、雜誌、或其他資料，均應於報告後列出書名、作者。如為雜誌，更應列出期刊名稱及期別。文末編列「參考書目」，包括著作標題、作者姓名、發行事項三部分，依書籍種類或年代先後排序。參考文獻可顯示撰述者的治學忠實態度，也可以讓後續的研究者減少不必要的摸索。

以下暫以簡媜的女兒紅作為範例，說明「讀書報告」的基本格式：

(1)**書　名**：女兒紅

(2)**作　者**：簡媜

(3)**出 版 項**：二〇〇二年七月初版九印／臺北市／洪範書店

(4)**頁　數**：二二二頁

(5)**作者簡介**：簡媜是位筆觸奇詭、風格清麗的女作家……。

(6)**關 鍵 字**：簡媜、女兒紅、暗紅、磚頭紅、火鶴紅

(7)**內容大意**：這是筆觸奇詭清麗的女作家簡媜的第十一本散文集，包括三十八篇文章，分為三輯，各自訴說一個鮮明的主題。輯一【暗紅】隱喻死神的胭脂，輯二【磚頭紅】闡述溫暖的母性，輯三【火鶴紅】刻劃年輕生命中的火燎印記……。（約 500 字）

(8)**讀後心得**：這本書是我在（某種時空或心境下）閱讀的，熟讀簡媜的女兒紅後，讓我更了解人生的波瀾起伏，像是【暗紅】裡的秋夜敘述……。（約 1200 字）

(9)評　　語：簡媜的散文不僅風格獨特，易於激發讀者共鳴，更能把墨水變成沸騰的熱血。她的筆像一座橋梁，從內心通往讀者心靈深處……。（約 300 字）

(10)附　　註：a.引用資料：簡媜的散文中有許多臺語俗諺，例如：「上司管下司，下司管畚箕」（月娘照眠牀，頁 154）、「三兩囝仔想要吃四兩麵線」（月娘照眠牀，頁 217）、「飼子不惜本，飼父母就算頓（飯）」（紅嬰仔，頁 205）。

b.參考書目：蘇綾，簡媜和她的「山」「水」，文訊 27 期，頁 209，1986 年 12 月。

E世代大都利用電腦製作報告，所以，前文中的寫作格式也配合 Microsoft Word 中文版可以呈現的格式，提供高中生初學撰寫報告時之參考。上述的逐項敘述，也可以採用定型表格，方式如下：

報告撰寫者	○○○（撰寫者的姓名）			
閱讀文獻名稱	女兒紅		作　者	簡媜
文獻形式	■書籍　□期刊雜誌（刊名　，卷　期　頁） □學位論文　□網路資料			
出版單位	名稱	洪範書店	版次	初版九印
	地址	臺北市○○路○○號	頁數	二二二頁
	出版日期	二○○二年七月		

作者簡介	簡媜是位筆觸奇詭、風格清麗的女作家……。
關鍵字	簡媜、女兒紅、暗紅、磚頭紅、火鶴紅
內容大意	這是簡媜的第十一本散文集，包括三十八篇文章，分為三輯，各自訴說一個鮮明的主題。輯一【暗紅】隱喻死神的胭脂，輯二【磚頭紅】闡述溫暖的母性，輯三【火鶴紅】刻劃年輕生命中的火燎印記……。（約 500 字）
讀後心得	這本書是我在（某種時空或心境下）閱讀的，熟讀簡媜的女兒紅後，讓我更了解人生的波瀾起伏，像是【暗紅】裡的秋夜敘述……。（約 1200 字）
評語	簡媜的散文不僅風格獨特，易於激發讀者共鳴，更能把墨水變成沸騰的熱血。她的筆像一座橋梁，從內心通往讀者心靈深處……。（約 300 字）
附註	1. 引用資料：簡媜的散文中有許多臺語俗諺，例如……。 2. 參考書目：蘇綾，簡媜和她的「山」「水」……。

在撰寫過程中若發現問題，必須自己找資料，或請教師長、同學，以求解決，與撰寫研究論文時遇到問題的解決方法一樣。

說說看

了解讀書報告的分類與格式以後，我們接著要開始練習寫讀書報告了。現在請先就自己的興趣、喜好，挑選一本書，並且說說你選書的原則與標準。

第四節　讀書報告的寫作

一般人初次撰寫「讀書報告」時，多半不知「報告」的格式結構為何，對於如何訂定題目，如何蒐集資料，如何安排大綱，都感到相當茫然，一無頭緒。若是勤於發問，或可從師長處問到相當簡略的說法：先去找一篇報告來閱讀，再依樣畫葫蘆照表操課一番。如此寫法，往往是即使報告完成後仍無法掌握正確的方法。

其實報告的內容和格式有一定的標準；寫作前的資料蒐集，更是報告寫作的成敗關鍵。例如學生就任課老師所推薦指定的讀本或主題，進行研讀，經過充分的理解吸收，然後用自己的語言重行綜合組織，再提綱挈領，作一番申述評論，如此才能掌握研讀文本或主題的主旨所在。所以究竟應該如何撰寫讀書報告，對於初學者而言，真是既重要又艱難的第一步。

讀書報告的撰寫步驟，先要選定題目、研擬初步大綱，再進行蒐集、整理相關資料，三則擬訂論文整體細目，最後才是落實撰寫報告。以下分別簡述讀書報告的寫作前應有的準備和寫作內容的要求。

一、寫作前的準備

在撰寫之前，應該做到兩件事，第一要多讀書，第二要有自己的心得。多讀書，就是提醒我們要了解和重視前人研究的成果；有自己的心得，則是勉勵我們要有思辨與評斷的能力。如果平日沒有觀察、閱讀、思考的習慣，記憶資料庫空空如也，那麼即便擬訂再有意義的報告主題，也很難發揮出宏遠的識見。所以我們平日就應該多讀一些內涵深厚、傳世不朽的經典名著，以及師長專家們推薦、確實具有特色的新著，期使自己獲得最佳的學習效益。只有充實自己的感知生活能力，用心注意生活中一切細節之後，才能讓我們在撰寫報告時，藉由豐富的辭藻，寫出分析入理的深刻思想。這些都是寫作應有的基本準備。

以下簡述執行時的具體步驟：

㈠閱讀筆記的製作

在撰寫讀書報告之前，先要了解作者的寫作動機和背景，參照目次、序文，了解文本的結構，將內容讀懂，掌握各段落、篇章的要旨，深入體會，領會文字特色。至於要怎樣落實，可以從筆記摘錄做起，不但可以備忘，還有助於加深了解。

做筆記時，先將原書的序言、導論、目次瀏覽一遍，然後分章節把要點記下。再來就是「原文摘錄」，儘可能把你覺得原書中比較重要的字句摘錄下來，因為浮光掠影式的閱讀，總不及抄寫字句來得印象深刻。三則是「感想筆記」，在閱讀的過程中，如有批評或心得，隨時標上記號或抄錄於卡片上，待全書閱畢後，再把筆記重新分類整理一遍。筆記卡片可用購置的成品，也可以依照自己的需要重新設計，只要使用起來簡單方便就可以了。

有了這些基礎工作的成果，再去蒐檢利用相關的文獻資料，就能配合全書的內容大意，寫出扼要而有系統的介紹和評論，一篇讀書報告也就完成了。

(二)確立寫作的範圍與內容

決定評論的重點並擬訂大綱。美學大師朱光潛曾說過他的構思四步驟：一、審題；二、自由聯想與蒐集材料；三、整理材料，確立主旨；四、決定手法並擬訂大綱。這四個步驟也能運用在讀書報告的撰寫中，當我們確定報告的主題之後，取一張紙條擺在面前，針對主題四方八面地想，不拘大小，不問次序，想得一點意思，就用三五個字的小標題寫在紙條上，如此一直想下去、記下去，到所能想到的意思都記下來了為止。

(三)蒐集、整理相關的文獻資料

蒐集相關的文獻資料，是讀書報告的第二個重點工作。有關該書之研究與批評論文，以及其他相關資料，多半可在圖書館及網路資源中尋得，這就涉及到圖書資源的使用。如何利用圖書館的館藏與服務，以蒐集適切有效的資料呢？可先從圖書館的電子書目檢索或卡片目錄做起。目錄檢索通常有三種，就是分類檢索、著者檢索、書名檢索，視需要而借閱來作廣泛閱讀參考。

至於網路資源的類型及使用方法，在 Internet 上有豐富的資訊，儼然是個無遠弗屆的資訊寶藏，一般人均可方便且輕易地在搜尋引擎（如 google、雅虎奇摩等）中，蒐檢到上至天文，下至地理，應有盡有的資料。要如何利用，端視個人的需求與興趣，E世代的學生對此一方式，其實是駕輕就熟的。但是，在從事報告寫作時，切忌輕率以剪貼複製電腦資料的方式來完成報告。

資料蒐集後，接著必須先研判資料的參考價值，在原始性、客觀性、新穎性、權威性及可讀性方面評量其價值，才來正式研讀，並摘錄與報告有關的內容。假如資料價值明確或不多時，也可以邊蒐集邊研讀。遇到相同事情但資料記載完全不同時，可先將各種說法寫上，再利用研究方法，如歸納、統計、綜合、分析法等做更深入的探討，而求得結論。在進行此一步驟時，可將所摘錄的閱讀資料，按照報告內容的段落次序，逐一寫上，但是資料要先消化並註明出處，否則極有可能會變成抄襲。

(四)綜合論述

重新綜覽筆記，然後將全書的內容大意，扼要而有系統的介紹並加以評論。以你自己的語句，重新加以組織所摘錄出來文章，所以，在寫報告之前，必須先做「綱要」和「感想筆記」。同時，書本的序言、導論、目次，也是很重要的指引。等到全書讀完後，再把你的筆記重新整理一遍，配合全書的內容大意做扼要而有系統的介紹和評論，則一篇讀書報告就完成了。

初稿寫完後要校對，儘量不要有錯字出現，可預留些時間修改，也可先給老師看，聆聽師長意見後再修改。俗話說：文章欲寫得好，寫得妙，別無其他門徑，最重要的是個人多讀、多寫、多改、多思考，自家先明白自家所長、所短為何，以攻堅之心力，突破瓶頸，發揮所長。邊寫邊改、字斟句酌，甚至必須先提筆寫明提綱、釐清脈絡，在表達過程中苦思冥索，最後又尋行數墨，逐一檢視，這才能夠放心。如此寫來，具有穩重大方、架構完整的優點。

二、寫作內容的要求

讀書報告的內容須注意兩件事：首先，確定所抒發的感情是否出自內心，書寫的思想與觀念是否自己所認同。其次，在思想呈現表達上，也要追求撰述者的獨特性，儘量避免陳腔濫調式的熟語、套語。

㈠真情感人

孔子的門生子夏曾經用淺顯的生活實例，說明優秀作品的內容所以會有心靈自然流露的原因，他在詩大序中說道：「詩者，志之所之也。在心為志，發言為詩。情動於中而形於言；言之不足，故嗟嘆之；嗟嘆之不足，故永歌之；永歌之不足，不知手之舞之，足之蹈之也。」發自內心深處自然的悸動，就是偉大作品產生的基本條件。因此，評述與體會的內容，要能表現出撰述者真摯深切、含蓄婉轉的情感。總之，撰述者要注意自己的身分和立場，融入自己的感情、思想，才能寫得真切動人。

㈡思想呈現

讀書報告思想的呈現，主要受撰述者本身意圖的制約。選擇感受最深刻的部分下筆，不必整篇文章內容全都提到，否則流於泛泛論說反而沒有特色。可以由組織已摘錄出的文章為起點，架構出自己所思所得的啟示，再用自己熟悉的話語形式加以闡述，就是一篇有思想有內容的報告了。所以，報告如果想要說理，自然條分縷析、頭頭是道；意欲聳人聽聞，自然波雲詭譎、驚心動魄；意欲傳述，自然情事奇偉、感人肺腑。不同的著重，自然地決定報告表現的內容。

寫寫看

請就上次決定的書籍，按照課本所說的方式逐步完成你的讀書報告。

第六章　自傳與履歷

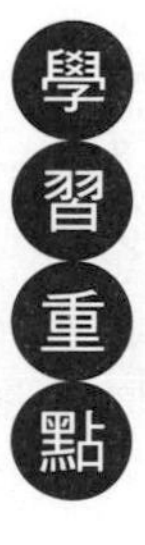

一、認識個人檔案管理的重要。

二、學習自傳寫作的重點。

三、認識履歷寫作的重點。

第一節　個人資料的整理與建檔

人是社會型的動物，常在交際場合與陌生人交談，免不了偶爾要「自我介紹」。若無特別需要，聽者往往隨記隨忘，到了下一次見面時，又得再介紹一番。如果能事先想出一套鮮明別致，讓人印象深刻的說辭，就具有永誌難忘的效果了。將這種「自我介紹」用文字的形式表達出來，就成了「自傳式」的文體。從小學開始，我們都離不開「我的自傳」這一類作文。高中畢業申請大專院校時，更免不了準備「自傳」供甄審教授審閱。畢業後步入社會，準備自傳與履歷，更是求職的第一個步驟。由此可見它的重要。

這麼重要的文章，多數人通常是事到臨頭，才搜索枯腸，執筆為文，這樣的文章當然無法文情並茂，給人深刻的印象。所以我們認為自傳不可能急就章的揮筆立成，要經過長時間的蒐集資料，一次又一次的修改內容，才可能達到應有的水準。至於平常的準備重點，大致有下列幾項：

一、蒐集資料，更新觀念

我們平日就要養成蒐存、儲備個人特殊經驗、事跡資料的習慣。例如：足以凸顯個人「豐功偉業」的獎狀、證書、照片等必然在蒐儲之列。有時候，我們也可以將創意用在蒐存資料上。例如將自己的家居生活、上課實習的情形與老師對你的評語等，都用DV拍起來，還配上旁白。這些影音資料有時更能讓閱覽者眼睛一亮，由衷讚賞。蒐存好資料後，更要懂得分類整理歸納，使之成為圖文並茂的個人專輯。那麼在有需要撰寫自傳或履歷時，這些齊備的參考資料，就可以讓你言之有物、言之有據。

自己的檔案資料要在有新想法時立刻增加添補，作彈性的調整，隨時讓資料具有時效性與新鮮感。

二、時常練習

有了完備的資料，平常無事的時候，就練習撰寫自傳、履歷（寫作重點詳見下文）。寫自傳前，首先要依據自己的性向、喜好，決定自己未來發展的方向，例如報考什麼科系，從事什麼工作等。然後依據這個方向條列所需的專長、自己的優點與能力，針對自己的欠缺，逐步加強，以建立自我的信心。這時就可以開始草擬一份自傳草稿，並且隨時將自傳內容及修辭，作局部重點之改善。

用這種方法撰寫自傳時，通常可藉以了解自己有哪些能力，以及自己在求學或工作上的競爭力是否確有進步。所以在平日，就可以開始執行，並且隨時修改內容。如果個人資料豐富，或想甄試的學校或爭取的工作性質不只一種，也可以逐步撰寫數種內容主題不同的求職自傳，以備不時之需。

三、了解甄試學校或徵才公司的特質

如果我們已經設定了甄試科系或應徵目標，就應該利用課餘時間蒐集該系所或公司的相關資料。如果準備甄試，就該蒐集該科系的發展特色、師資課程等資料。如果準備求職，則要研究該公司的網頁、細讀公司的年度報表、分析該產業的競爭對手、產品及服務、市場的獨特利益等。了解這些不同的資訊，我們才能在自傳中調整自我推銷的重點，強調不同的訊息。

再者，如果我們想甄試的系所或求職的工作機會不只一個，我們就該依不同的目標，準備具有針對性的自傳。使對方看到自傳內容，就直覺認為你是經過深思熟慮以後才參加甄選，而且也是最適當人選。最好不要「一傳行天下」。

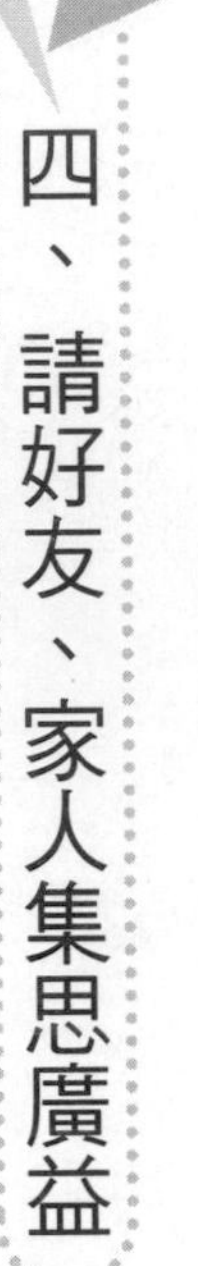

四、請好友、家人集思廣益

所謂當局者迷，一般人通常不知道自己的某些專長，對於甄試或求職會有直接的幫助，或者根本不好意思自我誇耀。家人與朋友如果有相關的經驗，請他們幫忙看看你撰寫的自傳初稿，通過他們的關心與交談鼓勵，可以將自己的特色，在自傳裡更清楚的凸顯出來。如果只憑一己之力，頂多能在文字、內容作些小小修飾，很難顯出亮眼的特色。

找找看

你認識自己嗎？閱讀過上面的文字後，你應該知道平日整理自己的「所有」資料，對將來求學或求職有多麼重要。現在請你起而行，把有關自己的資料整理在一起，並且將之分類整理，列一個目次。

第二節　自傳的內容與寫作重點

一、自傳的內容要項

自傳的篇幅不宜過長，字數以八百字為宜，最多不要超過一千字，用A4紙一張，單面列印即可。撰寫的重點，包括「基本資料、學歷、經歷、能力、人生觀、生涯規劃」等六項基本要素。不過，最好百分之六十的篇幅著重在學術專長或與工作相關的事項上，至於自己的志向抱負、生涯規劃等，僅作簡要說明即可。以下列出一份令人激賞的自傳，大致應包含哪些內容：

(一)基本資料

這部分可以略述家庭狀況、外型特徵等。字數約在五十字左右。家庭狀況包括家庭成員的年齡、學歷、職業、經歷，以及家庭經濟、日常生活狀況等，甚至可以介紹父、母兩方面的家族概況，如有傑出的人物、特殊的事跡等也應強調。這些內容可以證明自己「家世清白」，或以家族成就來顯示家風，作為人格、品行的附帶保證。至於自己的身高、體重、血型以及一般的健康狀況，如直接與應徵的職務或科系相關（如應徵保全人員），也不能忽略。

(二)求學過程、學術專長

這個部分包括各求學階段的學校名稱、修業起訖、印象深刻的師長、學業成績、參加過的活動、擔任過的職務、得到過的榮譽和獎勵等。字數約在一百五十字左右。如果曾經參加各種校內外的研討會、培訓課程（可以列出獎項、學術研究作品，或已取得的資格），或參與社團、擔任幹部及活動成果，特別是與甄選科系或應徵職務性質相關者，更要在自傳中強調。這些紀錄的好處是可以讓閱讀自傳的人了解你所具備的能力，同時也容易讓人對你有積極向上的好印象。此外，個人興趣所發展出來的專長（如兼差、打工、志工、得獎等），只要是與甄選校系或工作有關的才藝都可列出，以凸顯自己相關的專長與能力。不過，如果沒有特殊的求學過程（即申請科系或所求職務與你就讀的科系沒有密切關係），儘可簡單帶過；若成績優良，可將成績單影本置於附件中。

(三)能力與專長

大致可分成三項：語文能力（聽、說、讀、寫），職務技術能力（電腦、打字、駕照等），專長認證資格（專業證照）。這個部分約在二百五十字左右。在全球化日益快速的趨勢下，擁有良好的英、日語等外文能力，可掌握較多的勝算籌碼。在求職時，有些本土企業也頗為重視應徵者的方言能力，如果能通閩南語、客家話或其他方言，都可以列舉，以顯示自己的溝通交涉層面，較其他求職者廣泛。至於技術能力與特殊專長上，將擅長的電腦軟體、程式語言、實驗個案、溝通技巧、領導能力課程、行銷傳授，以及專業證照都儘量列出，讓閱讀自傳的主管一看，就覺得你是一個趕得上時代，而且努力學習的現代人。

(四)個性與人際關係

這個項目，包括生活嗜好、特別的長處、個性與品德上的優缺點、與他人相處的狀況。字數約在一百字左右。我們可以將自己的個性、志趣、優點、合群性、成熟度、領導能力等特色，仔細地整理出來，以凸顯個人的人格特質。在敘述這些內容的時候，用詞最好平實、誠懇，千萬不要讓人覺得虛偽、誇張。如果曾經有過工讀或社團活動等人際溝通、配合協調的經驗，可儘量舉例說明，以爭取主管的青睞。如果甄選的校系或應徵的職務較側重人際交流的工作或對外拓展的能力（如企管系、大傳系等科系，或公關、業務、監工等職務），更不可忽略這兩項主題。

(五)人生觀

這是表達自己對社會潮流的認知與適應性，簡單明瞭的描述自己的人生觀，並對某些特定觀念（或事件）作中肯的評論。字數約在一百字左右。這個部分應該避免如政治立場、意識型態等具有爭議性的話題。大致說來，對人、事、物不要做太多的批評，即使有反駁的想法，也是委婉間接的略作表達即可。

(六)生涯規劃

這項主要寫自己對於未來的人生如何規劃，又將會如何逐步實現。字數約在一百字左右。這部分乍看之下或許不見得與甄選校系或應徵工作有直接關係，但卻可看出一個人的學問與胸襟。聰明的老師或雇主常會從這項敘述中，推測你是否具有潛力，也會藉此考量你的生涯規劃，對於學校或公司未來的發展趨勢是否合宜。對自己的學業、事業、生涯，有長期而明確目標的人，較容易得到賞識。具有積極自我成長概念的人，自然比較積極進取，他的旺盛企圖心，能讓他比較容易被接受。

上述六項原則中，第一項是基本資料，如果搭配履歷表時，可以簡單帶過。第二項與第三項表明個人的能力與專長，是自傳中比較重要的部分，若第三項的內容不足以獨立成段，則可合二者為一，用四百字的篇幅，總述個人的成長經歷與技能特色。至於第四與第五項，是表現個人的人際關係和人生觀，也可技巧性的合為一段，用二百字來顯現自己的領導能力或團隊精神。第六項則是對自我及甄選校系或徵才公司的期許與展望。如此就能在八、九百字以內，讓閱讀自傳的人了解自己的大致輪廓了。

想想看

上一個練習我們已經整理好自己的個人檔案了。現在請你按照我們所提的自傳內容，將個人檔案中的資料分類整理。如果是個人資料檔案中沒有的內容，例如人生觀、生涯規劃等，請你開始審慎思考、規劃。

二、自傳寫作重點

在這個資訊發達、充滿競爭性的新潮社會，處處都是人才濟濟、僧多粥少的情況。每一個甄試或求職的機會，都會有許許多多與你一同競爭的人。通常甄選單位都會先以履歷和自傳，作初步篩選，再通知合格者面試。在這成千上百封各式各樣的應徵函中，負責審閱的主管看一篇自傳的平均時間實際上非常短促，這時你要如何脫穎而出？如果在寫自傳時一板一眼的、娓娓述說個人平淡無奇的生平流水帳，是很難搶得致勝先機的。

不過在強調寫作自傳的重點前，我們還是要再度強調寫作的八個W。我們在寫作自傳時，要無時無刻想到：為什麼要寫這份自傳(Why)，這份自傳將來最有可能的閱讀者是誰(Whom)，再設想這可能的閱讀者身處的時空環境(When & Where)，才能據此決定這份自傳應該包括哪些內容(What)，要用什麼體裁(Which)及手法(How)，才能展現出我(Who)的特色。現將自傳寫作的重點略述如下：

㈠了解甄選校系或徵才公司

事先了解甄選校系或徵才公司的特性，同時根據所蒐集的相關資料，為自己和應徵機構量身訂作一份合適的自傳，才能在精鍊的敘述中，凸顯個人的優勢與長處。因為了解，所以你可以在自傳中，展現對於該校或該職務的熟稔與清晰，讓閱讀自傳的人覺得你完全就是自己人，不是外行人。當你的主試官覺得你像自己人時，你應該已被錄取了一半。

另外也應該交代參加甄選或求職的動機。為什麼要參加該校系的招生？為什麼要應徵這個職務？如果你能回答這些閱讀自傳者的疑問，並且針對自己的長處提出說明，展示相關的證據（如成績單、證照等），說明自己適合該科系或此項工作，那麼錄取機會自然大增。

找找看

終於要開始準備寫自傳了，請按照前面設想的生涯規劃，設定一個你想報考或者應徵的單位，開始蒐集、分析相關的資料。

（二）自我介紹

在自我介紹時，可用社會已定型的觀念來界定自己的特色。比如用出生地、星座、血型這一類大家習慣接受而不太懷疑的方式，像是一般人多半認為南部小孩刻苦努力，北部小孩機靈活潑等；或是說自己是刻苦努力的牡羊座，或想像力豐富的雙魚座等。如果你有許多社團或工讀經驗，最好自行分類，以年表方式列出（在附件中可附上你的得獎作品與社團經驗、比賽成果），以便主管一目瞭然。

自傳的形式不一定要一成不變，可以充滿創意地凸顯自己的特點，技巧地掩飾自己的缺點，當所求職務與自己所學背景相差甚大時，更要採用「聲東擊西」的方式推銷自己。

(三)抄謄與編排

考量到閱讀自傳者要大量閱讀自傳的時空環境，所以我們的自傳更要在抄謄或編排上下功夫。首先，字數不宜太多，以簡明扼要為主。儘量不超過一頁。若字數過多，可以另外加「附錄」。抄寫或編排時，要注意外觀雅潔、大方、明亮，字間與行距適當清晰，簡單、易讀，使主事者閱讀時不致耗費眼力。如果自認書法嫻熟，可採用手寫；有時閱讀者可以透過字跡，對求職者的態度、寫作能力及個性作初步評估。如果採用電腦製作，字體採用12至14號為主，並運用字體變化、妥善利用灰階、陰影來凸顯編排特色，但字型不要超過三種，避免過於花俏雜亂，以致弄巧成拙。列印時要選擇合適用紙。用紙色彩可以選擇白色或是中性淡色系列，紙張不要有香味，也不宜奇形怪狀，除非應徵的是富創意性的設計等科系或職務。如果利用電腦製作時，舉凡應該簽名之處，都應該親筆簽名，以示尊重。

(四)文章用語與結構

自傳講究的是創意要新，詞彙要舊。因為新穎的觀念，是讓人接受與欣賞的條件，但是不要考驗主考官的「識字」能力。詞彙太新潮或太冷僻，不一定能讓人了解，極易造成輕浮或炫才的印象。

文章行文要精簡扼要，用語要明確自然，使人易懂，不要說得太長，也不要重複一些不著邊際的話語。有關事實的陳述，應簡潔扼要。這些都足以顯示你邏輯思考是否縝密、文字表達是否流暢。凡是要多著墨、多表達之處，應該是能凸顯你適合該系或該工作的地方。因為對方可能只有幾分鐘的時間看你的自傳。如果內容有不妥，文法不正確，錯別字連篇，當然可以請親友老師幫忙，由他們幫你檢視。

最後，我們可以幫自傳的段落下一些小標題。這些小標題，不但可以讓自傳顯得有條理，而且有創意的小標題，可以給人耳目一新的感覺。例如敘寫自己生平時，將兒時的點滴，取一個「蛹之生」的標題；敘述影響你最大的人物或事件時，定名為「蛻變」或「重生」等。雖然文章內容大同小異，卻也顯現出應徵者的構思結果。所以有人說，自傳的寫作要有見血封喉的筆力，開頭要俊秀光鮮，主體要充實飽滿，結尾要靈巧有力。至於內容的舒展，則各逞其能，變化萬千。

除了上述基本原則外，為了適應社會的潮流，我們還可以藉著電腦，利用多媒體程式如PowerPoint，或架設個人網站，以生動活潑的方式，做成多媒體自傳。這些具有聲光效果的自傳，不但可以呈現你運用電腦軟硬體的能力，更展現出你獨一無二的創意，是表現個人風格與能力的最佳管道。

寫寫看

為了準備寫自傳，我們已經做了這麼多準備功夫。現在請你按照我們上述的重點，以你前次設定的報考學校或應徵工作，寫出一篇與眾不同的自傳。

第三節　履歷的作法與範例

履歷表是指在一張紙卡上，條列出個人的基本資料、學經歷、專長等項目，讓閱讀者能以最快的速度對你有一個概括的認識。說穿了，其實履歷就是簡化的表格式自傳。市面上有現成印好格式的履歷卡（表）出售，格式雖然不一而足，但所包含的項目大致相同。依式填寫，似乎並不困難，然而由於其欄位、格式固定，未必能符合每一位應徵者的需求，因此，自行設計、製作、列印履歷表，也可以展現你對於甄試或應徵工作的誠意。以下就填寫履歷表與製作個人履歷表，分別說明應該注意的事項：

一、填寫坊間現成的履歷表

如果你要選擇市售的履歷表，應多加比較，選購表格項目和書寫空間比較適合的來填寫。填寫時注意的事項如下：

(1)使用正楷，字跡端正，不可潦草，切忌塗改，如有錯誤，應換卡（表）重寫。

(2)一切資料，以正式文件所登錄者為準，如姓名、籍貫等，依國民身分證上資料填寫。

(3)年齡計算以填表時的年分，減去出生年分即可。

(4)通訊處務必詳明正確，並留下電話號碼、傳真及E-mail。

(5)學歷從高到低順序書寫，如果格子太少，只寫最高學歷亦可。

(6)曾任職務如果不多，按自先而後的原則條列書寫；如果很多，可擇要列舉。

(7)所貼相片，最好事先將姓名、電話寫在背面。

寫寫看

請你尋找坊間各式各樣的履歷表，並選擇其中最合乎你需求的格式，按照上述的注意事項填寫，完成一份履歷表。

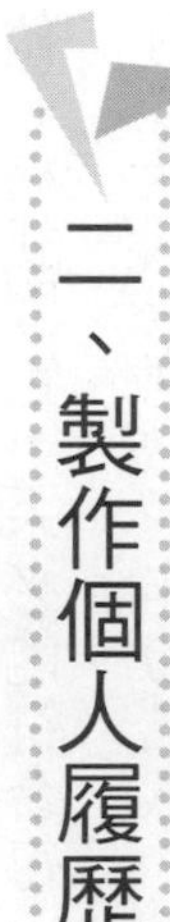

二、製作個人履歷表

如果你想自己設計履歷表，一樣也要先判斷甄試校系或徵才公司比較注重的項目，然後再據此設計個人的履歷。不過大體說來，一份履歷表應該有以下的內容：

(1)**基本資料**：姓名、性別、年齡、籍貫、出生地、出生年月日、身分證字號、地址、聯絡電話、傳真、E-mail、部落格、照片、身高、體重。這些項目的重要性不一，可以斟酌放入履歷表中。

(2)**學經歷**：可以細分為學歷與經歷。學歷可以填寫正式學歷、各種檢定資格考試的成績。經歷則可以是工讀、實習，參與民間社團、校內社團及班級幹部等歷練。

(3) **專　長：**至少要包括語言與技能兩大項。語言部分還可以細分為外語能力與方言能力。專長部分除了本職學能的專長外，對於能夠使用哪些電腦軟體，也應列出。

(4) **其　他：**如果曾經有相關競賽的獎狀、獎牌，或是專利、著作、證照等，一定要在履歷表中呈現。如果是求職的履歷，剛從學校畢業、無正式工作經驗者，可以條列工讀經歷、實習經歷、參加民間社團、校內社團及所擔任之班級幹部代替，以證明自己的工作及領導能力。如果連上述經驗也極為缺乏，則可列舉自己最拿手的科目、做過的專題製作或報告篇目、記功嘉獎及優良事跡。履歷表中所提到的榮譽、證照、檢定、學歷、經歷等，可提供服務證明、結業證書、獎狀、學經歷證照等影本或者專題製作成果當做附件。

寫寫看

請你依據上一節設定的報考學校或應徵工作，自己設計、填寫一份履歷表。

心得筆記

第七章　書信的格式與寫作

學習重點

一、了解書信的功能與重要性。

二、認識書信的格式與寫法。

三、學習求職書信的寫法。

第一節　書信的功能與重要性

在通訊設備未臻齊備、發達的時代，書信是人與人之間遠距交換、傳遞、討論信息、思想、情感的重要溝通方式。「書信」二字，「書」指書寫，引申為所寫的內容；「信」指傳遞信簡的使者，後來亦泛指信簡。在紙張未發明之前，人們以竹片、木片、布帛寫信，因此牘、書、素、簡、柬、箋、札、牒等字都有書信的意思。書信的長度約在一尺左右，因此常與尺連繫，而有尺書、尺牘、尺素、尺簡等名稱；由於多用毛筆書寫，故又有書翰、文牘、書牘等名目。發信時需加封緘，故也通稱「函」。

書信的源起，出於時間、空間場合的限制，無法當面說、不方便當面說，或文字表達會比言語來得更完整而具條理。因無法面對面說，所以總是盡力模擬臨場感，來個「如晤」，就宛如對面晤談一般；因不方便面對面說，所以在「說」的時候，總是要做一些客套、守一些分寸，讓雙方都不至於失禮、尷尬；而文字組織條理清晰、確切明達、信而有徵的特性，則顯然又遠勝於純粹的言語。因此，古代文人往往藉書信作應酬、請託、聯絡，以及抒情、議論之用。西方人說：「書信是最溫柔的藝術。」就古代而言，確是實情。

晚近以來，由於通訊設備的高速進展、生活節奏及型態的急遽變化，以方便、快速、直截為特色的電話、E-mail、bbs、即時通、視訊，普遍為世人所習見樂用，寫信這門最溫柔的藝術逐漸被人淡忘，除了部分懷古或守舊的人士仍珍視寶愛外，大多數的人幾乎一年寫不到一封書信了。梁實秋形容接到書信「朵雲遙頒」的樂境，大體上也差不多要淡出我們的生活圈了。E-mail雖號稱電子郵件，但基本上取電子之快捷為主，而於信郵未免猶隔一層，「加餐飯」的功能遠遠勝過「長相憶」，至於有關的行款、格式、儀節等，更是乏人措意了。

書信在現代的功能，已被電話、電腦視訊所取代，可供「應用」的部分，降低到最基本的應酬和通知兩項。古代魚雁往返，「暮春三月，江南草長」、「言不盡，觀頓首」的娓娓深情，「白，隴西布衣，流落楚漢」、「轍生好為文，思之至深。以為文者氣之所形」的侃侃議論，不消說是「斷無消息」了；就是請託、告貸，大抵也不必白紙黑字徒留把柄，燈紅酒闌、倚香偎玉之餘，就可敲定。現代人對書信的觀點，甚至比雞肋還不如——食之既然無味，棄之更覺得理所當然。

想想看

在我們的日常生活當中，經常會有「難以啟齒」的窘境，這時候，利用不在場的書面文字作表白，無疑可以避免尷尬、暢所欲言。請你想想看，有哪些場合是較適於以書信取代言語的？

第二節　書信的格式與寫法

書信的現代功能不彰，這或許是我們重新審視書信這一種曾經流傳下來無數精妙文章的特殊文體的絕佳時機。首先，我們從書信的「格式」來說。

書信的形式或格式，主要是在強調人際往來的禮節、分寸。人事應對，因彼此間親疏、上下、尊卑的關係不同，說話的語氣、用詞、態度也各自有別。書信雖是遠距通聯，但有時候可以等同正式會晤；人與人會晤談心談事，有一定的儀節，書信自然也需遵守此一規範。「禮多」，或許會讓人覺得煩瑣、拘泥，但至少不會引起「怪尤」；而一旦失禮失節，則極可能導致釁端。因此，古人在寫信時，從稱謂、敬事啟詞、提稱語、應酬語、署名，到信封的書寫、字體的大小偏正、平抬挪抬，都極為講究，唯恐稍有舛誤，就會貽笑大方、引起誤解。就這點而言，書信的用語，可以說是個人文化素養的一種表徵，也不能說沒有意義。

傳統的書信，大體包含：⑴稱謂；⑵提稱語；⑶敬事啟詞；⑷正文：a.開首應酬語、b.主體、c.結尾應酬語；⑸結束語；⑹問候語；⑺自稱、署名、末啟詞；⑻日期；⑼附文，茲以下例作具體說明：

○○先生執事大鑒：敬啟者。初春一晤，侃侃相論，其樂如何！遙想當時情境，猶不禁為之嚮往。睽違經月，想念日深，未知何時得復有翦燭西窗之樂也。辱賜寶函，不嫌鄙陋，約編臺灣文藝名家作品大系一書，盛意至感。弟自歸國後，南北奔波，數月間未遑安頓，至今雖稍得暇晷，然近年來庶務纏身，荒疏已久，能否於一年限期內完成，殊無把握。若不寬假期限，誠恐有誤出版。盼即另覓高明，以免延誤。

耑此，不宣。即頌

著安

弟○○頓首　十月四日

劉總編前請代為致謝、致歉。

這是一封某人寫給書局編輯的信。這封信言簡意賅，整體架構包含如下的幾個部分：

⑴**稱　謂**：「○○先生執事」。稱謂是指對收信人的稱呼，通常包含名（字、號）、公職位、私關係、尊詞四部分，如「○○校長吾師大人」，「○○」是名（字、號），「校長」是公職位，「吾師」是

私關係，「大人」是尊詞。稱謂的使用，端視發信人與收信人的關係而定，這四個部分可以自由調整。此信「〇〇先生執事」先稱名，加「先生」以示尊敬，再加上有專門職掌者通稱的「執事」，就已經完足了。常用的稱謂有「父親大人」（父母親不能呼叫名諱）、「老伯」、「尊親」、「老兄」、「賢弟」、「鄉友」、「老友」……等。

(2)**提稱語**：「大鑒」。為表示對收信人的尊敬，往往在稱謂後面附加敬語，如「尊鑒」、「鈞鑒」、「閣下」、「座前」、「鈞座」、「足下」、「麾下」、「膝下」……等。「大鑒」是恭敬地請人閱覽的意思。

(3)**敬事啟詞**：「敬啟者」。在書信正文之前，用以開首的敬語。類似的有「敬稟者」、「敬肅者」、「謹稟者」。

(4)**正　文**：書信的主要內文，可分為三個部分：

a.開首應酬語：「初春一晤，侃侃相論，……未知何時得復有翦燭西窗之樂也」。又稱「前介」。在書信中未言正事之先，依例都會有若干寒暄、應酬的話語，正如朋友見面以「最近如何」打招呼、聊幾句一樣。這封信以久未相見的懷念為「前介」，正是一種客套。

b.主體：「辱賜寶函，不嫌鄙陋……盼即另覓高明，以免延誤」。寫信必然有其目的，這封信主要的目的是說明自己的狀況，請對方展延期限或另尋高明。

c.結尾應酬語：「耑此」。書信在寫完正事（主體）之後，即當收尾，此時也要做一些客套，而多半是以勉勵、祝頌的詞句表示對收信人的祝福。常用的文句有「謹此」、「肅此」、「敬此」等。

(5)**結束語**：「不宣」。書信的結束語，意思是不一一詳述，類似的有「不敘」、「不贅」、「不一」等。

(6)**問候語**：「即頌　著安」。書信在結尾時，通常要循例問候、祝福對方。常見的如「恭請　金安」、「順頌　學祺」、「敬祝　暑祺」等都是。

(7)**自稱、署名、末啟詞**：「弟〇〇頓首」。信末須簽名或畫押，名後多加附行禮，如「弟〇〇惶恐再拜」、「〇〇拜覆」、「〇〇啟」、「〇〇敬上」等。一般寫信，應署本名，不能用字或號，在名前依雙方關係，或加「兒」、「弟」、「生」、「職」等。「頓首」是末啟詞，表示發信人尊敬、誠懇的在寫這封信。

(8)**日　期**：「十月四日」。書信末尾通常都要附上寫信日期。

(9)**附　文**：「劉總編前請代為致謝、致歉」。書信寫完，如還有一些事需要附帶說明，可附加於信末，一般有並候語、附候語、附件語和補述四種。此信只用附候語。

我們一再強調，任何一篇文章，我們必須審慎思考在寫作過程中，是誰 (Who) 在寫這篇文章？對象是誰 (Whom)？為何而寫 (Why)？寫些什麼 (What)？寫作的時空環境、狀況如何 (When & Where)？選擇何種體式來寫 (Which)？如何具體行文 (How)？從上述的分析中，我們可以看到，占書信篇幅最多，而分項最少的「主體」，屬於 Why 與 What 的範疇，無論受信人是誰，都必須有此內容；而篇幅較少、分項最多的部分，則往往依發信人 (Who) 與收信人 (Whom) 的關係與時空條件 (When & Where) 的不同，而有各種不同的用語及忌避，規範著我們的體式 (Which) 及行文款式 (How)。換句話說，書信的寫作，其實與其他文章的寫作一樣，只是因為寫信的對象是單一或特定的，為了表現禮節、展示個人的學養，因此特別著重收信人閱讀後的觀感，而這也就是許多師長、教科書不斷耳提面命、諄諄告誡的寫信「規矩」。

傳統書信的寫信規矩極多，茲擇要列表如下，以供參考。

類別	對象	提稱語	敬語	問候語	自稱	末啟詞	啟封詞
長輩	親友	尊前 尊鑒	肅此 敬此	敬請金安 恭請福安	視親友關係	謹稟 叩上	安啟 福啟
	政界	鈞鑒 勛鑒		恭請金安 恭請勛安	後學 晚	敬上 謹上	鈞啟 勛啟
	軍界	麾下 幕下		敬請戎安 敬請麾安			
	商界	賜鑒 崇鑒		敬請崇安 敬頌崇祺			鈞啟
	學界	道鑒 麈次		敬請鐸安 敬頌崇祺			道啟 鈞啟
平輩	親友	惠鑒 雅鑒	耑此 特此	敬請台安 順頌時祺	視親友關係	頓首 拜啟	台啟 大啟
	政界	惠鑒 閣下		順請政安 順頌勛祺	弟 妹	拜啟 謹啟	
		麾下		順請軍安			

	軍界	幕下		順頌 勛祺			
	商界	台鑒 大鑒		順頌 籌祺 順請 大安			
	學界	雅鑒 左右		順頌 文祺 順請 撰安			
晚輩	親友	青覽 青鑒	手此 草此	順問 近佳 即問 近好	視親友關係	手啟 手書	啟 收啟
	學界	如晤 雅鑒		即問 近好 即祝 進步	愚 小兄		啟 大啟

這些看似繁瑣的用字、用詞規矩，其實是有原則可循的，基本上可掌握以下兩個原則：首先，確定收信人與自己的關係，親人、朋友、師長輩、平輩、晚輩，應各用不同的詞語；其次，了解對方的身分與職位：政界、軍界、商界、學界，也應各有不同。一般說來，愈是生疏、隔膜的關係，愈須注意其中的措詞，較為稔熟、親近的家人、親友，反而不須如此客套、見外，只須情意真切、語氣委婉、言事周到即可。

書信往往是因「事、情」而起，故實際上最重要的還是此一「事」的內容：「事項」如何說得清晰明白？「事理」如何說得通暢透徹？「事情」如何說得委婉周到？無疑才是最核心的部分。自古以來，許多以書信、尺牘見長的名家，在他們出版相關書信集的時候，往往就將一些拘泥過多的客套話，盡數省略，如號稱「清代三大尺牘」的袁枚小倉山房尺牘、許思湄秋水軒尺牘及龔萼雪鴻軒尺牘皆只錄內容，不多客套，而文辭簡潔雅麗、雍容有致，足見真性情、真學問。因此，書信一道，大可直抒胸臆，坦率以見情，所謂的「規矩」，但求不失舛錯，便已足夠，這也是現代人寫信所應理解的。

就此而言，現代書信當然也無須過於拘守傳統的格式，茲舉一例對照如下：

		傳統書信	現代書信	說明
稱謂		父親大人	爸爸：	親切自然
提稱語		膝下：		可省
敬事啟詞		敬稟者		可省
正文	開首應酬語	翹首 慈顏，倍切依依。	近來還好嗎？非常想念您。	用白話更顯得親切；挪抬、平抬都可省卻。
	主體	離家返校，轉眼已三閱月，昨接 手諭，得知家中近況，稍解孺慕之情，而弟妹課業進步，尤令人欣喜。男在學校，起居作息，均有定時，尊敬師長，友愛同學，專心課業，一遵 大人平日之教誨，不敢稍有怠忽，以期學有所成，庶不負 大人之殷望，又可為將來立足社會奠下基礎。上次月考成績已經公布，男各科均有進步，然絕不敢自滿，深盼更努力勤	返校已經三個月了，昨天接到來信，知道家中一切平安，弟妹也認真讀書，非常高興。我在學校，起居作息都很有規律，請不要掛念。上次月考，我每科都考得不錯，相信只要持續努力，一定會有更好的表現，到時您可要嘉獎我喔！	

項目		文言	白話	備註
		讀，於期末考再上層樓，以為寒假返鄉時呈奉 大人之獻禮。		
結尾應酬語		寒暖不一，至祈 珍重。	天氣轉涼了，請您多注意身體。	
結束語		肅此，	謹此	
問候語		敬請 金安	祝您 身體健康	
自稱、署名、末啟詞		男大展叩上	兒大展敬上	
日期		○月○日	○月○日	
附文	並候語	母親大人前，乞代叱名請安。	請代向媽媽還有大德表哥問候	可有可無。也可化入正文中。
	附候語	表兄大德附筆候安		
	附件語	牛舌餅、鳳眼糕各一盒，另郵寄。	又：我買了您喜歡吃的牛舌餅和鳳眼糕，過幾天寄給您嚐嚐。	
	補述語	再者：日前感冒已癒，盼勿掛懷。又啟。	PS：我感冒已經好了，不用擔心。	

現代人寫一封以聯絡感情為主的家書，文縐縐的以文言文書寫，又扭捏作態的說一些言不由衷的話語、拘泥傳統的格式，反而會拉遠了彼此間的距離，看起來不免有點「假」；倒不如直抒情懷、如在眼前來得親切可喜。基本上，書信的文體，可文可白，偶爾文白夾雜，也未嘗不可，但求措辭得體、敘事有序、行文簡明、格式合宜即可，最忌諱的是裝腔作勢、假意虛情。

寫寫看

書信一開頭就是稱呼，結束署名的上面還是稱呼，行文中免不了還要稱呼他人，如果稱呼弄不清楚，難免要鬧出大笑話。所謂的「措辭得體」，往往也在這些稱呼的合宜與否上。請試填寫下面的空格：

稱呼別人的親族時，習慣上都會加上一個（　　　）字，以示尊重，因為這個字有好、美、善的意思。例如稱呼別人的女兒我們就會說（　　　）；敬稱人家的父親，我們就會說（　　　）。但是凡稱自己家族親戚的尊輩，習慣上加一（　　　）字，如稱呼自己的父親，我們會說（　　　），稱呼自己的哥哥就會說（　　　）；但稱呼自己家族的晚輩，則會加上（　　　）字或（　　　）字，如稱呼自己的弟弟會說（　　　），稱呼自己的女兒則會說（　　　）。不過若親人已經亡故，則（　　　）字改為（　　　），例如歸有光記載母親事跡的名作（　　　）事略；而（　　　）字、（　　　）字改為（　　　），如稱自己已過世的弟弟為（　　　）。相同的道理，我們稱呼對方多半會加上「賢」字，稱呼自己則用「愚」字。例如稱人父子多半用（　　　），自稱則是「愚父子」；稱人兄弟為（　　　），自稱「愚兄弟」。稱人夫婦為（　　　），自稱「愚夫婦」。

在現代書信中，朋儕、親友之間的聯絡，以抒發情懷、言事論理為主，親切自然是第一要務；唯獨對師長、長官、較疏遠的長輩、有所求的對方等，則不可不注意到若干具禮貌性意義的細節。這些細節，儘管可依現代書信的寫法，予以省略、化用，但為了表示敬意，同時也展顯自己的人文素養，適度的運用較典雅大方的文句，並遵循成規，也是勢所必需的。

信封是收信人第一個矚目的焦點，因此也不妨稍加留意。茲將中西各式的信封寫法，示範說明如下：

1. 直式信封書寫方式：

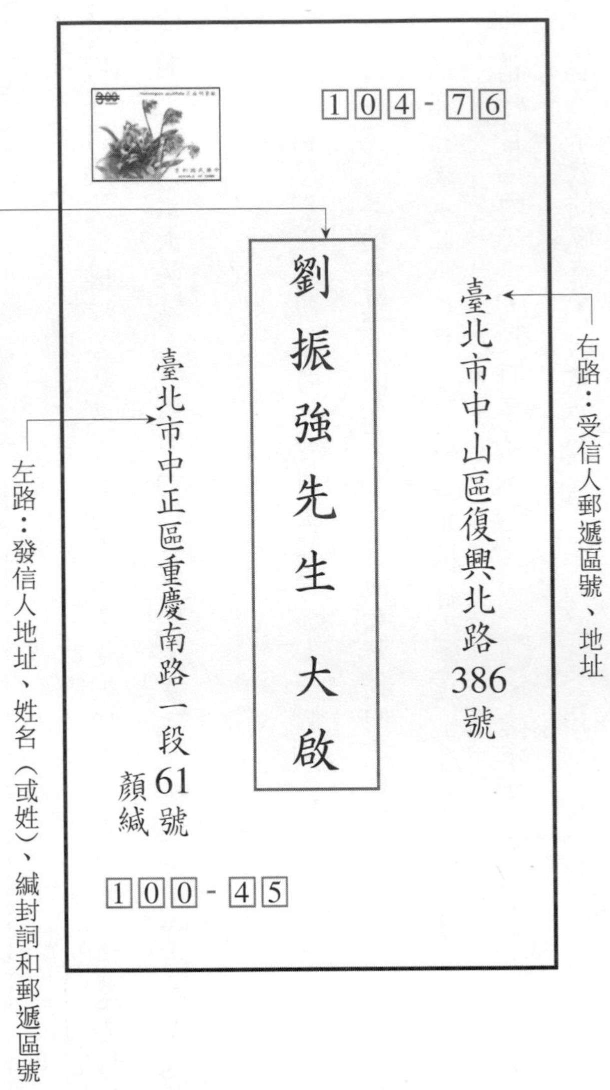

104-76
臺北市中山區復興北路386號
劉振強先生大啟
臺北市中正區重慶南路一段61號
顏緘
100-45
右路：受信人郵遞區號、地址
中路：受信人姓名、稱呼、啟封詞
左路：發信人地址、姓名（或姓）、緘封詞和郵遞區號

2. 橫式信封書寫方式：

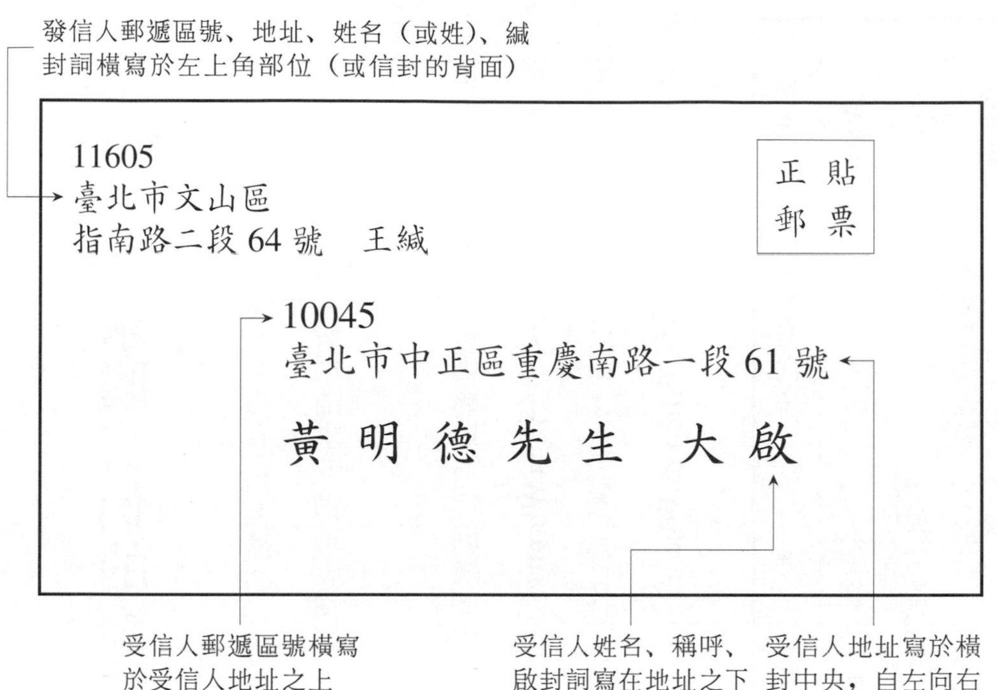

發信人郵遞區號、地址、姓名（或姓）、緘
封詞橫寫於左上角部位（或信封的背面）
11605
臺北市文山區
指南路二段 64 號　王緘
貼
郵票
10045
臺北市中正區重慶南路一段 61 號
黃明德先生　大啟
受信人郵遞區號橫寫
於受信人地址之上
受信人姓名、稱呼、
啟封詞寫在地址之下
受信人地址寫於橫
封中央，自左向右

3. 國際郵件橫式書寫方式：採由小到大排序。

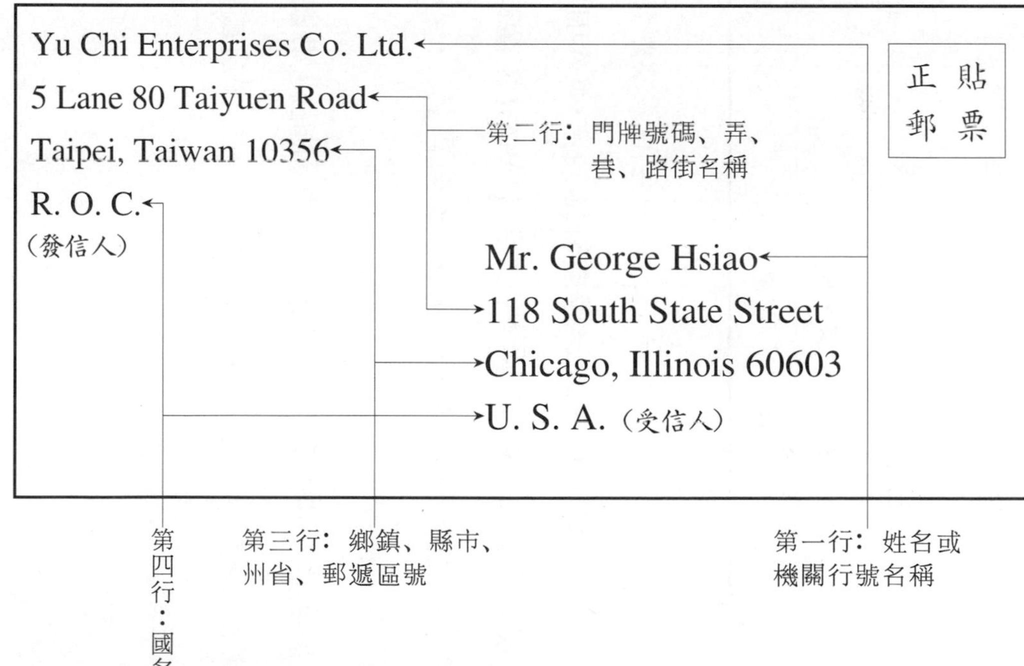

Yu Chi Enterprises Co. Ltd.
5 Lane 80 Taiyuen Road
Taipei, Taiwan 10356
R. O. C.
（發信人）
貼
郵票
第二行：門牌號碼、弄、
巷、路街名稱
Mr. George Hsiao
118 South State Street
Chicago, Illinois 60603
U. S. A.（受信人）
第四行：國名
第三行：鄉鎮、縣市、
州省、郵遞區號
第一行：姓名或
機關行號名稱

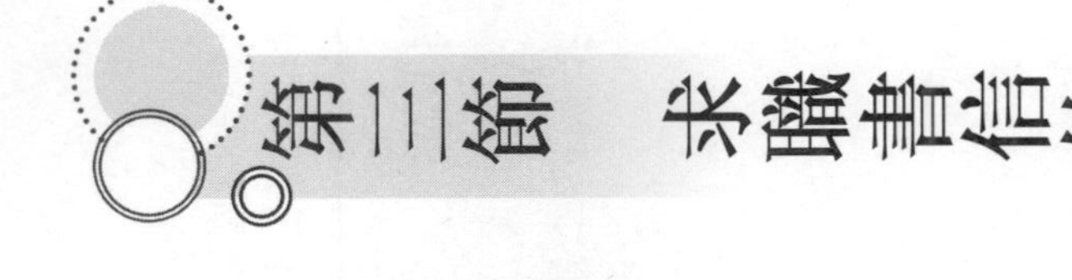

第三節　求職書信的寫法

在現代競爭劇烈的社會上，求職信大概是一般人最常寫的書信了。尤其是初出校門的新鮮人，一無依傍，往往只能憑藉著文采斐然的求職信搏取獲得青睞的機會。這是「有求於人」，因此就不能率性而為，更不能不懂禮節。

求職書信的寫作重點，仍應該以寫作的幾個W來作思考：一個剛畢業的大學生（Who），沒有實務工作的經驗，寫信給求才公司的人事主管（Whom），目的是應徵職務（Why）。如是，我們應該寫怎樣的內容，才容易獲得對方的青睞呢（What）？怎麼樣行文較合適呢（How）？如何選擇適當的文體（Which）？我們應該以怎樣的立場來寫（廣義的 When & Where）？讓我們以表格說明如下：

思考點	思考內容	了解項目	說明
Who	自己	個人的條件如何？	剛畢業，無工作經驗
Whom	徵才公司人事主管	1. 對方是怎樣的公司？ 2. 對方的要求如何？ 3. 此行業或工作所須具備的條件為何？	1. 工作性質；信譽、口碑 2. 學經歷限制 3. 熱心、誠信、踏實；口才；語言能力

Why	求職	為什麼想進入這行業？	純粹找工作？理想？抱負？通常一定要強調後兩者
What	內容	1. 對方是個優秀的公司 2. 你很想獲得職務 3. 你的個性、能力適合這個工作 4. 希望對方能夠錄用 5. 工作能力的證明	1. 即使差強人意，也要說優秀 2. 不想獲得職務，你不會來應徵 3. 一定要在這點上加以強調，以增加錄用機會 4. 不卑不亢的請求 5. 證明你所言不虛
Which	體裁、語言	語體文（適時用若干文言）	求職書信以典雅為原則，但也不宜明白如話或純粹文言
When & Where	雙方關係	召募者與應徵者	賓主關係，通常是不熟悉的人，措辭要得體適禮
How	具體行文方式	（見附文及其說明）	（見附文及其說明）

從以上的分析、說明中可以得知，一封書信除了某些屬禮節方面的定式外，最重要的還是內容主體。內容主體 (What) 依自己 (Who)、對象 (Whom) 及目的 (Why) 的不同，各有變化；此三者也決定了我們選擇的體式 (Which) 及具體的行文方法、語氣，甚至遣辭用字 (How)。俗話說：「知己知彼，百戰百勝。」掌握到這點，運用自己平素所培養而得的寫作技巧，一封文筆暢達、事理井然或情致委婉的書信，就雖不中亦不遠矣了。

寫寫看

近一、二年，「中高齡失業」成為臺灣社會「沉重」的現象。所謂中高齡，泛指45歲到65歲。根據主計處2003年10月統計，50至54歲平均待業期達35.23週（8.2個月），55至59歲達38.68週（9個月），年齡愈大愈不容易找到工作，他們的處境也就愈見艱難。

假設，你的鄰居陳先生也在這波中高齡失業潮裡。陳先生今年50歲，他的太太來自越南，兩名子女分別就讀小學、幼稚園，一家四口僅靠他的薪水度日。一年前，陳先生任職的工廠遷往大陸，他因此失業了。雖然曾到「就業服務中心」登記，也應徵過幾個工作，然皆未獲回音。陳先生從事過紡織、餐飲、保全，最近更在社區大學上過電腦課，他迫切需要一分工作，但因文筆不佳，寄出的求職信往往石沉大海，因此拜託你幫他寫一封求職信。他特別強調，對工作性質、地點都不挑剔，希望待遇是4萬元。

在寫這封求職信之前，你必須仔細衡量上述陳先生的狀況，從中選擇若干，做為訴求重點，以便打動僱主的心。那麼你會選擇哪些重點呢？請逐項列出，並說明所以選擇其作為訴求重點的理由。

【注意】：本題用意，並不在要求寫成完整的求職信，作答時，請逐項列出重點並說明理由即可。

【93年學測】

前面講述了撰寫求職書信的注意事項，我們不妨藉一封具體的求職信來說明書信的寫作方法。

〇〇〇經理惠鑒：

久仰　貴公司於臺灣房地產仲介業盛名卓著，口碑傳揚，向來執仲介業牛耳；而「仲介一次，服務一世」的信念，更可稱得上是業界楷模。在臺灣房地產多次不景氣的風波衝擊下，　貴公司仍能屹立不墜，持續在業界大放異彩，良有以也。

本人畢業於〇〇大學〇〇系，就學期間，於口耳相傳之際，即得知　貴公司經營大要，一直以能到　貴公司服務為最大心願。據報載，　貴公司有意招聘業務人員數名，以拓展業務。本人雖初出茅廬，經驗未豐，但在校期間即多次擔任班級服務幹部，一向以熱心、誠懇、踏實，蒙獲師長及同學讚譽；亦曾參加過健言、辯論社團，能操流利的國、臺、客語；平時閱讀，也不乏房仲業相關的書籍，自信能在房仲業上有一定水準的表現。因此，特來應徵，望蒙錄用，以展所長。不勝感激。謹此。敬頌

籌祺

晚〇〇〇敬上　〇月〇日

隨函附呈相關履歷、證明，敬請　參閱。

Whom、When、Where。對方是你有所求的人，理當依禮稱呼。

What、Why。對該公司先作頌揚，通常可從歷史、體制、財務、管理、信譽等方面著手，一方面可搏取好感，一方面也可強調自己欲進入該公司服務的決心。

Why、What。簡要說明自己學歷，並強調進入該公司的決心。

Why。說明自己會來應徵的原因。

Who、What。說明自己的優長，以增加錄用的機會。

結尾的客套。

What。請對方給自己一個機會。

Who、When。署名、日期。

What。相關附件，如履歷表、證書、獎狀等，用以證明自己的工作資格和能力。

寫寫看

我們在上一章節中已經設定好欲求職或甄試的公司或校系，並且寫好自傳與履歷，現在請你寫一封求職信或自我推薦信，並填妥信封。

第八章　題辭與對聯

一、了解中國文字的特色及其與題辭、對聯的關係。

二、認識題辭的用法。

三、學習對聯的原理與應用。

中國文字（漢字）的字形結構穩重大方、優美勻稱，音節單一齊整、聲調抑揚多變，字義歧義紛出、變而有常，雖然在使用、學習上較難入手，卻擁有其他系統文字所未能有的特殊文學表現形式，從駢文、律詩、詞曲，到對聯、詩鐘、書法、燈謎、酒令、題匾等，都充分展露了中文的藝術魅力與文人雅趣。其中題辭與對聯在當代社會中仍具有活躍的生命力量（通常與書法密切結合），在以下兩節中，我們將作重點介紹，以增進同學對中文更深入的了解。

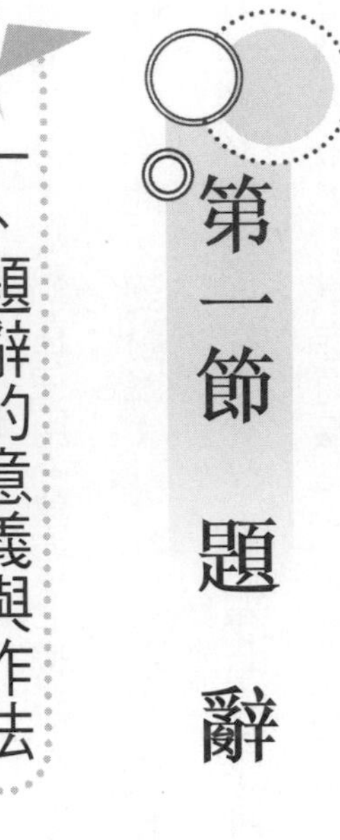

第一節 題辭

一、題辭的意義與作法

中文字詞的組合，通常是從一個字增衍成兩個字的「詞組」，再擴大成為三個字、四個字的，其中四字的詞組運用最廣，不僅是文句中表情達意的主要部分，也往往是展現文句密度的關鍵。所謂文句的「密度」，指的是文句中字數多寡的比率，表達同樣的意義，字數愈少，密度愈高。不僅如此，由於淵遠流長的文化積累，四字詞語往往富涵掌故，可以精簡扼要的凸顯某種特定的意義。如常用來贈送畢業生的「鵬程萬里」四字，就出自莊子逍遙遊，鵬飛萬里的意象，正可表徵學子羽翼豐滿、振翅高飛；而用以遺贈教師的「杏壇之光」，則出自莊子漁父，相傳杏壇是萬世師表孔子講學授徒的地方；至於「弄璋誌喜」、「弄瓦徵祥」，則是出於詩經小雅斯干，可分別用以慶賀親友生兒、育女。由於四字詞語意象飽滿、涵蘊深刻，不僅在婚喪慶弔的場合可以派得上用場，舉凡日常生活中的頌揚、致謝、祝福、期勉、警戒或哀悼，也都可以用來表達一己的情意——一般我們稱為「題辭」。

題辭多半鐫寫在木板（匾額）、布帛（幛軸）或紀念冊上，儘管如今社會上有許多現成的題辭可供選擇，但如果能自己撰寫，不僅可顯示個人的尊重及誠意，無形中也更拉近了彼此的情誼。在撰寫題辭時，首先須明確了解對方的身分 (Whom)，包括年紀、性別、行業；其次清楚知道是為何事而寫 (Why)；最後是考量自己與對方的關係為何 (Which) 以及相關的時間與場合 (When & Where)。

這幾個考量基準，缺一而不可，例如同為遺贈年長女性，祝壽可用「懿德延年」、「慈竹長青」、「寶婺星輝」、「萱堂凝瑞」、「壽徵坤德」等；而如屬哀輓者，則宜用「母儀足式」、「駕返瑤池」、「閫範長存」等，這是由於「懿」、「慈」、「寶婺」、「萱堂」、「坤德」、「閫範」、「母儀」、「瑤池」皆屬女性用辭，不能用於男性。有時候對方行業的性質，亦須加以考量，如教師、軍人、商人等，教師宜強調其化育學子的貢獻、軍人宜凸顯其捍衛國家的功績、商人宜著眼於其事業開創的成就，如「春風化雨」、「國之干城」、「駿業宏開」等。

題辭多半以四個字構成，精簡扼要、涵意深切，在撰寫時，有幾個原則可以掌握：

(1) 由於題辭多數用以遺贈，故必須從「好」處上說，無論是人是物（如亭臺樓閣、名勝風景），皆以適度的讚美、頌揚、緬懷為宜。

(2) 撰寫時可從對方的人格、風範、成就、期許等入手，選取適當的字詞加以組構。

(3) 多與同類型的古人對舉，或化用經典名句，文辭將更典雅大方，如醫生可與扁鵲、華佗、杏林繫聯；教師可舉孔子（師表、杏壇）、馬融（絳帳）、二程（立雪）映襯；商人則子貢（端木）、范蠡（陶朱）；而無論四書（如「盈科後進」、「深造有得」）、五經（如「宜其室家」、「美輪美奐」）、史籍詩賦（如「修文赴召」、「西窗無語」）的詞句或典故，皆可化用。

題辭用字言簡意賅、音調協鬯，在字義上須審慎斟酌，例如「遺風」、「高風」、「遺愛」、「流芳」、「宛在」、「猶存」、「永昭」等詞，皆屬哀悼的用語，萬不可用以遺贈還在世的人，以免貽笑大方。在句法上，題辭多數是2-2的句式，一般以「平開仄合」、「仄起平收」（即第二、第四字的平仄相反）的方式協調音節，前者如「珠聯璧合」、「里仁為美」，後者如「松柏長青」、「永浴愛河」，皆音調順暢，可琅琅上口。

題辭的正文由右而左橫寫（亦可直寫），題於中央。上、下款通常都是直寫，上款在右上方，下款在左側中部，款識字體小於正文。有紀念性而值得永久保存的題辭，在下款的左側，則宜加上致贈日期。

查查看

隨著王建民在美國職棒大聯盟發光發熱，我們都會稱他為「臺灣之光」，其實在題辭中「□□之光」就是很好用的詞彙。例如：「翰苑之光」一詞，「翰」是毛筆，所以可以用來祝賀別人書法、作文比賽得到優勝。以下幾種□□之光請你寫出它的適用情形。

1. 杏壇之光——
2. 杏林之光——
3. 憲政之光——
4. 藝苑之光——

二、題辭範例

(一)婚嫁類

1. 訂婚：緣定三生、文定厥祥、白首成約、良緣宿締
2. 結婚：花好月圓、百年好合、鸞鳳和鳴、珠聯璧合、佳偶天成
鳳凰于飛、天作之合、詩詠關睢、鐘鼓樂之、秦晉之好
3. 嫁女：于歸協吉、桃灼呈祥、桃夭及時、妙選東床、燕燕于飛
之子于歸、宜爾室家、宜其家人、摽梅迨吉、雀屏妙選

(二)哀輓類

1. 男喪：福壽全歸(老)、道範長存(老)、南極星沉(老)
人琴俱杳(中)、哲人其萎(中)、音容宛在(中)
修文赴召(少)、天不假年(少)、夏綠霜凋(少)
2. 女喪：母儀足式(老)、女宗安仰(老)、慈竹風凄(老)
彤管流芳(中)、淑德永昭(中)、婺彩沉輝(中)

蘭摧蕙折（少）、繡閣花殘（少）、玉簫聲斷（少）

3.輓師長：高山安仰、立雪神傷、教澤長存、風冷杏壇

馬帳空依、木壞山頹、桃李興悲、淑教流徽（女）

4.輓朋友：響絕牙琴、痛失知音、人琴俱杳、話冷雞窗

5.輓政界：國失賢良、忠勤足式、甘棠遺愛、勛猷共仰

6.輓工商界：端木遺風、貨殖流芳、頓失繩墨、商界楷模

(三)壽慶誕育類

1.男壽：松柏長青、南極星輝、南山並壽、德碩年高

2.女壽：萱堂日永、春滿北堂、帨輝增華、慈竹長青

3.雙壽：椿萱並茂、極婺聯輝、偕老同心、弧帨爭華

4.生子：天賜石麟、熊夢徵祥、喜得寧馨、慶叶弄璋

5.生女：明珠入掌、綵帨增輝、弄瓦徵祥、彩鳳新雛

6.生孫：樂享含飴、瓜瓞延祥、孫枝茁秀、繩其祖武

(四)慶賀

1. 校慶：為國育才、卓育菁莪、百年樹人、敷教明倫

2. 當選：眾望所歸、造福鄉梓、為民喉舌、德劭譽隆

3. 居室：新居——美輪美奐、潭第鼎新、昌大門楣

遷居——里仁為美、鶯遷喬木、德必有鄰

4. 開業：商店——業紹陶朱、萬商雲集、近悅遠來、駿業宏興

醫院——杏林春暖、華佗再世、著手成春、仁心仁術

旅社——賓至如歸、群賢畢至、近悅遠來、高軒莅止

書店——名山事業、文光射斗、斯文所賴、琳瑯滿目

工廠——開物成務、富國之基、工業建國

報社——啟迪民智、激濁揚清、暮鼓晨鐘

5. 退休：開模樹範、功深澤遠、銘佩同深、懋著賢勞

6. 畢業：鵬摶九霄、扶搖直上、盈科而進、鶴鳴九皋

7. 比賽：體育——允文允武、技藝精湛、我武維揚、健身強國

演講——音正詞圓、詞嚴義正、立論精宏、宏揚真理

書法——鐵畫銀鉤、健筆凌雲、秀麗超倫、龍飛鳳舞

音樂——高山流水、玉潤珠圓、新鶯出谷、繞梁韻永

作文——文采斐然、才氣縱橫、倚馬才長、妙筆生花

寫寫看

如果你的親戚好友開了一間餐館，請你替他題個辭，你可以從哪些角度來撰寫？請你寫寫看。

提示：

1. 從踴躍的賓客著手：
2. 從精湛的廚藝著手：
3. 從飲食的哲學入手：

第二節　對聯

題辭是充分運用了中文字義、典故及音韻所開創出來的中國文學特色之一，儘管時至今日，仍然是日常生活中極其重要的人際關係手段；但由於言簡意賅，尚未能發揮中文特有的音律美感，真正完美的體現了中文形音義三者契合之美，並結合著書法藝術而展現的，毫無疑問，首推對聯。

對聯是當今社會上猶普遍流行的文化之一，無論亭臺樓閣、寺廟宮觀，乃至私人別業、廳堂、房門、

斗室，都可見到蹤影。或表記一方山水名勝，或禮贊各地佛道殿宇，或迎新春，或致哀忱、或頌節慶，可以書贈名士，也可以記慨自寓，寄意深遠，高雅脫俗，融文學、書法於一爐，可謂是中華文化的瑰寶。

一、對聯與對仗

對聯又稱「聯語」、「聯文」，俗稱「對子」，學術一點則稱「楹聯」、「楹帖」。「聯」有連結、合併的意思，兩兩相襯，以凸顯意涵，這就是「對」。基本上，這是源於中文字形獨立、音節單一的特性而發展出來的文學技巧，早在易經「雲從龍，風從虎」、書經「滿招損，謙受益」的文句中，就已經發現相同字數、詞性的文句，不僅可以增強意義內涵，更具有平衡、和諧、對襯的美感效果，逐漸開始受到普遍的重視，如莊子「朝菌不知晦朔，蟪蛄不知春秋」、孟子「富貴不能淫，貧賤不能移，威武不能屈」、荀子「不積蹞步，無以致千里；不積小流，無以成江海」等，皆以聯語的形式塑造出優美的文句。

聯語在後代逐漸發展成以「對仗」為基本原則的文學形式，主要是有賴於「駢文」和「律詩」的興盛。駢文興盛於六朝，講究對偶精工、用典適切、辭藻華麗、聲韻和諧，常以成對的文句出現，如「昔年移柳，依依漢南；今看搖落，淒愴江潭。樹猶如此，人何以堪」、「振葉以尋根，觀瀾而索源」、「連篇累牘，不出月露之形；積案盈箱，唯是風雲之狀」、「一坏之土未乾，六尺之孤何在」、「秋水共長天一色，落霞與孤鶩齊飛」、「六王畢，四海一；蜀山兀，阿房出」等，其中四字、六字的運用最廣，故又稱「四六文」。駢文對偶精切，文句密度高，意象飽滿充實，音調又和暢諧美，往往有許多警策的名句，但音調屬自然韻律為多，並不刻意講求平仄規律。及至律詩出現，才又援納而入，形成後代屬對精巧的對聯。

律詩的格律，主要在第二、第三兩聯，其中的平仄有嚴格的規範，大抵上以如下的平仄對仗為原則：

（仄仄）平平平仄仄，（平平）仄仄仄平平

（平平）仄仄平平仄，（仄仄）平平仄仄平（括弧為七律）

平仄如此的協調，使得律詩的音樂性格外濃厚，無論是誦讀或吟唱，出色的作品每能藉音律（聲情）與文義（文情）的配合，締構成美妙動人的詩章，這也是中華文化中最精彩、華麗的一頁。

二、對仗的原則

對聯的興起，據傳始於後蜀孟昶「新年納餘慶，嘉節號長春」之句，大抵上是衍傳自古代「桃符」的民間習俗；其後陸續發展，到宋代而蔚為大觀，流傳至今已有一千多年的輝煌歷史。律詩最講究「對仗」，同樣的對聯也以「對仗」為原則。所謂「對仗」，指的是：

(1)**字數相當**：對聯分上聯（上句、出句）與下聯（下句、對句），兩聯必須字數相當，不能任意增減。

(2)**詞性相同**：相對應的兩字（詞），詞性必須完全相同，名詞、動詞、形容詞、副詞、實字、虛字皆須字字對應。此外，上聯如有重複的疊字、專有名詞、顏色、數目、方位等字時，下聯亦應相對；上聯已用過的字，下聯不可再度出現。

(3)**平仄相反**：相對應的兩字，必須平仄相反，其中尤以偶數字為嚴格，奇數字可以不論（一三五不論，二四六分明）；但上聯末字一定是仄聲，下聯末字為平聲（張貼對聯時，以面對著張掛處的右方貼上聯，左方貼下聯）。

三、四聲與平仄

平仄與詞性是對聯中最重要的成素，也是初學者最感到棘手的部分，學習對聯，首先就要先懂得辨識平仄、區別詞性。漢字是單音節的字，每個字都有不同的聲調，如現在國語中有「一聲（ˉ）、二聲（ˊ）、三聲（ˇ）、四聲（ˋ）」，廣東話裡有「九聲」，閩南語、客家話中有「七聲」；所謂的「平仄」，是以古代漢語中的「四聲」（平、上、去、入）來區分的，其中平聲屬「平」、「上去入」三聲屬「仄」。由於語言的流變，現在國語中已沒有「入聲」，而分別歸化到其他三聲中了，因此，辨識平仄相對來說比較困難。

	平		仄		
古代四聲	平		上	去	入
國語四聲	一聲陰平	二聲陽平	三聲	四聲	分別化入一二三四聲中

關於四聲的音調特色，古人曾經有過「平聲平道莫低昂，上聲高呼猛烈強；去聲分明哀遠道，入聲

短促急收藏」的口訣，頗為簡明扼要。

習作對聯，平仄的辨識原則只有一個，就是「非平即仄」——凡是不屬平聲的字，就一定是仄聲。因此，先確定此字是否平聲最關重要。國語中的三四聲必然是仄聲，一聲和二聲是否真的就屬平聲，就是辨識的關鍵了。在此，懂得廣東話、閩南語、客家話的人，牢記「入聲短促急收藏」一語，在辨識上就較能應口得心——凡是語尾發音急促、發過即收的字，必然是入聲字（語尾收K、P、T），如屋、服、福、竹（國語收ㄨ）；局、菊（國語收ㄩ）；覺、絕、薛、潔（國語收ㄝ）；石、職、實、吃（國語ㄓㄔㄕ的一、二聲）；佛、活、舌、喝（國語收ㄛ、ㄜ）；急、七、積、易（國語收ㄧ）；八、刮、達、拔（國語收ㄚ）等皆是。

四、對仗與詞性

平仄辨識清楚後，緊接著就是要區別詞性。漢字往往同時擁有一個以上的詞性，可以在不改變字面的狀況下，分別用為名詞、動詞、形容詞、副詞，而且還有虛字、實字的不同。在對聯中，詞性必須完全一致，如「天地／山川」（名詞＋名詞）、「碧海／藍天」（形容詞＋名詞）、「淺深／遠近」（形容詞＋形容詞）、「讀書／作畫」（動詞＋名詞）、「重睹／空嗟」（副詞＋動詞）、「四海／五湖」（數字＋名詞）、「池邊／月下」（名詞＋方位）……等，皆不能絲毫錯亂。我們以李商隱無題詩的第二聯及東北某廟的楹聯為例，說明如下：

莊生　曉夢　迷　蝴蝶

（人名）（名詞＋名詞）（動詞）（專有名詞）

望帝　春心　託　杜鵑

綠水　本　無憂　因　風　皺　面

（顏色＋名詞）（虛詞）（副詞＋形容詞）（虛詞）（名詞）（動詞）（名詞）

青山　原　不老　為　雪　白　頭

五、對仗技巧

漢字詞性靈活變幻，自有其難處，但也正因變化多端，故衍生出各種不同的對仗技巧，這些技巧，千錘百鍊，是古往今來文人藝術的結晶，即使不用之於對聯，於各體文的寫作中，亦可以參酌使用，對寫作中如何學習鍛句鍊字，皆具有相當大的功效。茲擇要介紹如下：

⑴**當句對**：在同一句中，上下詞語相對偶，又名「同句對」，如清人梁紹王楹聯叢話卷四所載揚州史可法祠的對聯：

殉社稷只江北孤城，剩水殘山，尚留得風中勁草

葬衣冠有淮南坏土，冰心鐵骨，好伴取嶺上梅花

中「剩水」、「殘山」；「冰心」、「鐵骨」句中自對。

(2)**隔句對**：上下兩聯中，一三、二四句互相對應，又名「偶句對」、「雙句對」，如龍眠聯話卷四所載滿人魁玉的南京莫愁湖聯：

山色湖光，都歸一覽

英雄兒女，並豔千秋

(3)**長偶對**：對聯有時可連綴三句、四句以上，句句奇偶相對，又稱「長句對」，如梁紹王兩般秋雨盦隨筆卷一所載清人宋犖題黃鶴樓的對聯：

何時黃鶴重來，且自把金樽，看洲渚千年芳草
今日白雲尚在，問誰吹玉笛，落江城五月梅花

(4)**疊字對**：上下兩聯運用大量重疊的字，如陸家驥對聯新語所載西湖花神廟的對聯：

翠翠紅紅，處處鶯鶯燕燕
風風雨雨，年年暮暮朝朝

(5)**集句對**：將古代詩文中的現成句子或成語化用於上下聯中，雖非自創字面，但卻能別出新意，如梁紹王楹聯續話卷四所載黃任贈送給酒店的集句聯：

勸君更盡一杯酒
與爾同消萬古愁

上聯出自王維的送元二使西安，下聯出自李白的將進酒，詞意貼切，宛然賣酒人家的寫照。

(6)回文對：上下聯均往復迴環，順讀、倒讀皆可通，如已故國畫大師溥心畬曾撰一回文聯：

水映丹林寒落日

天連碧岫遠生雲

以上六種對仗技巧，均從文章寫作的修辭藝術中衍生而出，此不過是舉其犖犖大者而已。對聯與詩相同，都是以最精鍊的文字，塑造最貼切的詞境，典雅高華，千錘百鍊，可以融古辭，可以開新意，是學子鍛句鍊字相當好的習練。

寫寫看

古代兒童自七、八歲入小學，接受啟蒙教育。為方便兒童記誦，多以押韻對偶的歌訣或詩歌為教材，不但能增加學童的學習興趣及習誦的效果，也可達成識字、習字的目的。明清時代的戲曲家李漁曾寫了笠翁對韻，就是一本講授韻腳與對仗的教材。下文是書中「一東（押ㄨㄥ韻）」的部分，請你試著按照對仗的原則，將空格填滿。

天對地，雨對（　　）。大陸對（　　）。山花對海樹，赤日對（　　）。

雷隱隱，霧（　　）。日下對天中。風高秋月白，雨霽晚霞（　　）。

牛女二星河左右，參商兩曜斗（　　）。

十月塞邊，颯颯寒霜驚戍旅；三冬江上，漫漫朔雪冷（　　）。

河對漢，綠對紅。雨伯對（　　）。煙樓對雪洞，月殿對（　　）。
雲靉靆，日曈朦。蠟屐對漁篷。過天星似箭，吐魄月如（　　）。
驛旅客逢梅子雨，池亭人挹藕花（　　）。
茅店村前，皓月墜林雞唱韻；板橋路上，青霜鎖道馬行蹤。
山對海，華對嵩。四岳對（　　）。宮花對禁柳，塞雁對江龍。
清暑殿，（　　）。拾翠對題紅。莊周夢化蝶，呂望兆飛熊。
北牖當風停夏扇，南簷曝日省冬烘。
鶴舞樓頭，玉笛弄殘仙子月；鳳翔臺上，紫簫吹斷美人風。

六、對聯的趣味

對聯是古代文人展示文學才華、抒發個人情志、聯結同好友誼的憑藉，可以短短四、五字寄意，也可以長達千字見奇，但求詞新意切、情合境宜即可；而逞才寓志、感慨抒懷之餘，更富涵盎然的趣味，在尖新的詞意中，或諷刺，或詼諧，或逗趣，或刁鑽，不一而足，將漢字形音義合一的特色，淋漓盡致的展現出來，令人不覺莞爾。例如以下兩聯純以字形變化命意：

琴瑟琵琶，八大王，王王在上

魑魅魍魎，四小鬼，鬼鬼居邊

凍雨洒窗，東兩點西三點

切瓜分客，上七刀下八刀

至於以諧音作聯的，如：

因荷而得藕

有杏不須梅

在字義上，變化更為多端，而趣味也更為雋永，可以用「嵌字」作諷刺，可以用「別解」寓新意，也可以藉「歧義」見巧思，如：

賈島醉來非假倒

劉伶飲盡不留零

國之將亡必有

老而不死是為

聯末嵌「有為」二字，譏諷康有為。

一簇人煙，誰家莊子
數行文字，哪個漢書

「莊子」別解為「村莊」、「漢書」別解為「漢子在書寫」。

司馬相如，藺相如，果相如否
長孫無忌，魏無忌，能無忌乎

相如、無忌有不同詞義。

七、有趣的對聯

對聯也是各行各業自我宣傳、招攬客人的「金字招牌」，如一家名「天然居」的酒樓，曾用「客上天然居，居然天上客」（以平聲當上聯，是破格用法）的回文聯，搏得了眾多名士的青睞；而許多雋永、絕妙的對聯，也常與行業、場所相關，如以下各例：

放開肚皮吃飯
立定腳跟做人（食堂）

雖然毫末技藝
卻是頂上工夫（理髮店）

古往今來只如此
淡妝濃抹總相宜（戲場）

常留桃李春風面
聊解蒹葭秋水思（照相館）

見機而作
入土為安（「機」別解為「飛機」，「入土」別解為「進入土穴中」，是貼在防空洞的趣聯）

可儲筆札賦三都（用晉代左思寫三都賦的典故，貼在廁所）
莫道輪迴輸五穀

古往今來的文人士子，於對聯中逞其巧思，撰造了許多刁鑽古怪的聯語求對，利用漢字的形音義製造文字陷阱，至今猶有很多沒有人對出來的，一般稱為「絕對」，有些「絕對」，在眾人絞盡腦汁、集思廣益下，有時會激迸出佳對來，如「落山風風落山山風落」，就有人以「飄谷雨雨飄谷谷雨飄」為對，儘管還不算完美（落山風是專用術語，但飄谷雨則否），但也算是「雖不中亦不遠矣」了。以下諸例，同學們不妨嘗試看看：

遊西湖，提錫壺，錫壺落西湖，惜呼錫壺（求上聯，西湖諧音）

上海自來水來自海上（求下聯，回文）

煙鎖池塘柳（求下聯，字形偏旁用五行金、木、水、火、土）

月照紗窗，個個孔明諸葛亮（「孔明」別解為「洞孔明亮」；「葛」諧音「格」；孔明為諸葛亮的字）

想想看

請你試著為自己的書房，用自己的名字寫一組對聯。

第九章　報導文學

一、認識報導文學。

二、了解報導文學的特性。

三、學習報導文學的寫作方式。

第一節　報導文學的緣起

「報導文學」是一個名不見於傳統文學史的新興文類。其中的「報導」一詞，極易讓人聯想到「新聞報導」。沒錯！「報導文學」的產生，的確與近代新聞事業有密切的關係。新聞報導中，新聞工作者除了撰寫我們熟知的「即時性」、「片段性」、「制式書寫性」的新聞外，一些有識之士逐漸會針對某些事件、議題進行持續性、系列性、追蹤性、深度性的探索，彰顯其脈絡，剖析其因果，企圖穿透表面現象，挖掘背後深蘊的意涵，以為省思、檢討、補救、改善的憑藉。撰述時，他們除了遵守新聞撰寫客觀、真實的基本原則外，往往也不能自已地運用了一些文學的技法，流露出憂憤、悲憫等感性的情懷，這類作品慢慢累積、彙集，「報導文學」這個新文類遂應運而生。

「報導文學」較早的稱謂為「報告文學」，譯自英文的 reportage。自「五四運動」開始至民國五十五年第二屆國軍文藝金像獎設「報告文學獎」，一直沿用「報告文學」這個名稱。民國六十四年高信疆先生，主編中國時報人間副刊，開闢「現實的邊緣」專欄，至於六十七年一連舉辦了五屆的「時報報導文學獎」，大力倡導，鼓動風潮；自此，「報導文學」之名遂取代「報告文學」，成為臺灣的通稱（中國大陸迄今仍襲用「報告文學」之名）。

第二節　報導文學的特性

由於「報導文學」是一種新興的文類，截至目前，尚未建構出周延紮實的理論基礎，以及明確的定義。因此，想要掌握其撰作方式，就必須先認知其文體特性。下面我們先引述專家學者的一些看法：

報導文學必須具備四要素：新聞性、文學性、議論性格、文學修辭策略的靈活性。（焦桐）

基本上，報導文學描述的對象必須是事實，而且文學性非常重要。……更重要的是跟時代緊密相連，值

得我們花時間去閱讀。（馬以工）

報導文學必須有「報導」，又有「文學」，它不是一般的新聞報導，也不是一般的學術研究調查報告。「文學」兩字，表明它是用「文學筆法」來寫，以「文學方式」來表現的。……「報導」就是為大眾應該關心的事情與問題，向公眾呈現和報告。（胡菊人）

報導文學基本上是以「關懷」為寫作中心的文體，包括對人和自然的關懷……報導文學除了在寫作上必須有其敘述風格外，最重要的是問題意識，而這個意識必須有前瞻性、關懷性。（南方朔）

歸納上述說法，我們可以說：報導文學融合了「新聞」與「文學」，既受「新聞報導」的規範，也必須符合「文學」的要求。茲將此一「新文類」所應具備的條件概述如下：

一、真實性

報導文學不同於一般文學的主要特性之一，即是後者可以憑空虛構，而前者的內容必須以事實為基礎，其所報導的必須是真有其人其事。中國時報報導文學獎評審委員陳奇祿就說過：「我對報導文學的了解，第一是應該把事實的真相報導出來。」柏楊也說：「報導文學既是報導，又是文學。報導指事件的敘述，必須有事實根據，作者不虛構。」而得獎的作品，如古蒙仁的黑色的部落、翁台生的痲瘋病院的世界、林雲閣的八十萬年奇蹟身世換不來一世尊榮——臺灣鮭魚族群的命運等，無一不人事昭著，斑斑可考。

二、新聞性

這裡所說的「新聞性」，指的是：所報導的事物具有「報導與記錄的價值性」，而此「價值性」往往都與「能引發民眾關心、具時代意義的社會問題」息息相關，譬如環境汙染、生態保護、弱勢族群等重大社會議題。第一屆時報文學獎報導文學獎評審委員會就把「所處理的題材夠不夠大，所提出的問題其當下的時代意義如何，對我們社會大多數人的關係是否密切」作為評選優秀作品的重要標準。心岱的大地反撲、楊渡的礦坑裡的黑靈魂、沈振中的叉翅、白斑與浪先生——記基隆的一群老鷹等，都是典型的作品。

三、完整性

一般說來，重大的、具影響力的、值得關注的事件，均有其生成、發展的過程，司彰顯之職的報導文學，勢必要將「原委本末」完整呈現，誠如時報報導文學獎評委金恆鑣先生所言：報導文學是一個完整的故事——零碎的片段不足以顯現所要報導的焦距和目標。

四、關懷性

報導文學中的議題，往往是一般大眾沒太注意、容易忽略、甚至刻意迴避的事物，如某些在人類利欲薰心下遭殘殺的動物，某些因罹患惡疾而被隔絕的病患，甚至某些在人類漫無節制下被破壞的生態。這些「靈魂」在水深火熱中的哀嚎、苦痛，若非報導者異乎常人的「深有所感」、「同情憐憫」，往往就被深埋在幽暗之中，乏人聞問。這種悲憫的人文關懷，不僅是驅動報導的力量，更是報導文學撼動人心、喚醒人性之所在。楊渡〈礦坑裡的黑靈魂〉：

幾十年的社會變遷，工業進步了……然而採掘的工具卻毫無進步。依舊是丁字鎬與煤車，依舊是以血汗在地底下工作。這是誰的責任呢？難道礦工無法有更優良的採掘工具，使他們能免於吸入沙塵，免於沙肺威脅的辦法嗎？又有誰的父母，會讓自己的子女像自己一樣，在黑天暗地的危殆中，喘息生存呢？

沈振中〈叉翅、白斑與浪先生——記基隆的一群老鷹〉：

人類何時才能了解，他們與人一樣有情有慾，有工作的時候，有遊戲的時候；他們會夫妻鬥嘴吵架……也有三角戀愛……重要的是，他們也跟人一樣需要愛情、家庭……會痛、會恐懼、會害怕、會因失去親人而難過……。

兩篇作品，不論對人或對禽鳥，深深的關懷之情溢於言表，令人動容。這正是南方朔所強調的：「報導文學基本上是以關懷為寫作中心的文體，包括對人和自然的關懷。」

五、文學性

「文學性」是報導文學之所以異於一般新聞報導、調查報告特性之所在。柏楊先生說：「報導文學既是報導，又是文學。……文學指敘述者應該有藝術性，否則全成了資料的堆積，就只不過一堆檔案。」此處所說的「藝術性」主要來自於「寫作時以文學的形式與技巧來表現」。報導文學不允許小說般的虛構，但是可以運用小說的形式、意象、擬人、譬喻、伏筆、懸疑等技巧，將主題呈現以達到吸引人、感動人，進而共同關注的目的。林元輝黑熊悲血滿霜天便是以類小說的形式去報導臺灣黑熊所面臨被殘害、被獵殺的悲慘命運。我們試看下面的文字書寫：

但離去後的母熊，並沒有走多遠，就因傷重不支倒地而亡。臨死前牠的吼聲淒厲，兩眼遲滯地看著二隻小熊；二隻小熊則在牠身上爬上翻下，連連發出低沉的悶聲，一邊是為護兒而死，一邊是因急親而慌，那聲聲哀鳴，連山林土石都為之心驚變色。

……

夜去晝來、日上日下，每天太陽很快就偏西，每當日沉之後，群山漸漸轉黑，唯有晚霞一逕從山邊綿延到中天，靠山的部分往往特別鮮紅，迤邐到中天的部分就慢慢轉淡了。這種景象落在玄兒眼裡，不自禁就會勾牠重想起母親臨死那一刻的現場，那黑黑的山軀，就像母熊頹倒的身體，而眼前的紅霞，正是那片流了一地的血，此刻仍在牠腦海裡無法轉淡。

……

在玄兒的感覺裡，生計辛苦，山林歲月是緩慢得近乎呆滯，但冬去春來，葉老葉新，時光卻像大料崁溪的綠水，不斷流去，民國六十七年的中葉來了，玄兒終於長大了。

現在牠的體重已近二百公斤，手腕發育得比人的大腿還粗，每隻熊掌幾乎都有一般人掌的兩個大，胸前的「V」字形白毛，在黑茸茸的身體中，格外出落得顯眼，像是穿了黑旗袍的女人，胸前佩掛著一串暈白的珍珠項鍊一般，牠的發情期到了，已具備孕育下一代的能力，可是樹海淼淼，到哪裡才能尋得公熊的安慰？

文中大量運用了擬人、譬喻等手法，「『V』字形白毛……像是穿了黑旗袍的女人，胸前佩掛著一串暈白的珍珠項鍊一般」，此種生動、形象的描述，使得黑熊毛色之美躍然眼前。然此漂亮毛色，正係「匹夫無罪，懷璧其罪」，「臨死前牠的吼聲淒厲……那聲聲哀鳴，連山林土石都為之心驚變色。」山林土石的擬人化，以及「紅霞正是那片流了一地的血」的譬喻，頗與杜甫「感時花濺淚，恨別鳥驚心」同工，對閱讀者產生極大的感染震撼效果。

六、啟發性

報導文學撰寫的目的，不僅是對新聞事件或議題的提出，尤其重要的是要批判其是非、剖析其影響，以期喚醒人心，引發關注，繼而補救改善，達到啟發、教化的功能。須文蔚說：

大地反撲猶如曠野中的一聲吶喊，心岱用文學家細膩的感受、科學家的研究精神和人類學家翔實的田野紀錄，改變了臺灣環保運動的進程。如果沒有心岱、沒有楊憲宏、翁台生等人投入環保報導文學寫作……臺灣的環境運動或許多延宕下去，或者現在還沒有開始。

正點明了報導文學所具有的批判、啟發特性。

寫寫看

了解了報導文學的特性之後，請你試著寫寫下面的文章，記得要掌握本節所述的重點。

說明：閱讀下列資料，綜合各則要點，重新組織，以〈再生紙〉為題，撰寫一篇四百字以內的白話短文，以發揮資料中的觀念。

- 「環保」這個話題，近年來在全世界引起廣大的迴響，多年來人類罔顧「環境倫理」，對大自然任意破壞，已導致地球生態環境的失調。……以被稱為「地球之肺」的熱帶雨林為例，平均每一秒鐘就有一個足球場大小面積的森林被砍伐，而其砍伐的速度卻遠超過樹木的生長速度，面對此種情形，消失中的森林已逐漸成為全世界共同的隱憂！
- 「再生紙」廣義而言，就是把廢紙回收處理後再製成的紙。其中又分為工業用再生紙及文化用再生紙。……就紙漿來源來看，雖然國內一九八九年廢紙回收量高達45%，居世界第一，但每年仍須自國外引進大量廢紙，其原因不外乎國內廢紙回收沒有分類，或是分類不合乎紙廠處理條件而導致資源的浪費。如果能將國內廢紙妥善回收，則可節省每年進口紙張的鉅額外匯，更可減少垃圾產量及延長垃圾場使用年限，可說是一舉數得，故在廢紙回收的流程中，分類是一個極重要的關鍵。

‧廢紙再生過程較原木製漿可減少75%的空氣汙染、35%的水汙染。除此之外，省略了漂白處理的原色再生紙，對環境的汙染可降為最低點。基於以上的環境保育觀念，「再生紙」在歐美、日本已大行其道，例如西德已採用「再生紙」做為電腦報表紙，比例達37.1%。美國政府立法規定新聞用紙、化妝面紙須摻入一定比例的「再生紙」。日本東京都政府下令，所有影印用紙一律使用「再生紙」。甚至森林資源豐富的北歐瑞典，「再生紙」的使用也極為普遍。

‧森林是生命資源，近年來溫室效應逐漸導致全球性的氣候轉變；森林的大量伐採也使得土壤流失、水循環被破壞。而造紙卻是森林的主要用途之一，紙張的消耗量更成了衡量人民生活水準的指標。在此種惡性循環之下，自然原則被破壞，人類生存環境受到嚴重威脅，所以多一個人使用「再生紙」就可以多救活一棵樹，多救活一棵樹就可以讓地球更雄壯的呼吸！

‧「沒有任何一棵樹，因為你手中這本書而倒下。」在您看完此篇文章，希望您也能響應再生紙的使用，讓下一代依然能有一個美麗青翠的地球！（以上節錄自楊婉儀、陳惠芬、陳雪芬二十一世紀的良心用紙——再生紙）

‧從環境成本的角度來看，再生紙是相當經濟的。根據臺北市政府的調查，臺北市垃圾中廢紙占35.6%，換算後每日有高達一千公噸以上的廢紙送入掩埋場；回收廢紙再製可以直接減少掩埋場的容積壓力。

‧若從社會成本的觀點來看再生紙，那它的成效更是驚人。目前國內一噸的垃圾運輸費大約是二千多元，而一公斤垃圾的焚化費用，約是五至七元，而廢紙的回收量一年約為一百八十萬公噸。換言之，再生紙的推出不但達到垃圾減量的目的，一年更節省了一百四十多億元的成本。（以上節錄自施榮華再生紙環保嗎）

・生產一噸紙張，約需高度八公尺長、直徑十六公分之原木二十棵。一棵用於製漿之樹木，平均須經二十到四十年的風吹雨打，才能成長到可供使用。如果只寫幾個字就被丟棄實在是暴殄天物，能加以回收利用，發揮樹木更多的生命價值，那就是功德了。若以目前國內每個月約兩萬噸的模造紙市場，也就是每年至少需要砍伐四百八十萬棵樹。如果能夠以再生紙取代，不但垃圾可以減量；森林也會因為減少砍伐，對資源水土之保育，及環境生態之平衡產生更大的助益。（節錄黃修志再生紙的推廣）

【85年推甄】

第三節　報導文學的寫作

一、選定報導方向

如前所述，報導文學係以具有新聞性、具有時代意義，以喚醒社會大眾共同關注的問題作為報導的對象；但當前社會值得我們關注、探討的議題太多，譬如教育問題、生態環境問題、礦工漁民問題、少數民族問題、外籍新娘問題、家庭暴力問題、中輟生問題等，林林總總，不一而足。而一篇報導文學的作品，又只能以一個問題作為核心；因此從事報導文學的撰寫，首先就必須確立報導的主題，而主題的選擇，應以撰作者感興趣的、熟知的，深切關注的、長期接觸的方向為優先考量。譬如鄧相揚先生，一位生長在埔里的醫檢師，長期關注「霧社事件」的真相，以及原住民族群處於當今快速社會變遷之困境，因此以「原民問題」為主軸，撰寫了霧重雲深——一個泰雅家庭的故事。沈振中先生是鳥會會員，任職基隆，賞鳥、愛鳥，遂以「鳥類生態」為方向，撰寫了叉翅、白斑與浪先生——記基隆的一群老鷹。長期從事金門文史工作的楊樹清先生，由於關注兩岸政治對立、隔離環境下，遭受妻兒、手足、骨肉分離之同胞之悲慘處境，撰寫了被遺忘的兩岸邊緣人。

對於有心習作報導文學的青年學子來說，最熟悉、最有切身感受的，譬如社團活動、師生互動、親子互動、青春期的感情世界等，都是適合擇以為題的對象。

想想看

如果以影像的方式來呈現報導文學，那就是所謂的「紀錄片」。前陣子引發熱烈迴響的翻滾吧！男孩與無米樂，就是最好的例子。如果你想把身邊不為人知的動人事跡或亟待改進的地方，利用文學的筆法公諸於世。請問你想報導什麼題材？

二、資料蒐集、判析、檢證、融貫

因為報導文學係以真實的人事物作為基礎，報導者除了言之有物外，更須言之有據。因此資料的蒐集、研讀、檢證，就成了撰寫前的必備工作。時報報導文學獎評審金恆鑣就把「要有蒐集、整理、分析資料的能力」，列為撰寫者應該具備的重要條件之一。譬如生態報導文學作家徐如林，為了「古道」之報導，與其夫婿楊南郡就曾多次進出國家圖書館、博物館，遍讀清末的「月奏摺」等相關文獻；並查證日本人有關臺灣古道的相關資料，以確保內容之詳實性、可靠性。當然，蒐集、檢證後的資料，尚須深入理解、消化、融會貫通，撰寫為文時，才能產生感人的力量。評審胡台麗說：「我會注重寫作者和他所報導題材之間交流的深度和廣度……報導者如果有進入題材，寫出來的東西自然會感動人。」其意在此。

找找看

選定了報導題材之後，請你開始蒐集相關的資料。看看報紙、雜誌、圖書館，甚至於網路，有沒有與之相關的資料。

三、採訪、田野調查

除了蒐集前人所遺留的文獻資料外，報導文學作者親自之採訪、調查，更是該作品信服人、感動人的重要條件。高信疆先生說：「在報導文學的基本定義裡，仍須是作者親身的採集或訪查，他的足跡和他的心智，是怎樣深透、明澈的融入他的題材和對象之中……。」其意在此。從已發表的報導文學之經典作品，我們不難發現報導者所下的紮實採訪調查功夫；他們上山下海，深入被採訪者之底層，直接與採訪對象共同生活，以誠懇、信實、關懷的態度，委婉、尊重的語氣與之交談，或長時間、持續性觀察其作息、生態，以掌握可貴的第一手原始資料。譬如楊渡礦坑裡的黑靈魂：

蘇仔率先矯健地攀爬而上，我跟著爬上去。但是，在低矮的工作面裡，我們非但不能以膝蓋、以手臂來爬行如犬豕，而且要避免觸抓支架相思木，以免它鬆動造成危險；於是我們只好以手肘作著力點，匍匐前進了。在不平的石頭與煤渣構成的地上，我們的身軀終於全然地俯貼著黑濕幽冷的土地，爬行扭動一如蟲蛇了。

蘇仔穩定健捷地扭動身軀，緩緩前進，一如面對生活一般地不亢不卑。而我卻因都市生活的逸懶，爬行了七、八公尺，便勞頓氣喘了。加上二十五度傾斜，每每在我用手肘奮力撐住黑地上移時，卻因土質鬆滑而又滑得更低。這時，只得以兩手、兩腳，乃至胸腹的力量，抓攫摩擦地面，來使自己煞住。往往，又是摩擦碰撞得疼痛不已，然而蘇仔也時常這樣。那麼，可以想見的是，礦工們便是天天如此地生活著、爬行著跌撞著一如蟲豕了。

爬著爬著，我心中文明的假象全部剝落碎滅了。四壁狹窄的壓迫無休止地在眼前晃動搖盪，推逼成恐懼、不安、無助的吶喊在心底沉沉吼叫。我已然忘卻我來自何方，去向何方，黑濕森冷的四壁喘咻咻的擠迫你生命最原始的本能，生物最原始的本能，我僅能對自己說：「我要活下去，要活下去。」

作者親自進了礦區，下了礦坑，仔細描繪了礦工採礦陰暗狹隘的工作環境，記錄了他們沉重艱險的工作、悲苦無助的身影，體會他們似「田鼠」、如「蟲豖」一般、「被黑濕森冷的四壁」擠迫威脅的營生。隨著這一趟「恍如噩夢一般的煤砂之旅」的書寫，讀者情緒也隨之跌宕起伏，深刻而成功的接收了作者所欲表述的訊息。

說說看

蒐集、研讀、融貫相關資料後，你對於要報導的題材應該有了最基本的認識，但是同樣的也會產生一些疑問，不妨親自探訪、詢問，甚至展開調查。請你大概說說看，在探訪、調查的過程中應該注意哪些事情。

四、謀篇布局

選定報導方向、確立篇旨、蒐集相關資料、進行採訪調查之後，接下來便須將所有的有形的、無形的原料整合、加工，送入生產線，也就是進入撰寫階段。以下數項是本階段中必須注意的重點：

⑴下　標　題：新聞標題往往是一則新聞抓住讀者閱讀的關鍵。「報導文學」既與「新聞報導」相繫，在下標題，也就是為一篇作品訂題目時，也應斟酌推敲，以吸引讀者的注意。一般來說，文字標題要能引發讀者探究之心，可以運用譬喻、警示、驚悚、揭露、奇趣等手法。譬如鄧相揚報導一個泰雅族家庭的故事時，用了「霧重雲深」這個譬喻性的主標題；又如心岱大地反撲就是警示性標題、林元輝的黑熊悲血滿霜天屬於驚悚性標題、翁台生痲瘋病院的世界就是揭露性標題、沈振中的叉翅、白斑與浪先生——記基隆的一群老鷹就是奇趣性標題。當然一些能直觸人心、引發共同想望的標題也具有相同的效果，譬如鄭禮忠的逐夢的人、廖嘉展的那是個愛唱歌的地方等屬之。

⑵書寫形式：如前所述，報導文學既是報導，也是文學，且以敘事為主，一般來說，多以散文的體式出現，特別是以山川自然為對象的報導。譬如劉克襄的石路——塔塔加、八通關越嶺記、徐如林的源自聖陵線。人物的報導，當然亦可援用，譬如翁台生的痲瘋病院的世界、楊南郡的斯卡羅遺事（報導臺灣斯卡羅族大頭目潘文杰傳奇一生及其家族興衰過程）。但報導文學畢竟以報導事實為職志，因此無須只拘一種形式，楊逵的臺灣地震災區勘查慰問記，體式上就綜合了散文與日記。而一些事件類的報導文學，小說體式的運用，使得篇旨在情節安排、對話、人物刻劃、氛圍營造之下，更形凸顯，更能深刻傳達報導者所欲表述的訊息與意念。官鴻志的不肖兒英伸（報導原住民青年湯英伸殺人事件，彰顯原住民問題）、藍博洲

的幌馬車之歌（報導白色恐怖之下受難者悲愴命運）皆是。

(3)行文結構：架構是文章脈絡的具體呈現。架構能夠明確安穩，脈絡自能井然清晰。報導文學在敘事的結構安排上，可以配合內容的需求作如下的選擇：

a.時序結構：依事件發生的經過，依序敘寫。譬如林元輝黑熊悲血滿霜天，報導臺灣黑熊遭殘殺的悲慘命運，作者即從小熊的誕生開始，依時順序而寫，直至長成被殺為止。當然亦可用倒敘、插敘的時序結構，譬如官鴻志的不肖兒英伸即採用了倒敘與插敘並用的敘事結構。

b.邏輯結構：這種敘事結構安排，係以事件內在的因果關係為主軸。譬如心岱的大地反撲，報導桃園縣沿海地區林木枯死、一片荒涼，而防風林的敗壞，導致居民生計窘困的景況。全文架構即以因果的探究為布局的考量。

c.交錯結構：這是時序結構與邏輯結構交錯並用的一種結構。譬如林雲閣的八十萬年奇蹟身世換不來一世尊榮，時序是其行文的主要脈絡，一方面說明臺灣鮭魚被發現、被研究的歷史，一方面中間穿插論述作為活化石、屬於冷水性的鮭魚，何以會出現在亞熱帶的臺灣，何以會棲息在流貫武陵農場的七家灣溪，又是什麼因素導致牠們數目的大量銳減，即屬此類。

d.倒金字塔結構：本結構的寫法，係將全文的重點，先以類似導言的形式，在文章的開頭提出，其後再把報導的內容，依序呈現。例如楊樹清的被遺忘的兩岸邊緣人，報導因戰亂政局變動而滯留中國大陸，身分尷尬、戶籍被除，無法返鄉的金門原居民之悲苦鄉愁。文章開始，作者即以「一艘載滿五百位滯居閩廈六十五歲以上的金門籍老人的海上探親船，只能停泊在金門東北草嶼三百公尺處，讓他們以悲愴的眼光返鄉」為導言，為全文拉開序幕。以上是較為常用的基礎模式，如何交錯運用、靈活變化，端賴有志者多讀與觀察，細繹體會。惟不論採用何種架構，力求嚴密、扣緊題旨、聚集能量、撼動人心，則是共同的目標。

(4)**文學筆法**：文學筆法的講求、運用，是一般報導晉身為「報導文學」的關鍵。時報報導文學獎評審胡菊人說：「報導文學……『文學』兩字，表明它是用『文學筆法』來寫，以『文學方式』來表現的。報導文學語言的特色是用描述性、具象性、呈現性的文字。……」其中具描述性、具象性、呈現性的文學筆法，包含了字詞的錘鍊斟酌、以及譬喻、誇飾、轉化、排比、映襯等修辭方法之運用。好的報導文學作品之作者在這方面的功夫都是穩健的、紮實的。譬如須文蔚就曾盛讚原住民作家瓦歷斯諾幹的Losin · Wadan——殖民族群與個人，融合了小說、散文、現代詩的文學技巧，描寫出現代原住民回歸部落、追尋祖靈榮光的反省與批判過程。而徐如林的源自聖陵線，則文字充滿魅力，特別在寫景上妍麗絕倫，細細模擬山中聲響、溫度與景色，帶給讀者身歷其境的感受。

寫寫看

資料都蒐集完備了，現在請你經過一番謀篇布局後，動筆完成自己的「報導文學」吧！